C H V

# Martin R. Dean

# Der Mann ohne Licht

Roman

Carl Hanser Verlag

ISBN 3-446-14942-2

Schutzumschlag: Klaus Detjen, Hamburg
Satz: Janß, Pfungstadt
Druck und Bindung: Ludwig Auer GmbH, Donauwörth
Printed in Germany

# 1. Teil

# Sine ira et studio

Hinter dem Ernst, hinter der Pose der Biederkeit und der Maske des dünnen Lächelns lauerte noch ein anderes Gesicht, ein Tiergesicht. Das Gesicht eines Wiesels, eines Marders.
Ich erwarte Sie! – herzlich Eugen Loder.
Eine trockene Nachricht, nicht unfreundlich, aber geizend mit jedem Wort. Dill besaß keine Kenntnisse im Handschriftenlesen. Es konnte vorkommen, daß er eine Schrift falsch interpretierte. Loders Zeilen schienen locker hingeworfen, auf gutes Papier. Jede Formalität fehlte, möglicherweise hatte er in Eile geschrieben, trotzdem eine gut leserliche, leicht schrägstehende Schrift.
Dill nahm den Zettel mit den Interviewfragen aus Loders Buch, obwohl er sie alle längst auswendig kannte, auswendig wie die Vita im Klappentext: »... arbeitete bei mehreren Rundfunkanstalten, war als Übersetzer tätig, erhielt für den vorliegenden Roman *Narrenläufe* mehrere renommierte Literatur-Preise.«
Darunter ein Foto vom Fünfundfünfzigjährigen. Loder im Halbdunkel, nur der Kopf, von vorne. Unten schiebt sich eine weiße Ebene ins Bild, der leergeräumte Schreibtisch; im Hintergrund, grau, eine massive Bücherwand. Loder ist von Büchern eingekreist. Bücher von der Decke bis zum Bildrand. Aber keine gestaffelten Gesamtwerke, er scheint ein selektiver Leser zu sein. Das Gesicht im Halbdunkel, eine Wange verschattet. Trotzdem nicht das Gesicht eines Bücherwurms. Für das Alter ein erstaunlich klares Gesicht. Die Muskelstränge um die Wangen treten noch immer straff hervor, eine Stirn ohne tiefe Falten, was wohl damit zusammenhängt, daß er lächelt. Nur um das Kinn ein flüchtiger Ansatz eines Fettpolsters.
Das Lächeln nur als schmale Andeutung, in den Mundwin-

keln klebend, der letzte vergorene Rest eines bitteren Lachens. Trotzdem deutlich erkennbar, daß das Bild gestellt ist. Zu routiniert hält Loder sein Gesicht der Kamera entgegen, dachte Dill. Und kurz bevor es klickt, hat er alles beisammen und so unter Kontrolle, wie er es haben will. Er scheint genau zu wissen, welche Feinverteilung von Licht und Schatten auf seinem Gesicht zu erscheinen hat.
Dill hielt das Buch in die Höhe und staunte, daß das Gesicht auf dem Foto ihn sogar noch von der Seite her anschaute.
Das Gesicht erinnerte ihn an irgend etwas.
Der Zug hielt und Dill schaute auf die Uhr. Noch zirka eine Stunde, bis er bei Loder sein würde. Er merkte, wie seine Handinnenflächen klebrig wurden. Noch einmal rief er sich ins Gedächtnis, daß es nur darum ging, ein Interview zu machen. Ein möglichst hartes, schonungsloses und unerbittliches Interview.
Das Interview war ein Vorwand, um in die Festung des Alten zu gelangen. Soviel er wußte, wohnte Loder zurückgezogen in den Bergen und ließ niemanden an sich heran. In der letzten Zeit war es stiller um ihn geworden, er schien bei den Medien in Vergessenheit geraten zu sein. Seit fast zehn Jahren war er verstummt, und seit eben diesen zehn Jahren hauste er in der Einsamkeit. Wahrscheinlich, dachte Dill, ist er ein launischer Typ, verwöhnt vom Erfolg seiner Bücher. Sein letztes, »Narrenläufe«, war ein Höhepunkt im Werk gewesen. Ein Buch, das in die helvetische Kulturlandschaft wie ein Blitz eingeschlagen hatte. Nicht nur ein Meisterwerk, auch ein ziemlich unverständliches Werk.
Mutmaßlich war Loder egozentrisch und leicht kränkbar, vielleicht ein Witzbold, vielleicht aber auch verbittert. Im übrigen ein gnadenloser Rhetoriker, wie man ihm, Dill, versichert hatte, und einer, bei dem auf fast alle Interviewfragen kläffende Wortanfälle und ungehemmte Selbstbezichtigungen folgten.
Erneut führte sich Dill den Alten vor Augen (er kannte ihn

nur aus Filmen), sah ihn am Spätnachmittag vor irgendeinem Haus das Laub zusammenkehren. Allein im Winter, schneeschaufelnd. Er hätte schon jetzt gern gewußt, wie der Alte auf seine Fragen reagieren würde. Wenn er überhaupt darauf reagierte.

Ärgerlich über die eigene Ungeduld warf Dill das Buch Loders auf den Nebensitz und setzte sich den Kopfhörer des Walkman auf.

Draußen flogen die mittelständischen Häuserreihen, Hangüberbauungen und Schrebergärten vorbei. Während der Zug einen leeren Bahnhof passierte, begann Sonny Rollins tief und staccatohaft mit »Yesterdays«. Rauchig und weich blies ihm Hawk entgegen. Dill drehte auf volle Lautstärke, draußen kippten die Wohnsilos weg, plötzlich das kreischende, blechzerschneidende Aufheulen des Tenorsaxophons, ein bronchiales Röhren und Dröhnen, niederschmetternd primitiv. Dann begann Rollins zu tänzeln, legte Ton um Ton zu, würgte alles mit flacher Gebärde ab, lief auf und davon, raste und tobte wie eine Büffelherde. Ein zugekachelter Kanal, brackiges Wasser und diese Herde, eine Meute von Motorradfahrern, die die Lenkstangen herumrissen, bremsten, quietschten. Stück für Stück, Sequenz um Sequenz wurde die Seele wohlig durch den Wolf gedreht. Nach einem atemlosen, brachialen Gewitter auf einmal lyrisch, auf Samt »All the things you are«. Traurigkeit, Tränen und Tragik. Dill warf die Füße auf den gegenüberliegenden Sitz, räkelte sich wohlig in den Chorus hinein und ließ sich vom Pianosolo gemächlich über das Viadukt hinziehen. Mit aufkommender Steigung meldete sich zögernd Hawk zurück, trötete sich mäandrisch hinauf, um dann in eine jammernde, aus allen Nähten platzende Apokalypse auszubrechen. Mitleidlos, wie sie sich gegenseitig hoch- und niederspielen, dachte Dill und war von dieser Musik jetzt so mitgenommen, daß er mit den Knien wackelte und eine Zigarette nach der anderen rauchte. Es war, als müßten ihm die beiden Saxophone die Ohren erst richtig vollpfeifen, bevor er, mit gespannten Nerven, auf Loder zugehen konnte. Hart fuhr der Zug an der Sprachgrenze entlang, die Ortsschilder trugen beinahe alle den zweifachen Schriftzug. Die Landschaft wirkte milder als noch im Mittelland, ferienhafter und ausgeruhter. Eine Landschaft zum Aussteigen und Spazierengehen.

Loder stand im hellen Licht des Nachmittags am Bahnhof und war um einiges kleiner als erwartet. Er war dicker als auf dem Foto, sein Kopf wirkte etwas schildkrötenhaft auf den zu kurzen Hals aufgesetzt, die Augen lagen tief und klein in den Fettpolstern. Er sah aus wie ein beliebiger, unauffälliger Passant. Als Dill auf ihn zuging, dachte er an das Gesicht eines Lehrers, an das harmlose Lächeln eines Kastraten. Sie begrüßten sich freundlich, tauschten einige Belanglosigkeiten aus. Es ist wie immer, dachte Dill, kaum daß du einem Fremden die Hand geschüttelt hast, verwandelt er sich in einen alten Bekannten.

Unerwartet heftig riß Loder die Türe seines Citroën auf, und Dill ließ sich auf den Sitz gleiten. Dill wollte eine weitere Freundlichkeit vorbringen, stockte jedoch, als er Loders griesgrämiges Gesicht gewahrte. Loder drehte den Zündschlüssel und wartete kurz, bis der Wagen startbereit war, zog im Schneckentempo eine Kurve auf dem Parkplatz und bog dann fürchterlich langsam in die Straße ein. Alles wie im Zeitlupentempo. Er, Dill, würde in einem solchen Schlitten ganz anders anfahren. Aber Loder schien viel Zeit zu haben, unendlich viel Zeit. Wollte er damit die Dauer ihres Interviews verkürzen?

Dill fragte nach dem Baujahr des Wagens, aber Loder hatte gerade das Fenster heruntergekurbelt und hörte ihn nicht. Statt dessen streckte er den Arm zum Fenster hinaus und sagte irgend etwas von Heuschnupfen. Dill war überzeugt, ihn mißverstanden zu haben, und glaubte, Loder weise mit dem ausgestreckten Arm auf ein Stück Land, das ihm gehöre.

Dill versank tiefer ins Sitzpolster. War wirklich alles, was da draußen grün und maulwurfshügelig an ihnen vorbeizog, bereits ein Teil seines Grundstückes? Täuschte er sich, oder redete Loder nun tatsächlich über die Kühe? Phantastisch, überlegte Dill und war begeistert. So hatte er noch nie jemanden über gefleckte Kühe reflektieren hören.
Sie passierten eine Barackensiedlung, die mitten in einer ausgedehnten Kuhwiese lag.
»Zivilschutz«, sagte Loder nun deutlich vernehmbar und schlug mit der flachen Hand mehrmals gegen das Lenkrad. »Sie haben dort tamilische Asylanten untergebracht. Von hier aus sind es etwa ein halbes Dutzend Kilometer bis zum Dorf. Für einige noch nicht weit genug, wie man allenthalben hört.«
Wieder fiel Dill nichts Passenderes dazu ein, als mehrmals heftig mit dem Kopf zu nicken.
»Eine Pracht, diese Berge«, sagte Loder nach einer Weile. »Sehen Sie den Hügel da hinten? Ausgehöhlt, Armeedepot.«
Abrupt trat Loder das Gaspedal durch, sodaß der Wagen auf der Hinterachse absackte und die Kühlerhaube wie bei einem Schnellboot anstieg. Sie fuhren in einen düsteren Wald hinein.
Dill vernahm Loders Räuspern. Ein Zeichen dafür, daß er die angefangene Konversation endgültig für überflüssig hielt? Mit überhöhtem Tempo zog Loder den Wagen in eine scharfe Kurve hinein. Sein Gesicht schien sich, von der Seite gesehen, wutentbrannt zu verzerren. Dill sah die zerdehnten Reifen vor sich und betete, daß sie die Haftung nicht verlören. Er befürchtete, daß Loder von der Straße abkäme, und sah bereits die Schlagzeile in der Zeitung: Berühmter Schriftsteller in Begleitung von Journalist tödlich verunglückt! Zerknirscht schaltete Loder den Motor einen Gang herunter, und zitternd zündete sich Dill eine Zigarette an. Einen Augenblick später wußte er nicht wohin damit. Der Rauch zog an Loders Gesicht vorbei zu dessen Fenster hinaus. Wahrscheinlich war

Loder Nichtraucher und haßte es, wenn man ihm den Wagen verpestete.
Aber Loder tat, als bemerke er nichts, fuhr weiterhin wie ein Wahnsinniger und saß klein und verbissen hinter dem Steuer. Ein erneuter Blick zur Seite überzeugte Dill davon, daß Loder irgendwie die Kontrolle verloren hatte. Er schien gar nicht mehr selbst zu fahren, sondern nur noch dem ausgebrochenen Tempowahnsinn des Gefährts zu gehorchen. Eine Hand immer am Gangknüppel, raste und schlingerte er die schmale Straße hinauf. Das kann ja heiter werden, dachte Dill und warf seine Zigarette zum Fenster hinaus.

Am frühen Nachmittag, drei Tage nach dem Besuch bei Loder, fuhr Dill mit seinem Renault die kurvenreiche Straße durch den Luberon hinauf. Im gleißenden Licht des Südens erstanden die Hügel und Berge wie riesige Fossilien. Die Straße führte durch enggeschnittene Täler, wo die Dunkelheit mit der Plötzlichkeit eines Augenaufschlags einfiel. Eine menschenleere, mitunter sogar menschenfeindlich wirkende Landschaft. Die blauen Berge waren so scharf in den Himmel, den Horizont geschnitten, daß ihm die Augen schmerzten. Nirgends ein lebendiges Wesen, nur Steingeröll und kahle Hügel. Dills Augen waren wie Höhlen, in die alles eintauchte und verschwand.

Kurz vor Sisteron aß er eine Casse-Croûte. Später wechselte er zur Whiskyflasche über, die auf dem Nebensitz lag. Er versuchte, das Auto ruhig und sicher zu fahren. Die Stille draußen benahm ihm beinahe den Atem, er glaubte die Berge singen zu hören. Endlose, durch den Kopf wirbelnde Sätze und Satzfetzen wurden auf einmal laut. Er sprach nicht zu sich selbst, sondern wie zu einem anderen. Von Zeit zu Zeit formulierte er Sätze für seinen Artikel über Loder, glitt monologisierend in die Dialoge von damals, brach aus der Erinnerung aus und erfand einiges anders. Obwohl er diese Form des Sichgehenlassens nicht mochte, ertappte er sich in Augenblicken tiefster Selbstvergessenheit immer wieder dabei, wie er laut redete und dabei mit dem freien Arm herumgestikulierte. Etwas trieb ihn, das Gespräch mit Loder immer wieder durchzugehen, es einen anderen Verlauf nehmen zu lassen, auf die Antworten Loders andere, von der Erinnerung abweichende Entgegnungen zu erfinden.

Erst als er auf einer Ausfallstraße Halt machte, kam ihm wieder ganz zu Bewußtsein, wo er sich befand. Er legte sich auf den Boden, atmete tief ein. Sofort fiel ihm der trockene, würzige Geruch der roten Erde der Provence auf. Das Licht hier war heller als anderswo, und mit den Gerüchen, den Farben, dem Sausen des Winds erfaßte ihn plötzlich eine pochende Aufgeregtheit. Er begann zu laufen, taumelte und zirkelte um den Wagen herum und gröhlte in die Täler hinaus. Der Atem brannte ihm in der Kehle, und er spürte eine helle Euphorie, die alle Erinnerungen ausräumte.

Südlich von Aix wurde das Land flacher. Der Himmel, dachte er, ist hier einfach nicht mehr beschreibbar. Trotzdem sagte er Wörter und Sätze vor sich hin, die das besondere Blau einfassen, das Unbestimmte seiner Empfindung festhalten sollten.

Auf einmal verschwand das Grün und ging in ein kohliges Schwarz über. Er fuhr in die von Waldbränden heimgesuchte Zone. Macchia und Pinienwälder, die bis auf häßlich verkohlte Stümpfe abgebrannt waren. Endlosen Schlachtfeldern glichen diese Hänge, kahlgefressen von der Hitze des Feuers.

Dill verlangsamte das Tempo und schob das Fenster auf. Ein müder Wind fächelte vereinzelte Rauchschwaden auf ihn zu. Unwillkürlich mußte er sich das Feuer vorstellen, die Hitze der Glut, die gefräßige Brunst, die an Zweigen und dicken Stämmen hochzüngelte, sich hochfraß, an Laub und Zapfen bleckende Flammen, die Meter um Meter vorbrandenden Flammengarben, die ölige Hitze und den Dunst über den Feldern im Tal. Den Lärm krachend in sich zusammenstürzender Bäume, die Stille danach, das Murmeln und Zischeln der austretenden, sofort verdampfenden Rindensäfte.

In weiter Ferne sah er tatsächlich den Rauch eines brennenden Waldstücks. Dickbauchige, mit Meerwasser aufgetankte Flugzeuge sprühten auf die Flammen. Wie schwangere Rieseninsekten tauchten sie am Horizont auf, gingen über dem Flammenmeer auf Tiefflug und zogen Schlaufe um Schlaufe. Es ist wie ein Krieg, dachte er, wie ein Krieg.

Am späteren Nachmittag, die Landschaft stand in vollen Farben, fuhr er das letzte Stück auf einem Holperweg hügelan

zum Steinhaus der Schwestern. Er stieg aus, ging zögernd die Treppe hinauf, klopfte leise an die schwere Holztür, viel zu leise. Als niemand öffnete, drückte er die Klinke und trat ins Haus.
Im Innern war es hell, die Türe zum Balkon lag angelehnt. Windstöße blähten den Vorhang. Am Teppichrand flirrte ein Lichtstreifen hin und her. Zur Vorsicht rief er »Hallo«, klopfte schließlich, von der eigenen Stimme ermutigt, entschlossen gegen eine der Türen und trat ein. Stehend wartete er, bis sich seine Augen an die Dämmerung gewöhnt hatten. Das breite Bett an der weißen, kahlen Wand lag aufgeschlagen, die Leintücher achtlos übereinandergeworfen. Sein Blick wanderte zu den heruntergelassenen Jalousien, dann zurück in die Ecke, wo das Bett stand. Zeitschriften, Bildbände, ineinander verknäultes Strickzeug lagen auf dem Boden verstreut, über der Stuhllehne hingen Socken und ein T-Shirt. Zufrieden setzte er sich auf das Bett und blätterte in einer der Zeitschriften. Er überflog die Bilder, hob ein auf dem Nachttisch liegendes Foto auf: Mon. Lange, zerflatterte Haare, die ein stummes, etwas verkniffen dreinschauendes Gesicht umgaben. Vor seinen Füßen ein Paar Damenhandschuhe wie Hände mit gespreizten Fingern, so, als wären die Hände eben gerade erst ausgeschlüpft. Er stieg höchst vorsichtig über die verstreuten Sachen. Er stellte sich Mon vor, die er seit über zwei Jahren nicht mehr gesehen hatte. Ihren Körper, ihren Geruch, der noch in der Luft hing, ihre Bewegungen, die er aus dem leeren Raum zwischen den Gegenständen ermessen konnte.
Als er später Stimmen hörte, verließ er das Zimmer, und als die Stimmen in trällernde Musik übergingen, lief er in die Küche und drehte das Radio aus. Erschrocken über die Stille stellte er es sofort wieder an. Er öffnete die Schränke und suchte nach etwas Eßbarem. Er fand nichts außer einer angebrochenen Milchflasche und einem Paket mit ausgetrockneten Keksen. Er kehrte ins Wohnzimmer zurück und aß die

zweite Casse-Croûte, die er sich auf der Fahrt gekauft hatte. Er sah sich immer noch im Auto sitzen und dahinfahren, das Steuer herumziehen, den Gang wechseln; noch immer, so schien ihm, war seine Seele nicht angekommen. Er sah die Berge inmitten des weiten Landes leuchten, und das Summen in seinem Ohr war noch immer das Geräusch der menschenleeren, allein den Winden überlassenen Landschaft.
Er bemerkte auf dem Tisch eine leere Weinflasche, ein Glas mit einem Lippenabdruck am Rand und daneben in einer Keramikschale zwei verschrumpelte Äpfel und eine Banane, die er sich zum Dessert genehmigte.
Mit der Müdigkeit überkam ihn das Gefühl der Unwirklichkeit des Ortes. Er trat auf den Balkon hinaus: in der Ferne das bleifarbene Meer. Die Sonne stand tief und die Schatten krochen wie lauernde Tiere auf die Hausmauer zu. Die Vögel zwitscherten zusammenhangslos, wie in einem gestörten Traum.
Er ging zurück ins Wohnzimmer, entdeckte neben der Weinflasche eine zerknüllte Zigarilloschachtel. Auf dem Kaminsims lag eine angebissene Birne. Er sah deutlich den Biß der Zähne, das an der Luft dunkel angefaulte Fruchtfleisch.

»Sie sind Südländer?«
»Mein Vater, ja.«
»Wie alt?«
»Dreißig.«
In Loders Stimme lag etwas Lauerndes.
»Mein Gott«, sagte er seufzend. »Mit dreißig beginnt das Leben. Wenn ich zurückdenke. Bis dahin ist eigentlich alles nur wirre Pubeszenz und präpotentes Gehabe.«
Übergangslos fuhr der Wagen aus dem Wald ins Nachmittagslicht. Sie stoppten vor einem sandsteinfarbenen, dreistöckigen Haus. Es war nicht abgelegen, wie Dill vermutet hatte, sondern stand am Rande eines kleinen, verschlafenen Dorfes. Ein schmuckloser, schwer in den Grund gesetzter Bau ohne Gesimse und Feuerspeier, kein einziger Erker und nicht ein Schnörkel an der Fassade. Ein depressives Gebäude, das dumpf in der Hitze schmorte. Unter den Wagenrädern knirschte der Kies, Grillenzirpen lag in der Luft, von irgendwoher hörte Dill den Lärm spielender Kinder. Aus einem offenen Fenster im Parterre satzte eine Katze und wieselte zwischen Loders Füßen hindurch. Loder ging Dill voran und ordnete eine Besichtigung des Gartens an. Dill fand es vermessen, dieses mit Unkraut zugewachsene Stück Grünfläche Garten zu nennen. In der Mitte standen lediglich drei krank aussehende Bäume, ein Nadelbaum, eine Birke und eine hochaufragende Buche. Am hinteren Ende des Gartengrundstückes erhob sich eine mannshohe, bemooste Mauer, auf die Dill zuschritt, um einen Blick hinüberzutun.
»Ein wundervoller Garten«, sagte Dill und kehrte wieder um, als er sah, daß ihn die Mauer um gut eine Kopflänge überragte.
Loder trug zwei rotweiße, mit Drillichstoff bezogene Klappstühle weg.

»Naja«, sagte er aufgeräumt. Doch dann, als hätte er es sich anders überlegt, blieb er stehen und rief:
»Der gärtnerische Reiz ist beschränkt, die Jahreszeit schon desolat.«
»Man müßte einiges machen«, räumte Dill vorsichtig ein.
»Ich gestehe«, gestand Loder, »daß ich am liebsten alles abreißen würde. Ich bin kein Gärtner. Und gerade weil ich kein Gärtner bin, verehre ich den Herbst und bete den Winter an. In dieser Jahreszeit ist der Garten so gut wie tot.«
»Wahrscheinlich sind die Möglichkeiten beschränkt«, sagte Dill.
»Ich will Ihnen die Wahrheit sagen«, sagte Loder und trug die beiden Klappstühle vors Haus. Als er zurückkehrte, stand Dill in einer weiter entfernten Ecke des Gartens und betrachtete die Rückfassade des Hauses.
»In Wahrheit«, rief Loder laut, um sich Dill vernehmlich zu machen, »hasse ich die Natur. Ich verabscheue jede sinnlose Verschwendung. Ich ertrage es nicht, jedes Jahr die gleiche Kulisse vor mir zu haben. Ich gehe nicht gern spazieren, und wenn es nicht gewisse Umstände gäbe, die mich davon abhielten, hätte ich Haus und Grundstück schon längst verkauft. Obwohl ich doch ein wenig am Haus hänge, sagen wir, wie an einer alternden Mätresse, zu der man immer wieder gern zurückkehrt.«
Eine Katze kletterte über die Mauer, spreizte in halber Entfernung zwischen Dill und Loder die Hinterbeine und schiß ein trockenes Häufchen ins Gras. Loders Gesichtsausdruck rutschte ins Weinerliche.
»Alles stinkt hier, ist voll von widerlichen Gerüchen. Bäurisch, sage ich Ihnen, es fehlt nur noch der Miststock. In der Natur bin ich ein dumpfer Mensch, denn die Natur stinkt unaufhörlich. Aber eines Tages«, fügte er dumpf an, »werde ich dieser Natur den kalten Spaten ins Herz drücken.«
Loder begann Unkraut zu jäten. Er rupfte Grasbüschel aus dem Boden und warf sie hinter sich.

»Auf jeden Fall würde ich saubere Arbeit leisten und diesen ganzen stinkenden Zauber hier abräumen.«
Er schleuderte ein Unkrautbüschel gegen die Katze.
»Im Grunde genommen hindert mich die Natur an der Arbeit. Nicht nur zeitlich, nicht nur, weil ich den Garten pflegen muß. Der Einflußbereich der Natur erstreckt sich von dieser Mauer da bis zum Fenster meines Arbeitszimmers. Ihre Wirkung ist paralysierend, ich fühle mich krank, wenn ich zu lange im Garten herumgärtnern muß. Eine verfluchte Anstrengung. Meine Arbeit, das Schreiben ist das einzige Gegenmittel. Ich errichte künstliche Dämme gegen diese Influenza. Ja, wenn Sie so wollen«, – Loder machte eine abwiegelnde Handbewegung – »mein Schreiben ist eine einzige Revolte gegen all das, was Natur ist. Gegen Verschwendung, Ehrlichkeit, gegen Blühen und Verwelken.«
Loder ging auf Zehenspitzen und wies mit ausgestrecktem Arm in Richtung Mauer.
»Jedes Jahr unterbreite ich der Gemeinde mein Angebot, das Grundstück des Friedhofs um meinen Gartenanteil zu erweitern. Geschenkt, sage ich dem Tölpel von Gemeindeamman, wer verschenkt denn heutzutage noch Land. Aber meine großzügige Geste scheitert jedesmal an der kantonalen Grundstücksverordnung. Dabei wäre mir nichts lieber, als diesen Garten hier in einen Friedhof umgewandelt zu sehen. Das Reich der Seligen vor meiner Haustüre beginnen zu lassen.«
Loder ging auf die Mauer zu und drückte mit beiden Handflächen dagegen an, als wollte er sie wegstemmen.
»In unruhigen Nächten«, sagte er, »arbeitet die Erde zu meinen Gunsten. Sie kehrt und wendet jeden Stein, jedes Kreuz, und stößt die unteren Erdschichten nach oben, reißt Blumen und Kränze in die Tiefe. So kommen die Gebeine in Bewegung, sie wandern unter der Mauer durch in meinen Garten. Glückstage, wenn die Katzen einen Schlüsselbeinknochen oder einen Kinderfinger ins Haus bringen.«
Loder schritt auf die angelehnte Verandatüre zu. Merkwür-

digerweise klopfte er mit dem Handrücken mehrmals gegen das Glas und lächelte, als drinnen ein vielstimmiges Geheul anhob. Ein Schweißtropfen kollerte ihm die Schläfe hinunter in den offenen Hemdkragen. Er riß die Türe auf.

Dill folgte ihm, und erst als sich seine Augen an das Dämmerlicht gewöhnt hatten, sah er die Kinder. Sie krochen bäuchlings über die Fliesen auf Loder zu, tummelten sich hinter zugezogenen Vorhängen, robbten über ein altes Ledersofa oder satzten von den Stühlen herunter. Zwischen den Kindern mehrere Katzen. Katzen und Kinder, dachte Dill verblüfft, rotweißgesprenkelte, pechschwarzsamtene und quecksilbergrau-gemauserte Katzen.

Mehrmals hieb Loder mit der Faust auf den Tisch. Die Kinder erschraken, tobten indessen weiter, da Loder seine Faustschläge zu einem rhythmischen Trommelfeuer verdichtete. Sie holten Löffel und Pfannendeckel aus der Küche, versammelten sich um den Alten und tingelten und tangelten begeistert mit. Fluchend ließ Loder die Kinder stehen, ging in die Küche und kam mit einer Katze zurück, die er am Balg gepackt hielt. Er postierte sich in der Zimmermitte, steckte eine Trillerpfeiffe zwischen die Lippen und jagte einen langen, schrillen Ton gegen die Horde. Dabei fuchtelte er mit den Armen wie ein Verkehrspolizist. Die Kinder stoben auseinander, wirbelten unter ihm durch ins Freie, kraxelten flüchtend über Stühle und Fenstersimse.

»Sie ziehen den Schwanz ein«, höhnte er.

Innerhalb von Sekunden, so schien es Dill, war das Haus leer. Zurück blieb das verlöschende Szenenbild eines grotesken Maars, das sich sofort mit dem Zwielicht und der rieselnden Stille verband. Plötzlich erschien Dill das Haus ebenso verlassen wie verwahrlost.

Loder ging müde zur Tür und schloß ab. Mit einem Ruck zog er die Vorhänge zu, ließ nur einen Spalt Licht durchsickern, gerade so viel, daß man nicht über die am Boden liegenden Kinderspielsachen stolperte. Wie absichtlich ließ er seine

Schultern hängen. Als er an Dill vorbeischlurfte, blieb ein säuerlicher Geruch in der Luft hängen, und Dill spürte eine Art wäßriges Mitleid in sich aufsteigen.

»Die Kinder –.«

Loder lachte leise auf.

»Die Kinder des Dorfes, sie kommen gerne zu mir auf Besuch. Sie mögen mich und nennen mich den alten Mann.« Gleichgültig zuckte er mit den Schultern.

»Ich bin hier so etwas wie ein Dorfunikum, der Schamane in einem Hundertseelenkaff. Die Kinder genießen es, sich frei im Haus bewegen zu können. Auch wenn ich nicht da bin. Erst neulich war der Dorfgendarm hier und hat mich deswegen gerüffelt: Eines Tages werden die dir die ganze Hütte auf den Kopf stellen, hat er gesagt. Oder es passiert sonstwas. Herrgott Loder.«

Die Katzen, die Kinder, dachte Dill.

»Die Herumtreiber, hat der Gendarm, der Lachat, geraunt und dabei seinen Daumen in den dicken Waffengurt gesteckt. Das Gesindel, die Türken, die Tamilen, das ist doch für jeden von denen eine Einladung, Loder, verdammich. – Aber ich mag die Kinder«, sagte Loder, ging in die Knie und nahm eine Katze auf. »Seit mehr als zwei Jahrzehnten lebe ich nun hier, und immer wieder kommen die Kinder zu mir, immer neue Kinder. Manchmal lese ich ihnen vor. Kinder sind die einzigen, mit denen ich rede, wenn ich wochenlang allein bin.«

Keine Frauen, kein Hund. Kinder und Katzen, dachte Dill.

»Und weswegen war der Gendarm hier?«

»Bah«, machte Loder, »was weiß ich. Um mich auszuspionieren. Um mir etwas anzuhängen, irgend etwas. Die Leute sind mißtrauisch. Einer wie ich, der nichts tut, der viel, ja zuviel auf Reisen war – Afrika, Asien – was weiß ich, was die in ihren engen Hirnen herumwälzen. Die lesen kaum Zeitungen hier. Glotzen neuerdings aber wie verbiestert in den Kasten.«

Loder drehte sich mit theatralischem Schwung um die eigene

Achse: »Da fragt mich doch neulich die Metzgersfrau, ob ich das gewesen sei, gestern abend im Fernsehen. Und einmal hat mich eine Touristin sogar mit irgendeinem Nationalrat verwechselt.«

Das durch die Vorhänge sickernde Licht legte einen fahlen Schein auf drei nebeneinanderstehende Terrakottafiguren: in der Mitte der altägyptische Gott Horus, zu seiner Linken die Göttin mit dem Kuhgeweih und der Sonne zwischen den Hörnern, und rechts von Horus der Gott Toth mit dem Vogelgesicht, der Gott der Schreiberlinge.

Sonst keine Bilder, keine Bücher, das Zimmer mit dem Schreibtisch und der Bücherwand, wo man Loders Portraitfoto gemacht hatte, mußte anderswo sein. Auf der gleichen Seite wie die Figuren, in die Wand eingelassen, ein Kamin, darin gestapelte Zeitungen und Sperrholzspäne.

Unglaubhaft, daß Loder hier seit mehr als zwei Jahrzehnten lebte, der Raum machte eher den Eindruck, als sei Loder eben erst eingezogen. Der vordere Teil zwischen Verandatüre und Ledersofa, das Schlachtfeld mit den Kinderspielsachen, machte einen verwahrlosten Eindruck, und dieser Eindruck schien sich in dem Augenblick auf Loder zu übertragen, als dieser erneut aus der Küche zurückkam.

»Die Ordnung der Kinder«, sagte er und sammelte die Kinderspielsachen ein. »Wir Erwachsenen werden uns nie daran gewöhnen.«

Womöglich verhielt es sich tatsächlich so. Eine leichte Gedankenverschiebung, und schon wurde aus der Unordnung eine geheime Kinderordnung. Oder eben Loders Ordnung. Verwahrlosung und Schlampigkeit als Ausdruck höchster Geisteszucht. Dreck als notwendiges Produkt der Blindheit des Genies. Der nach innen, immerzu nur nach innen gerichtete Blick. Keine Visionen, die sich an Haushalt und Alltag emporrankten.

»Es stinkt auch hier drinnen«, klagte Loder.

Leise stöhnend und grollend und Schimpfwörter in sich hin-

einmurmelnd, las er die Spielsachen auf, Kinderschaufeln, Wollknäuel, Gipsfigürchen, ein leuchtendes Jojo, kroch auf allen vieren unter die Stühle, packte Puppen bei den Haaren und zerrte sie aus dem Staub hervor. Seine kurzfingrigen Hände krochen, wieselten, schnappten gierig nach allem, was herumlag.
Dill hatte alles erwartet, nur nicht einen aufgekratzten Mimiker und Parodisten. Er traute es diesem verschlagenen Hund jedoch zu, daß er seine symbolische Kindstötungsakte absichtlich inszenierte. Auf eine Kommode gestützt, studierte Dill so unvoreingenommen wie möglich Loders Theater der Gesten und Gebärden. Sine ira et studio, das hatte er sich vorgenommen, doch fühlte er sich jetzt zusehends mehr verunsichert. Loder schien ihn ganz einfach an der Nase herumführen zu wollen.
Es war ihm schon jetzt fast gelungen, Dills Gelassenheit gründlich zu untergraben. Die Einsilbigkeit, mit der er, Dill, neben ihm stand und ihm zusah, mußte lächerlich wirken. Wo waren die vorbereiteten Interviewfragen, und wann wollte er damit loslegen? Dill ahnte, daß der Alte das Spiel bereits gewonnen hatte, sobald er, Dill, an sich zu zweifeln begann. Das Spiel war eine Neuauflage jenes schon dutzendfach bei Interviews und Begegnungen eingeübten Rituals. Und doch war hier alles anders. Der Alte war zu versiert und ließ ihn nicht an sich herankommen. Er gab sich keine Blöße. Im Gegenteil, gestand sich Dill ein, benutzte er noch die Blöße, das geschickte Sichselberbloßstellen, als hinterhältiges Mittel zur Täuschung.
In einer Ecke des Hauses klingelte ein Telefon. Loder rappelte sich vom Boden auf, schien einen Augenblick unschlüssig, ob er das Klingeln hören wolle oder nicht. Er ließ seine Arme hängen und erinnerte Dill an eine Fledermaus. Sein Gesichtsausdruck wechselte von dem eines ertappten Komödianten zu dem eines schwermütigen Verliebten. Dann verschwand er, und Dill nutzte die Gelegenheit, sich noch etwas genauer

umzusehen. Auf der heruntergeklappten Lade eines alten Sekretärs lagen Notizzettel, im Raum wahllos hingestellt verschiedene, einander den Rücken zukehrende Stühle und zwei lederne Ohrensessel. Dill verrückte die Stühle, schob sie leise durch den Raum, probierte verschiedene Arrangements aus und stellte zuletzt wieder alles in seine alte Unordnung zurück. Versuchsweise setzte er auf jeden der Stühle eine imaginäre Person und fand heraus, daß diese Stuhlgeister einander weder anschauen noch miteinander sprechen konnten. Nichts schien hier an seinem angestammten Platz zu sein. Der Sekretär ragte schräg in die Raummitte hinein, ein Ohrensessel schaute unerklärlicherweise zur Wand. Es sah aus, als hätte Loder am Vorabend eine wilde Party gefeiert.
Über dem Kamin war unauffällig eine Maske angebracht. Ein holzgeschnitztes ovales Gesicht, ein mit gelbbräunlicher Farbe bemaltes Männergesicht. Ein erschrocken aufgerissenes Augenpaar, eine servil gebogene Nase über einem klaffenden Mundschlitz, der unentwegt Luft herausblies. Ein gelbes Krankengesicht, das durch die an Nase, Kinn und Wangen abgeblätterte Farbe den Eindruck von Fäulnis erweckte. Ein Gesicht in Agonie, kein strahlender Dämon. Die Ruine einer Maske. Dill nahm sie vom Haken, um sie sich vors Gesicht zu halten, wobei er auf der Innenseite Dutzende von Wurmstichen entdeckte. Die Maske hatte eine entfernte Ähnlichkeit mit Loder. Dill stellte sie sich als Totenmaske vor, als Totenmaske von Loder.
Als Loder zurückkam, winkte er Dill, und sie stiegen die Treppe zum oberen Stockwerk hinauf. Loder ging voraus.
»Wie oft schon sind mir die Stufen dieser Treppe wie meine eigenen Lebensjahre vorgekommen.«
Dill wußte nichts zu entgegnen. Er roch Loders dezentes Rasierwasser, das sich nicht unangenehm mit seinem Schweiß vermischte. Er stellte ihn sich vor, wie er jeden Tag diese Treppe hinaufstieg. Vor einem Stich von Piranesi blieb Dill stehen – Loder ging weiter –, und schaute auf einen langen,

mit einem Läufer ausgelegten Flur mit drei Türen. Er öffnete die erste, das Zimmer war leer, kein einziges Möbelstück darin. Für einen Alleinstehenden, fand Dill, war das Haus viel zu geräumig. Die vielen unbewohnten Zimmer vergrößerten die Einsamkeit.

Loders Einsamkeit schien Dill fast spürbar. Ging Loder langsam, wie vorhin im Wohnzimmer, war es, als sei er sehr weit von allem entfernt, als wichen die Gegenstände erschrocken vor ihm zurück. Auch die verwirrende Anordnung der Möbel schien ihm auf einmal verständlicher.

Dill stieg weiter die Treppe hinauf. Von einem knapp unter der Decke eingelassenen Fenster fiel Licht auf den obersten Treppenabsatz, das sich als schmaler Balken auf die Schwelle legte. Die Türe am Ende der Treppe war geschlossen, Dill stellte sich eher einen geräumigen Speicher denn ein Arbeitszimmer vor.

War Loder tatsächlich hier heraufgestiegen, oder war er irgendwo vorher in einen der Seitengänge abgebogen?

Dill wagte nicht zu rufen.

Die Treppe, hatte Loder in einem seiner Bücher geschrieben, ist die Vorwegnahme des Zimmers, in das sie führt. Diese Treppe hier war aus Holz, ohne zu knarren, war dunkel und staubig. Dill gefiel die Vorstellung, es handle sich um die spiralförmige, labyrinthische Treppe eines abgelegenen Landhauses. Hatte Loder das alles nicht in seinem ersten Buch beschrieben? Ein verlassenes Haus, von Zeit und Verfall heimgesucht, in einem immergrünen Garten in der Provence? Am letzten Tag des Jahres steigt der Hausherr, ein philosophierender Spinner und Kokoschkasammler, in seinen Wagen und fährt davon. Das junge Geschwisterpaar, Mann und Frau gegen Dreißig, beide Maler, zieht mit seinen Siebensachen ins Haus ein. Umständlich, delikat und verworren hat der Alte den beiden die Litanei seiner obskuren Bedingungen vorgesungen. Es dürfe niemand Zutritt haben zum heiligen Bezirk der gehorteten Schätze. Man dürfe nur leben von Luft und

Kerzenrauch, nur sich berauschen am Samengestank des Gartens. Die beiden seien nun Geister des Hauses, wertvolle Gefangene seiner, wie er betonte, lediglich spirituellen Begierden. Er spiele den Mäzen. Sie sollten malen, was ihnen vor die Augen komme, Pflanzen, Morgenröte, Natur und Inzest, zum Teufel, nur ja kein Gemälde, um Himmels willen, psalmodiert der Alte, keinen seiner wunderbaren Kokoschkas, von denen er ein gutes Dutzend in allen Zimmern verteilt hatte. Er werde sie einmal im Monat abholen, zu Landpartien, Déjeuners und Galerienbesuchen.

Die Geschwister leben ein Jahr lang unter der rigorosen Ägide des Meisters. Sie malen, was ihnen unter die Augen kommt. Sie zergehen in der Natur, sie wiederholen den Inzest. Im Haus läuft die Zeit rückwärts. Als der Sommer anbricht, begehen sie das Sakrileg und kopieren den ersten Kokoschka. Sie können nicht anders, sie haben ihr eigenes Leben verloren. Sie sind willige Neophyten unter der Fuchtel des Alten, der die Bilder inspiziert und – je nach Belieben – zerreißt. Schließlich bezahlt er sie gut, und was soll er mit Imitationen schon anfangen. Sie verlassen das Grundstück nicht mehr. Vor Ablauf der Jahresfrist verfallen sie, nachdem sie von jedem Bild ein Doppel hergestellt haben, dem Dämmerzustand eines sanften Wahnsinns.

Langsam ließ Dill seine Arme sinken und schaute zum Fenster hinaus. Im Garten draußen herrschte Windstille. Wasser tropfte auf die Agavenblätter, Dill sah jede Bewegung einzeln, einen schaukelnden Zweig, den Sprung einer weißen Katze.
Er hatte das Ende der Nacht vor dem Fenster verbracht. Die Dunkelheit war zurückgewichen, Zentimeter um Zentimeter war das Licht vorgerückt, jede Minute hatte etwas Vergessen gebracht und den Raum verengt. In der anbrechenden Morgendämmerung war ein rauschender Wind aufgekommen, und das Meer, das durch eine Schneise im Wald vom Fenster aus zu sehen war, hatte wütend auf die Felsen eingeschlagen. Kein Stein blieb auf dem andern. Dill starrte hinaus, starrte ins Heulen der Gezeiten. Der Himmel lastete schwer über der Erde, der Boden schien sich zu krümmen.
Eine Stimme, die Stimme Marthes, rief ihn zum Frühstück. Er setzte sich auf den Balkon, der Tisch war bereits gedeckt. Mon saß in einem pinkfarbenen Morgenmantel da, riß ein paarmal die Augen weit auf, zog die Schultern hoch und gähnte.
Marthe brachte Tee. Ihre Augen waren hinter einer Sonnenbrille verborgen. Ein schwarzes, weites Kleid fiel ihr bis auf die Knöchel. Sie verharrte einen Augenblick, atmete tief und nahm dann eine Orange aus der Schale. Sie setzte sich und begann zu schälen. Ihre Bewegungen waren geübt, sie genoß das Schälen der Frucht. Eine Zeremonie, die sie offenbar täglich wiederholte.
Ich werde mich eingewöhnen, dachte Dill.
Er blickte über das Balkongeländer hinunter in den Garten. Sonnenflecke wanderten über die flachen Trittsteine. Wieder sah er das Meer, nun schien es näher gerückt. Heute war alles anders: eine neue Landschaft in einem klareren Licht. Jeder Lichtwechsel schien die Landschaft zu verändern.

Mit einem spitzen Messer spaltete Mon Mandelkerne. Eine Konzentrationsübung. Ihr Gesicht knapp über dem Teller, die Haare, lange, braune Haare, fielen strähnig herab. Sie sah aus wie eine Schlafende, aber sie spaltete die Kerne so geschickt und akribisch, daß sie bald den ganzen Teller voll hatte.

»Findest du nicht, daß es ohne Messer einfacher ginge?« fragte Marthe.

Mon deckte die Kerne mit einer dicken, weißen Joghurtsauce zu, dann folgten Vollkornflocken, Haferflocken, Pinienkerne. Marthe teilte Orangenschnitze aus, es gab getrocknete Trauben, Butter, Toast, einen Rest Marmelade für Dill.

Die Zeit verging zögernd, es gab keine Uhren, nur die Farbe des Himmels wechselte. Ein Wind zog durch die Pinien, das Meer glänzte froschgrün. Mon begab sich in den Garten hinunter.

»Wann haben wir uns das letzte Mal gesehen«, fragte Marthe. Sie lachte, sprach noch immer so langsam wie früher, dehnte ihren berndeutschen Dialekt zu einem eigenartigen Singen aus.

»Vor zwei Jahren, glaube ich, in deinem Atelier in der Stadt. Ich kann mich auf jeden Fall an Zeichnungen von dir erinnern. Vor allem Gesichter, glücksüchtige, selbstverlorene, dem Wind oder irgendeinem vorstellbaren Taumel entgegengestemmte Gesichter. An ein bestimmtes Bild sogar,« sagte er, »das du mir das letzte Mal gezeigt hast. Eine Frau geht eine Mauer entlang. Irgendwo in einer Ebene, vielleicht sogar am Strand. Es regnet oder es ist Winter. Das Licht ist dick, aber unzuverlässig. Man könnte sich den Himmel mit einer Sonne denken, egal. Im Bild höre ich Hunde bellen, von fern, sagen wir gegen die Mauer oder gegen die Brandung. Die Frau aber hatte keine Augen, erinnere ich mich, das Gesicht war roh, die Augenhöhlen schwarze Kohlengruben. Der Kopf vom Wind rasiert. Der Mund offen, weit sogar. Eine Skizze, die mir gut gefallen hat.«

»Du hast ein gutes Gedächtnis für Bilder.«

»Für Dinge, die mir wichtig sind. – Oder nein, nichts ist mir wichtig. Vielleicht nur deine Sonnenbrille, die du so beharrlich trägst.«
»Dabei hast du immer behauptet, ein schlechtes Gedächtnis zu haben. Früher jedenfalls, als du noch für Lokalzeitungen schriebst.«
»Das tue ich auch heute noch. Zur Zeit sollte ich gerade ein Portrait eines Schriftstellers machen, den ich letzte Woche besucht habe. Aber es stimmt, mein Gedächtnis ist noch immer miserabel.«
»Was soll das heißen«, hörte er die Stimme von Mon von unten herauf.
»Ein schlechtes Gedächtnis?«
»Bestimmt verdrängst du viel«, behauptete Marthe.
»Das war schon früher so«, sagte Mon wieder vom Garten unten herauf. »Er hat immer alles vergessen, was man ihm gesagt hat.«
»Ich vergesse sogar meine eigenen Träume, sodaß ich nie welche habe.«
»Wie wenig sich bei ihm tut«, sagte Marthe. »Damals, vor zwei Jahren, wußte man nie, was mit dir los war. Ging es dir mies, ging es dir blendend, man wußte es nicht. Er war ein fürchterlicher Schweiger, findest Du nicht auch?«
Marthe schlug ihre Beine übereinander, rückte den Oberkörper vor. Dieses Bild von einer leicht schräg dasitzenden Marthe, die Beine eng übereinandergeschlagen, mit den Fußspitzen wippend. Das war ihm geblieben. Ihre Fußspitzen. Die Partie von den Zehen bis zum Ansatz der Wade, nackt oder im Strumpf. Ein beständiges Bild. Zum Einprägen, zum Verlieben. Oder dann ihre Ohren, die hatten ihm ebensogut gefallen.
»Und du träumst tatsächlich nie?« fragte Mon erstaunt. »Ich träume fast jede Nacht.«
»Manchmal steht sie am Morgen auf und legt sich wieder hin, um eine Fortsetzung zu träumen«, sagte Marthe.
»Ist Träumen deine einzige Beschäftigung hier unten?«

»Meine einzige Beschäftigung mit Träumen ist die, daß ich träume«, sagte Mon schnippisch.
»Und daß du mir dann deine Traumgeschichten jeden Morgen um die Ohren schlägst«, fiel Marthe ein.
»Sie übertreibt, wie sie mit allem übertreibt. Weil sie von Natur aus langsam ist. Langsam und gründlich, zum Davonlaufen. Streicht sie ein Butterbrot, braucht sie so lange, als würde sie für eine halbe Kompanie Soldaten streichen. Hat man ihr einmal einen Traum erzählt, tut sie so, als käme man stündlich mit seinen Träumen bei ihr hausieren. Dabei fragt sie mich doch jeden Morgen, Wie hast du geträumt, mein Liebes, erzähle mir Kleines, war es ein langer Traum, ein schrecklicher, ein feuchter, Monilein, oder ein böser.«
Mon sprach langsam, dehnte den Dialekt, mit dem sie Marthe nachmachte, noch länger aus.
»Und wenn ich ihr sage, ich hätte von Landschaften geträumt, von lauter Bäumen und Baumstrünken, von riesigen, platten, abgeholzten und kraftstrotzenden Baumstrunken, überall, der größte Blödsinn, dann zieht sie ein langes Gesicht und schmollt.«
Marthe zuckte zusammen und spreizte ihre Finger. Sie starrte zu Mon hinunter, als müßte sie sie mit ihren Blicken durchlöchern. Langsam richtet sie sich auf, sog tief Luft ein, schob den Stuhl beiseite und ging, ging so langsam und demonstrativ an Mon vorbei, daß diese nervös mit den Augen zwinkerte.
»Da hast du's«, sagte Mon.
Dill zögerte. Sie haben den Schmelz von zwei Liebenden, dachte er. Domina und Serva, mal so, dann wieder umgekehrt. Mon begann zu pfeifen, »Only you«, und setzte sich vergnügt an den Tisch, zündete sich eine von Marthes langen, schwarzen Zigarillos an und blies Dill munter den Rauch ins Gesicht.
Es war ihm klar, daß es unmöglich war, hier etwas zu schlichten. Unmöglich, zwischen die beiden zu treten, um sie zu

versöhnen. Sie existierten nur als Paar, eingespielt und undurchschaubar.

»Weißt du, wo sie hingegangen ist?«

Mon blies Ringe in die Luft. »Wenn sie nur ein bißchen böse ist, dann reicht es bis zu meinem Atelierhäuschen hinunter. Da läßt sie dann Dampf ab und schlägt mir eine Vase in Scherben. Wenn sie böse ist, stiefelt sie meistens bis zur Halbinsel hinaus und gafft dort stundenlang ins Meer. Wenn sie total eingeschnappt ist, nimmt sie das Auto und fährt den Berg hinauf und hinunter, wie eine Wahnsinnige. Sie spinnt einfach.«

»Und dabei höre ich kaum ein böses Wort aus ihrem Mund. Ihr werdet ja ruiniert von eurem Glück.«

»Ja, wir hocken unter einer Käseglocke, total harmoniesüchtig,« bestätigte Mon.

»Malt sie noch immer?«

»Nein, sie hat aufgehört«, sagte Mon und begann sich die Fingernägel mit einer Gabel zu reinigen. »Sie bearbeitet jetzt Gegenstände, vergoldet sie. Bilderrahmen, Nippes, sie hat allen möglichen Kram in ihrem Atelier. Sie hat auch einen Vertrag mit einem Geschäft. Die karren ihr jeden Monat die Ware her, damit sie sie zu Gold macht. Verscherbeln das Zeugs dann hinterher an die Snobs und Touristen.«

»Und du?«

»Wir sind zwei Schwestern«, sagte sie, als begänne sie mit dem Abzählvers aus einem Märchen. »Ich bin die große Erdkünstlerin, die große Mamma, die Dreckanna im Schweinetrog.«

Sie lachte.

»Im Ernst, ich stelle völlig überflüssiges Zeugs her. Töpfe, Vasen, Teller und Nachtgeschirr, zerbrechlich, aber fein. Sag mir, wenn du Bedarf hast, ich töpfere auf Bestellung.«

Sie lächelte wieder, als sei das, was sie sagte, überhaupt nicht wahr.

Er betrachtete ihre Lippen, ihre Augen und stellte fest, wie gut sie ihm gefiel. Wieder pfiff sie »Only you«, als meinte sie ihn damit. Putzte sich mit der Gabel die Zehennägel. Besaß etwas Kindliches, beinahe Verschämtes. Viele ihrer Bewegungen waren kleine, boshafte Freudenwinke, Gesten eines inneren Lachens, das er nicht auf Anhieb verstand. Beim Reden pflegte sie nie eine Einleitung zu machen, sondern platzte stets mitten hinein. Guten Morgen, guten Abend. Die Zartheit, mit der sie sich den Dreck unter den Nägeln entfernte. Sie konnte jedermann glauben machen, sie sei unschuldig. Unschuldig an allem, was sie anstellte. Nie war sie erwachsen, gerade, verantwortlich für etwas, bemüht oder ernsthaft. Wenn sie lachte, hatte er das Gefühl, sie zeige sich ihm für einen Augenblick. Aber gleichzeitig war es so, als lachte sie ihn auch aus.

Dill erhob sich und ging in Marthes Atelier, das in einem Zimmer im Untergeschoß des Steinhauses untergebracht war. Er traf Marthe in einer Ecke, sie strichelte mit einem Bleistift Skizzen auf ein Blatt Papier. Vergebens schaute er sich nach einer Staffelei oder einer angefangenen Plastik um. Das Atelier glich eher einer Rumpelkammer als einem Arbeitsraum. An der Wand stand tatsächlich ein halbes Dutzend zu vergoldender Bilderrahmen.

»Trinken wir ein Glas«, fragte sie ihn, ohne vom Blatt aufzublicken. »Da, auf dem Gestell hinter der Matratze hat es saubere Gläser.«

Dill kniete sich auf die Matratze und langte nach den Gläsern, als er unter seinem Knie etwas Hartes spürte. Er griff danach, Metall, und noch bevor er begriff, hatte seine Hand die Pistole schon unter dem Kissen hervorgezogen.

Das Ding in der flachen Hand wiegend, blickte er zu Marthe.

»Schönes Spielzeug.«

»Sie ist geladen, paß auf.«

Sie trat auf ihn zu und nahm ihm die Waffe vorsichtig aus der Hand.

»Sag nicht, du hättest Angst vor Einbrechern.«

»Wieso? Andere fressen Valium oder Limbitrol. Kiffen sich auf eine Trauminsel oder dopen sich mit Geld. Ich brauche nur den da, geladen und in Reichweite. Eine Möglichkeit, das Leben von der vergänglichen Seite her zu betrachten.«
»Und es funktioniert?«
»Es hält mich fest auf der Erde drunten. Im übrigen geht es mir gut, wie du siehst.« Sie warf ihm einen schlauen Blick zu.
»Das Gefühl größtmöglicher Lebensintensität, eine gewisse Intimität zum Tod«, deklamierte er.
»Die Waffe funktioniert wie eine Verschwörung, eine dauernde Bedrohung, die mich aufheitert.«
Sie entkorkte die Flasche Wein und goß die Gläser halbvoll, ging zum Fenster hin und zog die weißen Leinenvorhänge auf. Einen Augenblick lang verblaßten die Dinge im Licht und Staubflocken tanzten in der Luft. Die Äste eines Holunderstrauches warfen ein gezacktes Schattenmuster an die Atelierwand. Ein lautlos hin- und herschaukelndes Muster.
»Das Licht, dieses helle, geräumige Licht ist einer der Gründe, warum ich hierhergezogen bin. Das Licht verbindet mich mit meiner Kindheit. Es war immer da, an Nachmittagen, an der Decke meines Kinderzimmers, es glitt über die Stukkatur in unserem Eßzimmer, es kringelte sich auf dem karierten Tischtuch im Wohnzimmer, in dem ich meine Schulaufgaben machte. Ich wollte das Licht malen, das ich hier unten während unserer Familienaufenthalte zum ersten Mal erlebt habe. Das Licht, das Bäume in bewegte Schatten verwandelt. Aber wie malt man das? Licht, das zusammengesetzt ist aus sämtlichen Farben eines Tages. Noch heute existiert es für mich nur als Vergangenes, als Augenblick meiner Kindheit.«
Schweigend blickte sie aus dem Fenster und biß sich auf die schmalen Lippen.
»Als wir hierherkamen, gab es für mich nur noch dieses Licht«, fuhr sie zu Dill gewandt fort. »Ich wollte es festhalten, neu erzeugen, um so den Augenblick zur Rückkehr zu

zwingen. Ich malte Tiere und Pflanzen, Landschaften und Menschen, Menschen wie Landschaften.«

Sie griff sich in die Haare und starrte erneut zum Fenster hinaus, als sähe sie dort etwas Bestimmtes.

»Aber ich wollte es nicht nur malen, ich tat auch sonst alles für dieses Licht. Es gab Krisen, denn ich wollte nicht mehr für den Markt oder eine übersättigte Öffentlichkeit produzieren. Ich schloß mich ein in dieses Licht.«

Unerwartet lief sie zur gegenüberliegenden Wand und zog hinter dem Holzgerümpel ein großes Bild hervor.

»Das habe ich vor einem Jahr gemacht«, sagte sie in einem Ton, in dem ihre ganze Unerbittlichkeit mitschwang.

»Ein riesiges Bild«, staunte Dill, »sieht aus wie ein Tier, die aufgespannte Haut eines Büffels. Ein Stier?«

»Ich weiß nicht«, entgegnete sie auf einmal ziemlich kraftlos.

»Ein aufgespanntes Fell und zugleich das Bild eines Fells. Aber wo ist der Kopf, es fehlt doch der Kopf!«

Sie wankte einige Meter zurück, stemmte die Arme in die Hüften und schüttelte den Kopf.

»Ja. Doch schon als es fertig war, fehlte der Kopf. Die stumpfrote Farbe war damals noch blutend.«

»Es könnte auch eine Trophäe sein.«

Sie lachte.

»Warum nicht! Ich bin beim Malen durch Schlachthöfe gelaufen, durch endlose, leere und frostige Hallen voll mit ausgeweideten Leibern. Als ich dem Rand der Tiere Farbe gab, mußte es Rot sein. Ich spürte es bluten, spürte in mir selbst noch einmal die Gewalt des Zerschneidens, Ausnehmens und Zerstückelns. Aber ohne es zu wissen hatte ich dem Opfer auch schon den Täter, dem Tier bereits seinen Schlächter eingezeichnet.«

»Warum?«

»Schau her: mit der Zeit trat hier mitten im Bild eine neue Kontur hervor, der Umriß eines menschlichen Körpers. Täter und Opfer wurden eins. Aber ich mag das Bild nicht mehr«,

sagte sie plötzlich und begann damit, die oberen Ecken der Leinwand vom Rahmen zu zerren und einzurollen.
»Urzeit, so hieß es zuerst. Es war eine Erinnerung an die Unzertrennlichkeit von Mensch und Tier. Der Frühmensch, ja, ich dachte mir das so weit zurück. Der Frühmensch opfert schließlich im Tieropfer einen Teil seines Selbst. Er taucht in das Tier ein, in Fleisch und Blut, um ein Tiermensch zu werden. Um den Tod zu überwinden, dachte ich damals.«
Beim Einrollen blätterte eine dicke Farbschicht ab. Die Farbe klatschte zu Boden und zerbröselte. Marthe holte eine Zange und zog die Nägel aus dem Holz, an dem die Tierhaut befestigt war.
»Man träumt das Bild und merkt erst zuletzt, was man damit anrichtet. Der Frühmensch verschwindet im Tier«, wiederholte sie, »aber ich verschwand ja auch. Und zwar in diesen Bildern. Ich spannte diese Felle und Häute auf, um darin zu verschwinden.«
Sie hielt inne, rollte die Leinwand ein Stück weiter.
»Aber das war es ja nicht, nicht das Malen, nichts wurde gelöst, es wurde alles nur noch schlimmer dadurch.«
Wütend schaute sie zu Dill hinüber, als bemerkte sie seine Gegenwart erst jetzt.
Sie durchquerte den Atelierraum und nahm aus einem Schrank ein Bündel mit Fotos. Sie legte jede einzeln vor ihm aus, der Reihe nach, wie eine Kartenlegerin. Es war eine Serie mit Abgüssen ihres Körpers. Zuerst Torsi aus Gips und Wachs. Dann hatte sie zu einem weicheren, amorphen Material gefunden. Die Leiber schienen nun roh, blutend und vergingen zusehends, als würden sie verfaulen und verwesen.
Wieder die Schlachthöfe, dachte er. Eine steifgefrorene Leiche nach der andern. Eine unheilvolle Entwicklung. Bein, Knie, Schenkel, das alles schien ihm ohne Liebe, dafür mit der Kraft des Hasses gemacht. Immer nur der erste Satz, dann der Schmerz und das Erlöschen. Es sank und sehnte sich zurück ins Formlose. Der Leib sank in die Tiefe der

Erdgrube; Stück um Stück war ihr die Formung in der Erdhaftigkeit des Materials verlorengegangen.
»Die Gesichter, die entstellten«, sagte sie und wies auf andere Fotos, »alles überkleckerte Fratzen, aber auch da noch gingen mir die Linien wie in einem Strudel unter. Ein Bild ein Gesicht, und beim nächsten Augenaufschlag bereits der Tod. Abgrundtief naiv«, sagte sie.

»Hier oben«, sagte Loder, »arbeite ich.«
Das Zimmer unter dem Dach war heiß und stickig. Ein Studioraum, in dem – wie hätte es anders sein können – Dämmerlicht herrschte. Das Licht, das Loders geschwächten Augen am besten bekam. Ein kleines Fenster, von dem aus man auf den Garten hinunterblicken konnte, war die einzige natürliche Lichtquelle. Der Fußboden war aus Holz, es gab einige wenige Möbel, einen blassen Widerschein aus Spiegeln, Gläsern, ein Abteil mit einem Schreibtisch, der vom übrigen Raum durch ein weißes Maschendrahtgitter abgetrennt war. Hinter diesem Zaun, neben dem Schreibtisch, auf einem Glastisch ein toter Skorpion, schwarze Phallen, zwei uralte Bibelausgaben, Tiergeweihe.
Das Zimmer erschien Dill wie eine fremdartige Einöde in ausschließlich zwei Farben: schwarz und weiß. Nichts anderes. Eingerichtet mit einem überzüchteten Sinn für sämtliche Schattierungen dazwischen.
»Ich könnte hier nicht arbeiten«, entfuhr es Dill.
Loder grinste.
»Ich arbeite nachts, oder in der Dämmerung, meistens aber nachts. Ich profitiere von der Tagesunabhängigkeit, die uns der Glühlampenerfinder Thomas Edison verschafft hat. Kennen Sie die Geschichte?«
Loder machte einige Schritte auf einen in der Ecke stehenden Fotoapparat zu. Er knipste eine Lampe an, sodaß Licht ins Zimmer kam, Licht wie von einem künstlichen Mond.
»Die Herrschaft des Lichts,« murmelte Loder. »Das heutzutage überall blendende Licht. Hat den Körper, unseren Körper, zu einer Statue gemacht, zu einer Statue.«
Stockend erging er sich in weiteren Betrachtungen, war ganz in die Apparatur versunken. Redete mit dem Fotoapparat. Zärtliche Beschwörungen.

Der spitze Einfall des Lichts verzerrte seinen Schatten, der auf eine weiße Wand fiel. Sein Körper wurde weich. Gelenkig verlor er sich in die Posen. Sein Mund bewegte sich, seine Hand formte die Kanten des Apparats nach. Ein Zeremoniell. Loder von der Seite, von vorne. Das Haar stand auf dem Hemdkragen auf und spreizte sich. Loder murmelnd und selbstvergessen.
Dill schlich zur Seite und tat, als hörte er ihm aufmerksam zu. Und für den Blitz einer Sekunde glaubte er die Ähnlichkeit des Gesichts mit der Maske über dem Kamin wiedergesehen zu haben. Die Augen zu Schlitzen verengt, die Backen hamsterhaft herunterhängend, der blasende Mund. Ein Gedanke zog ihm die Stirn in Falten. Eine Bewegung unter der Haut, ein winziges Ereignis, einer der launischen Zufälle des Tages.
»Darf ich ein Foto von Ihnen machen?« Dill suchte nach seiner Reisetasche, die er neben der Türe abgestellt hatte.
Beiläufig winkte Loder ab. Seine Gedanken waren nicht bei der Sache, umkreisten offensichtlich die Hasselblad. Ende des Sprechens, aber noch kein Anfang des Schweigens. Seine Stimme ein Gewimmel von Lauten.
»Meine Lichtempfindlichkeit. Meine Lichtidiosynkrasie. Man hat mich zum Fotografieren gebracht. Der Arzt. Seit Kindsbeinen leide ich an einem Augenleiden. Man kann das nicht verstehen, wenn man es nicht erlebt hat.«
Er schien sich entschuldigen zu wollen. Aber der Stimme entglitt die Traurigkeit. Er redete von sich wie von einem Fall.
»Also mache ich schnell den Schnappschuß«, beharrte Dill.
»Ich lernte das Sehen«, sagte Loder und fingerte nervös an der Kamera herum. »Ja, das faszinierte mich, die Entdeckung, die Entbergung, die Enthüllung der Wirklichkeit. Der Fotoapparat als Zaubermittel, um der Wirklichkeit ihre krude Faktizität auszutreiben. Exorzismus. Die Beherrschung des Lichts.«

Loder befand sich in einem Zwischenraum. Er ging wie im Freien. Seine Sätze gaben zu einigen Vermutungen Anlaß. Zwar behauptete er viel, aber er versperrte nichts. Alles war im Fluß.
Am spannendsten, meinte Dill, sei für ihn die Arbeit im Labor. Die Entwicklung und Vergrößerung des Negativs. Das Warten, bis die Nebel flohen, die Schatten vom Papier abzogen und eine Form, ein Umriß sichtbar wurde. Ein genauer Umriß. Etwas Fertiges. Über das man nachdenken konnte, das man mit anderem vergleichen konnte. Wie ein gespeichertes Gedächtnis. Ob er, Loder, sich nicht schnell vor die Bücherwand begeben könne. Es dauere ja naturgemäß nur eine Sekunde.
»Ich gebe Ihnen einige Fotos«, sagte Loder. Seine Stimme klang gepreßt, fast drohend.
»Aber es gibt doch diese wunderbare Aufnahme von Ihnen auf dem Umschlag der ›Narrenläufe‹«, rief Dill begeistert. »Ich glaube der Fotograf heißt Eyslink. Ein Däne, ein Schwede, ich kenne mich mit diesen Namen nicht aus.«
Loder schwankte.
»Wer ist denn dieser Eyslink«, fragte Dill.
»Eyslink? Eyslink?« Loder wiederholte den fremdklingenden Namen so oft, daß er sich in absurde Bedeutungen auflöste. Er dachte überhaupt nicht daran, Dill zu antworten.
»Ein guter Fotograf, in jedem Fall«, flüsterte Dill. »Wissen Sie, wo dieser Eyslink jetzt lebt?«
»Im Ausland«, sagte Loder. »Ich werde meinen Verlag anrufen, damit er Ihnen Pressematerial schickt.«
Dill hatte vergessen, daß es hinter Loder noch einen Verlag gab. Eine Organisation, die ihn betreute. Wie man einen Fußballspieler betreut. Mit dem Hinweis auf den Verlag, auf etwas sehr weit Entferntes, nicht Hierhergehörendes, hatte Loder das Thema verabschiedet. Er wollte nicht fotografiert werden. Seine kleine Hand machte eine flapprige Geste, als verscheuchte er ein Insekt.

»Man stellt sich nicht gern ins pralle Licht, ich schon gar nicht.«
Er stand nahe am Fenster, es war hell genug, um fotografieren zu können.
»Die Fotografie ist eine wunderbare Erfindung, glauben Sie mir. Die Zähmung des Lichts, wenn auch –«
»Was?«
» – eine logische Folge der Aufklärung. Schattenfängerei, man mußte den Dingen ihre Schatten zurückgeben. Das Licht ist ein Terror, es dringt überall hin, es schmerzt die Augen.«
Er trat zum Schreibtisch, glättete mit dem Zeigefingerknöchel die Eselsohren eines Papieres.
»Bezeichnenderweise entstammt der Begriff ja der Militärsprache: aufklären, Licht in eine Sache bringen. – Bereits zu Beginn des Jahrhunderts zogen Aufklärungsflugzeuge am Himmel auf. Zur gleichen Zeit betraten die Stars die Bühne in weißen Kostümen, um das Licht ganz auf den Körper zu ziehen, um den Körper im Licht aufzulösen. Und ebenfalls zur gleichen Zeit entwickelten die Erfinder ein Gerät, mit dessen Hilfe man Licht durch den Körper senden kann. Auch hier wird der Körper vom Licht aufgelöst.«
Loder verstummte und blickte fragend zu Dill.
Auch Blicke können den Körper durchbohren, dachte Dill. Am liebsten wäre es ihm, ich würde nun verschwinden.
»Und welche Fotografen schätzen Sie besonders?«
»Nicht Fotografen, nur das Medium. Den Gegenzauber.«
»Mapplethorpe?«
»Fistfucker«, rülpste Loder überraschend.
»Die Riefenstahl?«
»Eine unverwüstliche Dame.«
Ich will keine Antworten wie diese, dachte Dill wütend. Lieber keine als solche. Ich weiß ja selber, daß er auf alle Fragen eine passende Antwort hat. Egal, ob sie wichtig, unsinnig oder lästig sind, Loder zieht in seinem Denken eine Schlaufe und serviert eine intelligente Antwort. Er wird sich nicht

wiederholen. Er weiß, daß ich vorbereitet bin, alle Interviews von ihm gelesen habe, er wird sich hüten.
Loder schwieg noch immer. Vielleicht war er auch nur aus dem Konzept geraten. Beim Herumgehen streifte er zufällig den Faltenwurf des Vorhangs, beunruhigte den einfallenden Lichtschein. Obwohl die Wände weiß gestrichen waren, selbst der hölzerne Fußboden einen matten Glanz zurückwarf, wirkte das Zimmer düster.
Dill fiel ein Satz ein, den er sich bei der Lektüre der Loder-Bücher unterstrichen hatte: »Verweigern wir der Natur ihre Kinder. Sie, wir alle, befinden uns in einem vollkommen geschlossenen System elektrischer Ströme.« Er hätte Loder ganz gern nach diesem Satz gefragt. Aber Loder stierte wieder einmal versunken in den Garten hinab. Oder auf den Friedhof hinüber.
Draußen war es ruhig, von sehr weit weg war das Rufen eines Kauzes zu vernehmen, das die Stille noch vergrößerte.
Unmerklich wanderte der Lichtbogen durch das Zimmer. Loders Kopf tauchte für einen Moment in ein Lichtbündel. Dill fühlte sich plötzlich verloren. Aus der Zeit getragen. Er drehte sich um und hatte das Gefühl, als befände er sich in der stillen Mitte eines Zyklons.
Loder hob den Arm Richtung Fenster.
»Die Wälder sind am Verrecken. Von meinen drei Bäumen sind zwei krank. Man wird sich damit abfinden müssen, von den Bäumen, dem Wald, von der Natur nur noch in der Vergangenheitsform zu reden. Deswegen gehe ich nicht mehr spazieren.«
»Weswegen?«
»Weil es die Natur nicht mehr gibt. Was wir da draußen haben, ist nur noch eine Erinnerung. Wenn ich hinausgehe, tue ich eine Zeitlang so, als wäre ich wieder ein Naturmensch. Wir alle tun so, die Heere der Wandervögel mit den Knickerbockerhosen und dem lustigen Lied auf den Lippen. Machen sich was vor. Aber der Naturmensch ist endgültig überwun-

den. Was ich draußen empfinde, nach stundenlangem Gehen in der Natur, ist nur noch die dümmliche Trauer über die Tragödie. Nein, fragen Sie nicht, ich weiß, was Sie fragen wollen. Es gibt kein Zurück, nur ein Vorwärts, hinein in den Kältetod der Künstlichkeit. Künstlichkeit, das ist das letzte, was bleibt. Die Wildheit ist in der Künstlichkeit. Wir müssen die Bewegungen, die in der Geschichte liegen, noch beschleunigen. Erst die radikale Künstlichkeit ist eine Revolte –«
Dill notierte.
» – gegen die Verschwendung, wir müssen die Immoralität als Chance des Jahrhunderts begreifen. Die Moden, der falsche Chic, ja, Sie fragen nach der Nützlichkeit der Literatur, nicht, tun Sie das etwa nicht, dochdoch. Und ich sage schlicht, es gibt sie nicht. Es sei denn, wir knacken die Codes, wir stiften heillose, im Wortsinne heillose Verwirrung in den Zeichensystemen. Aber wer will das, Sie, ich? Der Beschleunigung ihren Lauf lassen, bis zum totalen Taumel –.«
Er schlug mit der Faust auf den Tisch.
Dill war beunruhigt.
»Es gibt kein Entrinnen, Auflösung, sage ich, man muß sich selber zum Verschwinden bringen, wie, fragen Sie mich? Indem wir uns den Naturmenschen austreiben. Den ganzen Identitätszauber. Abschaffen, sage ich Ihnen. Schluß damit; der Mensch: keine Spur. Ausradieren.«
Dill war von der tiefen Ehrlichkeit dieses Wunsches überzeugt. Aber er konnte sich noch nicht aufraffen zu gehen. Jetzt noch nicht.
»Der künstliche, artifizielle Mensch empfindet ununterbrochen das Bedürfnis, sich selber zu bestrafen. Ein übermächtiger Wunsch. Sie fragen mich nach meinen Vorlieben, als ob es darauf ankäme, daß man meine Vorlieben kennt.«
Loder senkte die Stimme, redete leise weiter, murmelte wie ein Besessener, dem die Stimme fast unterging.
»Neulich war ein Student hier, der eine Doktorarbeit über mein Werk schreibt. Aber wissen Sie worüber? Über die porno-

grafischen Stellen in meinen Büchern. Wissen Sie, was er fragte? Nein, wir redeten auch über Fotografie. Es ist wohl um einiges einfacher, einen nackten Arsch zu fotografieren als ein Gesicht, sagte ich ihm. Im übrigen gibt es nichts Unappetitlicheres als nackte Haut, da gehen Sie wohl mit mir einig, Mann.«

Dill schluckte.

Hatte Loder wirklich vergessen, warum er, Dill, hergekommen war? Er wollte mitnichten eine Doktorarbeit über ihn schreiben. Wollte sich nicht in die Winkel und Falten eines ziemlich unübersichtlichen Werkes begeben. Wollte sich nicht im Wald der Symbole und Bezüge verlieren und mit dem Großwesir über Konnotationen und Denotationen streiten. Sine ira et studio!

Er wollte das Foto, das verdammte Foto. Die Summe eines bestimmten Augenblicks. Das Tiergesicht. Wollte nicht den Mann aus Wörtern, sondern den Selbstvergessenen. Dafür nahm er es in Kauf, noch länger auszuharren.

Oft stand Dill in der Nacht auf, um sich Notizen zu seinem Loder-Portrait zu machen. Wenn er die Notate dann am Tag durchlas, befremdeten sie ihn. Einzelne Sätze, die Loder gesagt hatte, oder zumindest sinngemäß gemeint haben mußte, erschienen ihm bizarr und unverständlich. Er notierte atmosphärische Erinnerungsfetzen, die jedoch auf ihn wirkten, als seien sie von Traumschlieren verzerrt. Obwohl Marthe, vor allem aber Mon oft ihre Träume erzählte, hatte er bis jetzt noch nie geträumt, nicht einmal von Loder. Andererseits schien ihm, als verwachse sein Besuchstag bei Loder in der Erinnerung nachträglich zu einem eigenständigen Traumgebilde. Auf jeden Fall blieb die Erinnerung wach, sie verhornte, wie er es nannte, bildete Krallen, wuchs heran zu einem unerklärlichen Alp.

Nicht selten überkam ihn mitten in der Nacht die Lust, Loder einfach anzurufen. Seine Stimme hätte alles wieder ins Lot gerückt, und die Sätze hätten ihre Selbstverständlichkeit zurückgewonnen.

Den Artikel ging er nur mit der allergrößten Unlust an, begann immer wieder von vorne, um dann, nach ein paar wenigen Sätzen, abzubrechen. Auch widerstrebte es ihm, das Tonband abzuhören, das er bei Loder aufgenommen hatte.

Wieder versetzte er sich in Loders stickigen Arbeitsraum, zögerte. Dann schrieb er den Satz:

Wer ist Loder?

Später – es blieb bei diesem Satz – erhob er sich und trat ins Freie. Er ging den Pfad hinunter zum Ende des Gartens, wo sich das Atelierhäuschen von Mon befand. Eine kleine Bude mit einem Wellblechdach, die aus einem einzigen, durch viele Geräte verstellten Raum bestand. Zwei Fenster an der Westseite gaben Licht.

Mon saß an der Drehscheibe, auf einem Gestell trötete ein

Radio, Dill quetschte sich in eine Ecke und begann zu rauchen. Auf dem Tisch und am Boden lagerten in Plastik eingepackte Tonquader, in einer Kinderwanne lag ungesäuberter Naturton. Mon knetete einen Block, um, wie sie sagte, das Material weich zu machen und die Luftbläschen zu vertreiben. Unter der Anstrengung verzog sie das Gesicht zu einer Grimasse. Er betrachtete ihre Hände, die die Tonerde hin und her kneteten, bis daraus eine runde Kugel wurde.
Gebannt blickte er auf ihre Füße, ihre Hände, die die erdige Masse fast zärtlich formten. Sie klatschte die feuchte Kugel auf die Metallscheibe, begann diese mit den Füßen anzutreiben, langsam, dann immer schneller drehte sich die Kugel um die Achse, eine Miniaturerde, ein finsterer Kloß, ein Haufen Scheißdreck.
Mon schwieg beharrlich, beträufelte die Kugel mit Wasser und drehte sie, umfaßte sie mit betenden Händen, mit entschlossenen Händen, mit zögernden, von der Weichheit immer wieder wie verwundet zurückkehrenden Händen.
Dann griff sie hart hinein, ein leise summendes Geräusch der sich drehenden Scheibe war deutlich von der Radiomusik zu unterscheiden, ihre Hände wuchsen in die Kugel hinein, sodaß diese plötzlich, die Handwurzel entlang, aufquoll wie ein Schlangenkopf, der einen verfressenen Leib nachzog.
»Ich muß das zuerst zentrieren«, sagte sie wie zu sich selber.
Manchmal, dachte Dill, wird sie während der Arbeit so zu sich reden. Es gefiel ihm, daß er sie mit seiner Anwesenheit nicht störte.
Zunehmend fasziniert blickte er auf ihre Hände und Füße, die einzigen in steter Bewegung sich befindlichen Körperteile. Je länger er hinstarrte, desto mehr sah er ihren Körper, ihre Hände und Füße mit der Maschine verbunden. Frau und Maschine verschmolzen zu einem einzigen Wesen, einem sympathischen Maschinenungeheuer. Er überlegte sich, ob sie das wohl auch so empfinden konnte.
Ihre bewegten, tätigen Körperteile gehorchten ganz ihrem

Rhythmus. Irgendwie fühlte er, oder glaubte er zu fühlen, wie die Energie, die sich aus ihrem Körperinneren gleitend in die Hände und von diesen auf die Kugel übertrug, auch auf ihn überging. Für einen Augenblick hatte er sogar den Wunsch, sich anstelle der Tonkugel in ihre Hände zu geben, anstelle dieser Kugel da, in die sie nun ihren Daumen senkte, sodaß aus der Senke zwischen Daumen und Zeigefinger ein satter Wulst emporwuchs. Er wollte fragen, ob sie immer schon vorher eine genau Vorstellung von der endgültigen Form habe; als er jedoch sah, wie der Wulst zwischen ihren Fingern sich in eine Wurst verwandelte, eine agile Schlange, eine schlappe Blindschleiche, die freudig hin und her flabberte und sich reckte, sich streckte und zuspitzte, konzentrierte er sich ganz auf diese Beobachtung. Er glaubte ihr die Anstrengung anzumerken, die bewunderungswürdige Hingabe, die in ihrer Arbeit zum Ausdruck kam.

»Wenn man nicht richtig zentriert«, sagte sie, »ist alles im Eimer. Dann kannst du gleich von vorne beginnen. Jede Form, die du machen willst, geht von diesem Zylinder hier aus.«

Zylinder, hatte sie gesagt, was ihm bewies, daß man die Wurst auch ganz anders sehen konnte. Aus einer Schale träufelte sie wieder etwas Wasser auf die Scheibe. Vom unteren Ende der Wurst wuchs nun eine krebsartige Wölbung aus, während das Wurstende in die Form eines Vasenhalses schlüpfte. Bald imitierte die Form den runden Bauch einer Schwangeren, bis er plötzlich glaubte, daß Mons Bewegungen langsamer und zahmer würden, ihr Fuß erlahmte an der Drehscheibe. Er atmete durch.

Mon schien die gültige Form – er erwartete eine Vase oder Kanne – aus den Augen verloren zu haben und gab sich ganz den immer unwirklicher werdenden Rundungen hin. Sie probierte die Formen durch, lehnte den Oberkörper zurück, nahm die Hände weg und ließ die Scheibe auslaufen. Dann drückte sie eine archaische Venus hin, die zu einem sklero-

tischen Klumpen verkam, zog daraus einen vierarmigen, göttlichen Kerzenständer, puffte und knutschte ihn zu einem Paar Nieren ab, oder Hoden?, und verflachte diese in wenigen Minuten zu einer Bratensauciere. Zuletzt stand ein Pissmännchen mit einem Trichterkopf vor ihr. Sie ließ den Trichterpisser stehen und wandte sich Dill zu.
»Fertig«, sagte sie, Zufriedenheit vortäuschend.
Beleidigt betrachtete er das Unding wie eine Huldigung an ihn.
Sie schaute ihn an und kicherte.
»In diesem Stadium muß man sich entscheiden, muß sich wirklich entscheiden für etwas.«
»Wofür«, fragte er verwundert.
»Ob man es bis zur Lederhärte austrocknen läßt und dann in den Ofen tut oder nicht.«
Mit einer schnellen Bewegung warf sie den Trichterpisser an die Wand.
Sie wirkte unwirsch, verärgert.
Hinter dem Atelier zeigte sie ihm den Holzofen, in dem sie die Stücke bei einer Temperatur von zirka tausend Grad Celsius brannte. Sie hockte sich vor das Guckloch in der Ofentüre, erklärte ihm das Prinzip des Segerkegels, der ins Feuer hineingestellt werde und bei der gewünschten Temperatur zu schmelzen beginne.
»Interessanter«, sagte sie, »ist es, wie die Sachen selber zusammenschmelzen, nachdem das Feuer eine bestimmte Temperatur erzeugt hat.« Sie zog sich eine Haarsträhne aus dem Gesicht.
Erst jetzt merkte er, wie schwer es ihr fiel, ihm alles zu erklären. Daß sie ihre Auskünfte immer nur widerwillig gegeben hatte. So wie man seine Arbeit mit Worten beschreibt, die übers Technische hinausgehen, entfernt man sich davon, überlegte er. Erklärungen, Beschreibungen. Auch im Fall des Selbstexplikateurs und Selbstexegeten Loder waren Erklärungen nur Umwege. Redete Loder über sich

selbst, redete er wie über einen anderen. Die Anlässe blieben im Dunkeln.
Ob er denn etwas Fertiges von ihr sehen könne, fragte er.
Sie schüttelte den Kopf, behauptete, sie habe zur Zeit gar nichts.
»Auch keine Auftragsware?« beharrte er.
In ihrem Gesicht erschien wieder dieser unerklärliche Ausdruck von Resignation und Gedankenflucht.
Sie führte ihn zu einem großen Abfallcontainer hinter dem Brennofen, der bis zum Rand mit Tonscherben gefüllt war. Scherben in allen erdenklichen, zufälligen Formen, wie zerstückelte Fischleiber, glänzende Schuppen, quecksilbrig im Novemberlicht. Sie lächelte ein verlegenes, falsches Lächeln und fügte hinzu:
»Ich mache alles kaputt. Das ist mein allergrößter Jux.«
Sie versuchte sich zu erklären, sie feilschte mit sich um irgendeine Einsicht.
Er begriff. Der Trümmerhaufen der Scherben erzählte alles. Es sah trostlos aus, und die Wut der Zerstörung war noch an der Kleinheit und komplizierten Form der Scherbenstücke ablesbar.
Sie gingen zurück ins Atelier. Geduldig begann sie mit dem Abräumen und Säubern der Geräte. Draußen setzte lautlos ein Regen ein. Sie roch ein wenig nach Angst. Der Regen vermischte sich mit der Musik aus dem Radio. Das Atelier wurde zu einem fürchterlich einsamen Ort.
Dill wollte etwas Tröstliches sagen. Aber das Unglück, das sie nicht hatte verbergen können, wäre wie eine Mauer zwischen ihr und seinen Worten gewesen. Sie hätte an seinen Worten gezweifelt. Sie hätte nicht nur an seinen Worten, den aufrichtig gemeinten Sätzen, sondern überhaupt an seinem Verständnis gezweifelt. Abgesehen davon, daß ihm das Trösten nicht zukam. Nicht jetzt, nicht in diesem Augenblick.
Er schaute sie an und suchte in ihrem Gesicht, ihrem Blick, ihrem merkwürdigen Lächeln nach Hinweisen auf ein be-

stimmtes Leiden. Aber er entdeckte nichts als ihre Geistesabwesenheit. Sie war nicht wirklich hier. Nicht zu existieren mußte nicht unbedingt anstrengend sein. Man konnte sich im Schlaf entgleiten oder in der Arbeit. Es bedurfte dazu keiner besonderen Anstrengung. Nicht für sich zu sein, für niemanden, eine niemals Angekommene. Vielleicht war das tatsächlich die leichteste und flüssigste Daseinsart. Es gab gewisse Dinge, die für niemanden da waren und dennoch existierten. Menschen, die am Morgen aufstanden, schattenhaft. Die aber unsichtbar blieben, wie ein Wind. Oder die in sich versunken waren, daß man sie kaum bemerkte.

»Es ist keine Arbeit für mich«, sagte sie. «Oder nur zu gewissen Zeiten. Manchmal geht es mir unglaublich auf die Nerven, immerzu in der Erde herumzukneten. Es geht vorbei. Und ich verkaufe noch immer. Es ist ein Witz. Aber es ist besser, du läßt mich allein, damit ich weiterarbeiten kann.«

Am nächsten Tag fuhren sie zu dritt über Land zum Schloß. Der Vorschlag war von Marthe gekommen; sie war es, die dort Freunde hatte und einen langjährigen Verehrer namens Jean. Das Schloß lag auf einem Hügel und war schon von weitem gut sichtbar.

»Eine Aussicht für Barone und Comtessen«, fand Dill.

»Denen es früher tatsächlich gehörte«, sagte Marthe. »Die Lage eignet sich gut fürs Regieren, das Volk, das heute noch hauptsächlich aus Bauern und Kleinhändlern besteht, ist von da aus gut überschaubar und in Schach zu halten. Die Jungen allerdings wandern immer mehr in die umliegenden Städte ab. Die Alten bleiben zurück und vertreiben sich die Zeit mit Boule, und die Frauen wäschen die Wäsche noch wie zu Urzeiten im Bach.

Übrigens ist das Schloß während des letzten Krieges vom Militär in Beschlag genommen worden. Vorher hatte der Adel, Comtessen und Barone, das sinkende Schiff fluchtartig verlassen. Nach dem Krieg stand es leer und sank, immer tie-

fer, zerfiel ganz allmählich, es bröckelte und brach zuerst der Verputz, dann die Simse, das Dach und die Dielen, der Wind sauste über die Zinnen und pfiff durch die schwarzen Fensterlöcher, und Tauben, Mäuse, Ratten und Marder nisteten sich ein. Eine tolle Fauna.
Vor Jahren besichtigte ich das Schloß zusammen mit Freunden. Ein harter Kern aus Architekten und Designern, zu denen sich später Künstler und Freaks und Wegelagerer aus allen Ländern der Welt gesellten. Sie hielten es für unerwartet solid, ausbaufähig und investitionswürdig. Sie kauften es für einen Pappenstiel.
Der Spott der Bevölkerung blieb natürlich nicht aus. Einer der beiden Türme stand nur noch zur Hälfte, die Rückseite war von den Stürmen weggeblasen worden. Eine Ruine, die Attrappe eines Schlosses.«
Als sie auf dem Schloßhügel ankamen, wurden sie von Jean, einem bärtigen Franzosen, herzlich empfangen. Ohne Umschweife bestand er darauf, seinen Gästen das Schloß zu zeigen.
Er führte sie über endlose dunkle, steingepflasterte Gänge treppauf und treppab, durch Zimmer mit heruntergerissenen Tapeten, mit obszönen Graffitis verziert, in Verschläge unter freiem Himmel, nur von Tauben bewohnt. Sie passierten geräumige, eiskalte Herrschaftsgemächer mit defekten Alkoven und noch immer rußgeschwärztem Cheminée. Die einzelnen Trakte, klärte Jean seine Gäste auf, seien erst allmählich, von Jahrhundert zu Jahrhundert, zu- und angebaut worden. Ein Erker an der Ostseite, heute verwaist, weil die Treppe eingestürzt sei, stamme mutmaßlich aus dem letzten Jahrhundert, ein ganzer Flügeltrakt, in dem die Gruppe koche, esse, trinke und feste, aus dem vorletzten, während die Grundmauern wahrscheinlich im 14. Jahrhundert gelegt worden seien.
»Die Dörfler irren«, fügte er an, »es irrten schon die Spekulanten, die uns die Ruine andrehten, grinsend und mit falschen Glückwünschen nicht sparend, es irrten alle, die glaubten,

die Chose würde beim nächsten Gewitter einfach zusammenkrachen und Ende, aus der Traum. Nein,« sagte er, »wir haben vor dem Kauf ein halbes Jahr lang alles genauestens untersucht. Die Substanz ist unversehrt, da wurde keineswegs auf Sand gebaut, da kam Stein auf Stein, Fels auf Fels.
Es irrt sich«, sagte Jean lächelnd, »wer glaubt, man könne in dieser Welt nur mit Geld sein Glück machen, man müsse steinreich sein, um renovieren zu können. Wir scheißen nicht gerade in goldene Nachttöpfe, aber wir haben auch noch nicht unsere dritten Zähne, merde«, sagte er laut, denn sie standen plötzlich irgendwo im Schloß mitten im Getöse, eingebunkert in den Baulärm, der aus allen Zimmern dröhnte, anschwoll und wieder verebbte. Hämmern und Meißeln, Bohren und Fräsen, es wuchtete aus allen Ecken und Winkeln, und manchmal sah man weißbestäubte Gestalten vorübereilen mit knappem Gruß. Die Leute, vielleicht sechs, vielleicht zwölf, gingen verloren in den Gängen und Gemächern, es traf sich, daß niemand sich traf in den weiten Verliesen, oder eben nur zufällig die Wege sich kreuzten, ein Hammer mal dahin getragen wurde, eine Flasche Wein von einem Stockwerk ins nächste wanderte.
Dill erschienen die freiwilligen Arbeiter wie Gespenster, die sich abends trafen im runden Schloßhof am steinernen Tisch, Artus' Tafelrunde, die becherte und palaverte und nachts erschöpft ruhte, eingegraben in die steinerne Müdigkeit der hohen, feuchten Gemächer.
»Überall arbeiten Leute«, sagte Jean, »gratis, für den eigenen Nutzen. Jeder hat seinen Schloßteil, sein Stockwerk, seinen Flügel, den er nach seinen Plänen restauriert, nach seinen Ideen einrichtet, das macht die Sache billiger und interessanter. Und wir benutzen gutes Material«, sagte er und öffnete eine der Türen, hinter der ein bereits fertig instandgesetztes Zimmer lag.
»Der Raum von Marieluise«, Jean wies auf den weißen, marmornen Fußboden, die blitzblank funkelnde eingebaute Dusche, das moderne Doppelbett und die doppelt verglasten

Fenster, die zur Landschaft draußen, den Feldern und Äckern, einen seltsamen Kontrast abgaben.
»Erstklassiges Material, wir gehen natürlich mit der Zeit. Bodenheizung und Thermostat, Ventilation und Kühlschrank eingebaut.«
Das Zimmer verblüffte in der Tat, Dill glaubte sich weggetragen an einen anderen Ort, in ein Luxusappartement, während draußen, nur zwei Schritte vor der Schwelle, bei jedem Luftzug der Mörtel herunterplatzte und aus den wurmzerfressenen Balken unaufhörlich Holzmehl rieselte.
»Und wo ist Marieluise?« fragte Dill.
»Sie jobbt im Norden, um noch das Geld für eine Einbauküche zusammenzubringen.«
»Das Zimmer ist ein Traum«, seufzte Mon.
»Der Traum von Marieluise«, korrigierte Jean. »Jedes Zimmer ist ein Traum, denn jeder kann frei schalten und walten.«
»Ein lebenslänglicher Traum«, lachte Marthe.
»Vielleicht,« sagte Jean, »aber darauf kommt es nicht an. Niemand kann sagen, wann das Ganze einmal fertig sein wird. Jeder hat sein eigenes Tempo. Der eine baut solid, der andere schnell und für die nächsten Jahre. Einer denkt an Paläste, der nächste zieht es vor, sich dauernd im Provisorium einzurichten. Vielleicht werden wir nie damit fertig. Es dauert fünfzig Jahre, und vielleicht existiert alles nur noch einige Monate, bis es endgültig zerfällt.«
»Ein Luftschloß?«
»Ein Kartenhaus?«
»Ein Gespensterhaus«, meinte Marthe knapp.
»Ich zeige euch eure Zimmer für diese Nacht,« sagte Jean.
Wieder zogen sie durch die Gänge, sahen den großen runden Platz, den von zwei Flügeln umrahmten Innenhof in den Fenstern wandern. Wieder kamen sie vorbei an Zimmern, die jahrzehntelang kein menschliches Wesen mehr betreten zu haben schien, und Dill bemerkte, wie ihn die ganze Idee faszinierte und gleichzeitig abschreckte. Die Zeit nagte tat-

sächlich an jedem Balken, das war zu offensichtlich, und der Traum, den da jeder für sich träumte, glich zu sehr einem Alptraum, oder einem Restaurationstraum, einem Hirngespinst, einem Spuk, der geboren war aus dem Gemäuer des Spukschlosses selbst. Im Grunde genommen aussichtslos, dachte Dill, sich gegen Natur und Zeit zu stellen. Eine Idee, bei der Loder, da war er sicher, nur gehöhnt hätte.
Auch Marthe zeigte sich skeptisch.
Man aß Käse, Oliven und Brot, trank Wein dazu, und gegen Abend kamen immer mehr Leute, krochen aus den Baustellenzimmern die Schwerarbeiter. Man blieb bis in die späte Nacht zusammen.
Nur Mon war irgendeinmal verschwunden, hatte sich auf ein Zimmer zurückgezogen, das oberste Zimmer im Schloß, halb unter freiem Himmel. Oder sie streifte durch die Gemächer, spielte irgendwo mit den Katzen, richtete sich im Zimmer ein oder unterhielt sich mit einem Bekannten.
Dill traf sie erst gegen Morgen, als er betrunken die Treppen hochstieg, immer höher und höher, dann wieder seitwärts abbog, einen langen, endlosen Gang entlangtappte, sich ermüdet, taumelnd irgendwo hinsetzte, als er nicht mehr wußte, wo er war. Dann öffnete er eine der Türen und sah sie auf dem Bett sitzen und rauchen, ein Glas in der Hand. Sie sah merkwürdig aus im blauen Licht, das die hereinbrechende Morgendämmerung ankündigte. Sie hatte die Augen halb geschlossen und zog an der Zigarette, versuchte erneut dieses Lächeln, das ihr planmäßig mißlang, wie sie auch die anderen Bewegungen, die Geste des Grußes mit dem halbvollen Glas in der Hand, mit einem falschen Schwung ausführte.
Er setzte sich neben sie auf das Bett, das unter seinem Hintern ärgerlich knarrte. Anstelle einer Anrede streckte er sein Kreuz durch und hob seine Hand, als hielte er ein Weinglas. Auf diese übertriebene, theatralische Art blieb er eine Zeitlang neben ihr sitzen. Sie rauchte und schien angestrengt nachzudenken. Schließlich griff sie nach der Flasche auf dem

Boden und schenkte sich nach. Ebenso theatralisch und übertrieben. Der Wein füllte das Glas, immer höher dem Rand zu, sie wurde immer siegesbewußter, siegessicherer.
Kumpelhaft prostete sie ihm zu, er hob seinen Arm etwas höher, seine leere Hand, und tat es ihr nach. Sie trank, schüttelte sich, als wäre der Wein schlecht, abscheuliches Gift. Danach saßen sie wieder schweigend nebeneinander. Er streckte wieder seinen Oberkörper, aus Verlegenheit oder aus Müdigkeit, und ließ den Arm sinken. Steckte sich eine Zigarette zwischen die Lippen, ohne sie anzuzünden. Draußen krähte ein Hahn. Und als wäre das ein mögliches Zeichen, oder als wolle sie ihn ein wenig lächerlich machen, ließ sie sich rücklings aufs Bett kippen, starr, als handelte es sich um eine Turnübung.
Zögernd legte er sich neben sie, schloß seine Augen und sog den Geruch ihrer Haut ein, Zimt und ein Gemisch aus Schweiß und Alkohol. Ihre Brust hob und senkte sich heftig. Sie hatte das Glas auf den Boden gestellt und betrachtete das glimmende Ende ihrer Zigarette.
Er hob seinen Kopf und suchte ihren Körper. Sein Mund bewegte sich über sie hin, entblößte küssend ihre Haut, hinterließ kleine Bisse auf Arm, Hals und Bauch. Sie lachte auf, ihr Atem wurde flacher, länger und tiefer. Es war, als verliere ihr Körper durch seine Küsse sein Gebirgiges und streckte sich zu einer Ebene mit Flüssen und Bächen aus. Sie bog den Kopf nach hinten, er schnappte nach ihrem Hals.
Im Versuch, sich ihm zu entwinden, rutschte sie immer weiter hinauf, ihr Oberkörper hing über den Bettrand hinaus. Zu seiner Verblüffung aber wand sie sich noch weiter hinauf, bis sie auf dem Boden landete. Ihr Fuß kippte das Weinglas um, es rollte dumpf davon.
Er erhob sich und stand nun vor ihr. Sein Oberkörper füllte den Winkel des Fensters aus. Er begann sich auszuziehen. Sie schaute ihm zu, konnte sich nicht vom Fleck rühren, saß wie angewurzelt am Boden und erschrak, als sie ihren hektischen,

erregten Atem hörte. Sie schien nicht zu begreifen, was er tat, wollte es vielleicht nicht begreifen, fuhr aber fort, ihm in seinen Verrichtungen zuzuschauen.
Schließlich kauerte er nackt neben ihr und knöpfte ihr die Bluse bis zu den Brüsten auf. Er hielt sie an den Schultern und küßte ihre Brustwarzen, bis sie hart wurden, schob seine Hände in ihre Hosen, umfaßte ihr Gesäß. Nicht begehrend, eher nachdrücklich, einem unabwendbaren Ritual nachkommend, dem sie nur ein anderes entgegensetzen konnte. Er begann zu schwitzen und wartete auf ein Wort, ein Zeichen, zumindest auf eine Regung, die ihre Teilnahme glaubhaft bewies. Wie ein Schatten saß sie ihm gegenüber, ein bloßer Umriß, so durchsichtig, daß er sich in seiner Nacktheit sehr allein fühlte. Aber er spürte auch kein sperriges Schulternzusammenziehen und kein angewinkeltes Bein.
Sie wartete, bis er an ihr zuendekam, bis zu dem Augenblick, wo auch sie ganz nackt sein würde. Bis sie sich einander zu erkennen geben müßten, jenseits der eingeübten Gesten.
Aber sie konnte nicht solange warten. Seine Lust, die beinahe schon wie ein Vorwurf, sichtbar, an ihm stand, zwang sie, sich ihm zu nähern. Ihre Lippen schlossen sich um den Saum seines Gliedes. Ihre Zunge fuhr über die Eichel, sie füllte sich den Mund mit den zuckenden, warmen Stößen, die das Blut unter der dünnen Haut vollführte. Auch er wartete und hielt alles zurück. Sparte die Kraft, mit der er ihren Mund hätte füllen können. Auch von ihm keine Worte, Bisse, Schreie, mit denen er sie hätte weiter zwingen können.
Auf einmal war der Raum zu eng geworden für Gedanken. Es gab nur noch diese Verrichtungen, diesen vorsichtigen Kampf, der zuendegeführt werden mußte. Nach und nach lieferte er sich ihrem Rhythmus aus. Seine Hände krallten sich in ihren Haaren fest. Er mußte sich festhalten, um nicht weggeschwemmt zu werden von dieser Lust. Und dabei hielt er auch sie fest, damit sie ihn nicht entgleiten ließe.
Schließlich führt er den Arm zwischen ihre Beine und hebt

sie aufs Bett hinauf. Mit der flachen Hand streicht er über ihre harten Brüste. Sie möchte, daß er mit der Hand auf ihr bleibt. Doch er beginnt, ausgestreckt, langsam in sie einzudringen, jeden Millimeter wie einen explosiven Schmerz genießend. Sie weint, aber es ist die Wut, die aus ihr herauswill. Mühelos zieht sie ihn hoch, um ihn fallen zu lassen. Immer wieder. Bis er sich noch wütender in sie eingräbt, ihr keinen Raum mehr gibt, ihrem Willen widersteht und sie vergißt.
Aus der Ebene zieht ein blasser Tag. Er spürt die Wärme, die ihre Körper einrollt wie dürre Blätter. Das Licht zieht nach Osten, an ihnen vorbei, durch die Ebene, entlang dem Rand des umgekippten Glases.

»Grahams Vintage«, sagte Loder und stellte die mit purpurrotem Wein gefüllte Kristallkaraffe auf den Tisch.
Draußen, in der fallenden Dämmerung sammelten sich die Dinge in einer stillen Luft. Im Lichtkegel der Lampe schwirrten Staubteile wie erhitzte Insekten.
»Ein siebziger, etwas süß, füllig. Aber ein betörend ausbalancierter Körper. Rundungen, die erwärmen, eine Haut, die dem Gaumen schmeichelt, eine schöne Farbe.«
Loder saß im Halbdunkel, sein massiger Umriß verteilte sich im Raum. Seine Stimme war tief und sonor, aber ohne erkennbaren Mund, Lippen, Physiognomie.
»In der Dämmerung, diesem klarsten Augenblick des Tages, wandelt die Seele des Menschen in den Gärten der Kindheit.«
Das klang wie ein Zitat, eines der erwarteten, erwünschten Loderschen Zitate.
»Die Dämmerung kam, und aus den leeren Zimmern wurden die Totenmasken getragen.«
Dill lächelte. Loders Gesicht verschwamm andauernd. Dill unterschied lediglich die ziegelroten Reflexe des Weins gegen den Glasrand hin.
»Das Licht verteilt sich gleichmäßiger. Seine Konsistenz bedeutet Milde, die sich angenehm auf den Körper auswirkt. Das ist der Beginn eines Rausches, den man verächtlicherweise Abend oder Nacht nennt.«
Dill spürte nur die plötzliche Hitze, die seinen Körper zum Schwitzen brachte. Wie vor dem Beginn eines Gewitters.
»Mögen Sie Port, ich meine, er ist sehr sinnlich, nicht jedermanns Gaumen findet Geschmack daran. Ambivalent, aber vielschichtig, einer reifen Frau vergleichbar. Von einer gewissen Opulenz, oder sagen wir ganz einfach: reich und verschwenderisch.«

»Etwas pfeffrig«, fügte Dill bescheiden an, »mit einem Hauch von Schokolade.«
Loder neigte seinen Oberkörper vor, neigte den Kopf, sagte: »Ein guter Port ersetzt jede Frau. Dieser hier ist steinalt, hochkarätig, erfahren, beschlagen, raffiniert, da muß man sich vorsehen. Das Glas zu schnell gekippt, trübt er den Verstand. Aber in meinem Alter genügt es, innerlich erwärmt zu werden. Ich trinke ihn meistens um diese Zeit, alleine und in kleinen Zügen, ohne daß mein Denken dadurch angegriffen würde. Gerne hätte ich ihnen einen Cheddar oder Stilton offeriert, aber leider ist gerade nichts mehr davon vorrätig.«
»Nein danke«, sagte Dill überflüssigerweise, wie er fand, obwohl er deutlichen Hunger verspürte. Er hätte selbst das lausigste Sandwich nicht verschmäht. Im übrigen hätte irgend etwas Dahergetragenes auch nicht zum Port gepaßt, der in der Tat ausgezeichnet schmeckte und dessen Genuß an seine Funktion gebunden war, die Loder eben noch so sinnig auf den Begriff gebracht hatte.
»Früher«, bemerkte er, »begann ich um diese Zeit mit der Arbeit. Ich habe nie leicht gearbeitet, nie flüssig. Zu schreiben, das hieß für mich immer, die richtige Distanz zu den Dingen, die richtige Entfernung zu mir zu finden. Oder zu dem, was man als sein Leben bezeichnen muß.« Nach einer Pause: »Es ist, auch heute nicht, keineswegs übertrieben, das Schreiben ein Martyrium zu nennen. Das Warten, das Zögern, das sich Hinlegen. Mein Gott, ich habe ganze Nachmittage liegend verbracht, bis ich den richtigen Satz hatte. Oft hatte ich nicht die richtige Distanz, saß den Dingen – oder dem Leben – wie eine Kröte zu dicht auf. Man wartet, man trinkt Kaffee, bis die Dinge – oder das Leben – einem im richtigen Licht erscheinen. Bis man zwischen sich und seinem Leben die nötige Fremdheit spürt.«
Dill hätte jeden Augenblick seine Fragen stellen können. Aber nicht jeder Augenblick war der richtige. Er mußte abwarten, um sie nicht zu früh zu stellen, nicht wie bei Eyslink,

wo Loder noch eine Beschäftigung, einen Tonfall gefunden hatte, um ihm auszuweichen.
»Ich werde nicht mehr schreiben«, hatte Loder dann überraschend verkündet. »Nicht Worte. Eine Geste. Seit Jahren kaum eine Zeile mehr. Ich sage mir, vielleicht zu früh, daß das Ende naht. Vielleicht bleibt mir noch Zeit, ein Buch zu schreiben, vielleicht auch nicht.«
»Und was bedeutet der Tod für Sie?«
»Ein Geschenk, in gewisser Hinsicht. Daß ich das erreiche, was mit lebenslänglichem Schreiben nur sehr schwer zu erreichen ist: nämlich von der Bildfläche zu verschwinden. Aber das ist frivoler Optimismus. Ich weiß zuwenig darüber.«
Die Ehrlichkeit schien ihm im Augenblick zu faszinieren. Er war drauf und dran, seine bisherigen Rollen aufzukünden. Nichts als Ehrlichkeit, oder in Loders Mund bloß eine andere, zur Zeit plausible Version der Lüge? Zweifellos war der Augenblick gekommen, wo die Scheiterhaufen angezündet wurden, um hinterher in der Asche zu lesen.
»Aber wozu dann noch schreiben«, fragte Dill weiter. »Sie sagen, Sie denken an ein nächstes Buch.«
»Sie sagen das. Ich habe nur von der Zeit gesprochen, die mir vielleicht noch bleibt. Das ist etwas anders.«
»Und wieso sollten Sie nicht mehr genügend Zeit haben?«
»Dem letzten dürfte klar geworden sein, daß der Mensch im Begriff ist, vom Planeten abzutreten.«
Er hob seine Arme, ein schwerer, plumper Vogel, der nicht wegkam vom Boden.
»Aber das ändert nichts. Wer nur für die Zukunft schreibt, für die Nachgeborenen, schreibt für die Katz.«
Er ließ seine Arme sinken.
»Und dennoch – es mag wie ein Widerspruch klingen – mir persönlich fehlt diese Zukunft. Ich brauche Zukunft, um schreiben zu können. Ich brauche die Hoffnung. Einer, der schreibt – wozu, fragt man sich ein Leben lang. Man schreibt, um seinen Tod selber bestimmen zu können. Das ist der

Grund, warum man schreibt. Um ein illusionäres, heftiges Gefühl der Macht zu erlangen.
Wo die Illusion in sich zusammenstürzt, gibt es keinen triftigen Grund mehr zu schreiben. Die Eschatologie ist eine Unterabteilung der Ballistik geworden. Bin ich religiös, wenn ich behaupte, ohne Hoffnung hätte das alles keinen Sinn mehr?
Aber ersparen Sie mir, mich über unsere Gesellschaft auszulassen: Ignoranz, Xenophobie und Geldgier.«
Loder stellte sich die Fragen selber, ohne daß Dill eingreifen mußte. Er saß mit dem Notizblick da und schrieb mit, so gut er konnte. In der Tasche, die neben der Türe stand, war das Tonband, für alle Fälle. Aber dafür hätte er Loders Einverständnis einholen müssen, hätte ihn unterbrechen müssen. Und Loder wollte jetzt reden. Wahrscheinlich war Dills gezückter Notizblock ausschlaggebend für seine Ehrlichkeit.
Dill hatte Bekenntnisse erwartet. Loder erfüllte wieder seine Erwartungen. Das Bekenntnis jedoch war nicht ohne Raffinesse, es ging immerhin an den Nerv der Sache. Daß einer nicht mehr schreibt, weil die Welt untergeht, weil er das nicht mehr erträgt, wäre redlich und verständlich, in höchstem Maße akzeptabel gewesen. Daß aber eine Koryphäe wie Loder, Gesamtwerk an die zehn Bücher, einfach aufhörte und verstummte, schien Dill irgendwie skandalträchtig. Brauchte Loder einen Skandal?
Man konnte alles, was er sagte, für wahr oder falsch halten. Zuletzt blieb nichts als die Existenz der Sätze, und auch die waren noch unsicher, ein Geräusch, ein Rauschen.
Ging Loder, wenn er ging und in diesem halbdunklen Verschlag einen Fuß vor den anderen setzte, auf doppeltem Boden? Waren seine brillanten Aperçus nur Hinterhalte und Finten? Warum weigerte er sich hartnäckig, ein geschlossenes Bild abzugeben? Warum verhüllte er sich in Bekenntnissen?
Eine Woche danach bröckelten auch die letzten Gewißheiten.

Dill mußte sich fragen, ob der doppelte Boden, den er Loder unterstellt hatte, nicht seine eigene Einbildung war. Aber war denn alles nur Simulation und Maskenspiel?
Dem widersprach der pathetisch vorgetragene Satz:
»Sehen Sie, wenn man an die Kunst glaubt, in einem umfassenden, fast religiös zu nennenden Sinne.«
Dazu der nächste:
»Ich liebe nur die Kunst, die Kinder und den Tod.« Oder:
»Ich beschäftige mich seit langem mit den Bräuchen der schriftlosen Völker.«
In Fortsetzung: » – und den Bestattungsritualen. Verwesung und Verbrennen. Das sind die Grundfragen des Lebens überhaupt.«
Loders Gesicht, ein Krötengesicht, knapp auf die Schultern gesetzt, kämpfte mit der Unentschlossenheit.
»Vielleicht war es ein Fehler, daß ich mich hierher zurückgezogen habe. Jetzt hocke ich wie eine Spinne im eignen Netz. Und träume davon, endlich ein ganz gewöhnlicher Mensch sein zu dürfen.«
Seine Hände zitterten.
»Sie würden alles anders machen, wenn Sie noch einmal von vorne anfangen könnten?«
Er lächelte: »Eine falsche Entscheidung, und schon ist alles gelaufen. Sie müssen mir glauben, daß ich hier als Gefangener lebe. Glauben Sie's mir, aber schreiben Sie's nicht. Daß ich am liebsten davonlaufen würde, alles weggeben, abreißen. Man braucht die Verluste im Leben, um überhaupt atmen zu können. Deswegen reise ich. Früher riet man den Melancholikern zur Reise. Das Reisen, dieser kleine Tod, verringert die Versuchung zum Selbstmord. Wer schnell reist, und wer tut das heutzutage nicht, verstärkt seine Abwesenheit.«
»Aber Sie besitzen doch Geld genug!«
Loder nippte wieder am Port.
»Man sollte so reich sein wie Howard Hughes, dann müßte man sich nicht mehr von der Stelle bewegen.«

»Und die Reisen im Kopf, auf dem Papier?«
»Neinnein, ich rede in der Möglichkeitsform. Die Zwangsvorstellungen bleiben ja immer bestehen. Deshalb stellt für mich die Vorstellung an den Tod auch eine gewisse Erholung dar. Die Idee der Ewigkeit dagegen ist eine reine Zwangsidee, der der Hölle durchaus vergleichbar. Im übrigen ist ein Leben immer zuwenig –.«
Er hob seine Stimme, holte hörbar Atem und meinte dann:
»Es genügt nicht, nur das zu besitzen, was existiert. Am lohnendsten ist der Besitz derjenigen Dinge, die nicht existieren. Darin liegt der Zauber des magischen Weltbildes, nur darin. Alles, was existiert, existiert als Sieg der weißen Magie über die schwarze. Denn alle unsichtbaren Dinge, alle nichtexistierenden, gehören in den Bereich der schwarzen Magie.«
Unversehens war er vom Bekenntnishaften ins Feierliche geraten. Er stand auf und knipste eine Lampe an.
»Sie haben mich in einem schlechten Moment erwischt, entschuldigen Sie. Die Dämmerung, das ist die Stunde der Grübler und der Denker. All die ungelösten Probleme sitzen einem wie Blutegel im Nacken.«
Dill war überrascht über das Ausmaß der Loderschen Bekenntnisse. Nein, überrascht war das falsche Wort: hingestreckt. Er fühlte mit Loder.
»Aber Sie haben doch unglaublich viel geschrieben«, sagte Dill. »Sollte es denn nicht einen Zeitpunkt geben, wo man sich zurückziehen darf. Ohne Gewissensbisse?«
»Sie vergessen, worüber wir reden, lieber Freund.«
»Nein«, beharrte Dill, »ich verstehe sehr genau, was Sie meinen.«
»Was meine ich denn?« Loder setzte sich wieder hin und verschränkte die Arme vor dem Bäuchlein.
»Nun«, fing Dill an, »ich glaube, das kann man alles bei Ihnen irgendwo nachlesen. Das sind alles mehr oder weniger abgewandelte Zitate.«
Dill log, denn tatsächlich hatte er diese Sätze noch in keinem

Buch Loders gelesen. Aber sie klangen so, als wären sie Zitate.

»Sie müssen mir nichts erklären«, fügte er selbstsicher hinzu.

»Tu ich auch nicht, junger Mann. Die Leute denken vom Schriftsteller, daß er nicht lebt, wenn er schreibt. Lebt er hingegen, kann er nicht schreiben. Das denken Sie doch auch, nicht wahr?«

»Vielleicht, mir hat nur imponiert, was Sie über den Verlust gesagt haben. Wenn ich nicht irre, habe ich das nämlich bereits einmal in einem Interview mit Ihnen gelesen.«

»Ich brauche den Verlust, ich suche ihn geradezu, suche alles zu verlieren, natürlich und zuallererst die eigene Biografie. Meinen Sie das?«

»Genau«, rief Dill, »genauso stand es da, gedruckt. Sie besitzen ein ziemlich perfektes Gedächtnis. Genau diese Passage hat mir ungeheuer Eindruck gemacht. Das würde ich, wenn Sie erlauben, sozusagen voll unterschreiben können. Alles verlieren, frei werden von allem Ballast, endlich ein Niemand sein. Als ich das gelesen habe, dachte ich sofort: genau so denke ich auch.«

»Nur«, wandte Loder nachsichtig ein, »bin ich doppelt so alt wie Sie. Und wir müssen in diesem Fall das ganze Zitat berücksichtigen: Ohne diese Verluste bin ich tatsächlich nicht schöpferisch, heißt es da. – Ich rede also von meinen Schweigediäten. Ich bin jetzt bald vierundsechzig, aber ich bin noch nicht zu alt für einen neuen Anfang.«

Mit diesen letzten Worten zog ein milder Glücksschimmer über sein Gesicht. Eine Mischung aus Pedanterie, Offenheit und Väterlichkeit das alles. Loder verwirrte Dill nun endgültig. Im nächsten Augenblick konnte er bereits wieder zum verbalen Angriff übergehen.

»Lassen Sie es mich folgendermaßen veranschaulichen«, sagte er, noch immer die Güte in Person. »Nehmen wir zum Beispiel meinen letzten Erzählband. Da gibt es doch tatsächlich Leute, die halten Geschichten für etwas fahrlässig

Dahererzähltes, zufällig und äußerlich. Ich sage immer, solche Leute sollte man versuchsweise in eine solche Geschichte hineinstecken, wie, na, sagen wir, wie in ein Einmachglas. Damit sie darin zappeln und das Spiel von Innen und Außen, das Ausgeliefertsein an eine erfundene Atmosphäre, an eine geborgte Luft an sich selber erfahren können. So nämlich ergeht es dem Geschichtenerfinder, er ist ihnen immer ausgeliefert. Geschichten sind Fallen, die man sich selber stellt.

Stellen wir uns also vor«, fuhr Loder amüsiert fort, »wir zwei befänden uns mitten in so einer Geschichte, wären darin eingeschlossen wie, na, sagen wir mal, wie in einem Einmachglas. Wie kommen wir da wieder raus?«

Er lachte kehlig.

»Wie der Frosch im Einmachglas, die Wände hoch und plumps, voilà. Wir kommen da gar nicht mehr raus. Meinen wir, die Geschichte verlassen zu können, beginnen wir nur eine andere, oder nehmen die alte mit. Es gibt für den geschichtenerfinder kein Innen und Außen, es ist wie im Labyrinth. Das Einmachglas ist an die Haut angewachsen. Der Autor, er zuletzt, kann der Geschichte, die er selbst erfunden hat, nicht entfliehen. Unter welchen Umständen auch immer, er hockt in der Falle und erzählt die Geschichte weiter, zwanghaft, Wort für Wort.

Als er Mon am Strand auf einem abgeflachten Felsen liegen sah, kam es ihm vor, als sei auch er in eine Falle getappt. Sie hatte ihn gesehen, hatte den Kopf gereckt und erschrocken aufgeschaut. Jetzt tat sie so, als hätte sie ihn nicht gesehen, legte den Kopf behutsam zurück, schlug die Beine übereinander, als ginge es allein darum, es sich so bequem wie möglich zu machen.

Er versteckte sich hinter einem Ginsterbusch und kreischte wie eine Möwe.

Schon von weitem sah er, daß sie nur mit einem Slip bekleidet dalag. Als er auf sie zuging, war ihm, als ginge er geradewegs in die See hinaus, bis ihm das Wasser bis zum Hals stünde.

Aber er war zu feige umzukehren. Sein Mund wurde immer trockener vor Erregung. Einige Meter vor ihr blieb er stehen und wartete geduldig, ob es ihr in den Sinn kommen würde, ihre Brüste mit irgend etwas zu bedecken. Dann holte er tief Luft und sagte schlicht: »Hallo!«

Sie rührte sich kaum. Zumindest machte sie keinerlei Anstalten, ihren Körper auch nur einen Millimeter breit mit irgend etwas zu bedecken. Der marineblaue Slip war kaum größer als eine Augenbinde, also entschieden zu klein.

Arglos sagte sie zu ihm, sie genieße die Sonne. Sie genieße sie wahnsinnig!

»Ahh, die Sonne!«

Unschlüssig ging er im Kreis um sie herum. Sofort verfiel sie in diese gestellte Unbefangenheit, die ihn verlegen machte. Ihre Brüste glänzten, waren also zweifellos vorhanden, jedoch nicht für ihn. Er hütete sich, auch nur einen weiteren Blick daran zu verschwenden.

Natürlich hätte er sie betrachten können, von oben bis unten jeden Zentimeter ihrer Haut mit Blicken bedecken, um herauszufinden, wie unbefangen sie wirklich war. Aber er zog es

vor, auf die glitzernde Wasserfläche hinauszustieren. Vielleicht würde gerade in der nächsten Minute ein Schiff samt Besatzung vor seinen Augen untergehen.
Sie bot ihm einen Joint an. Er setzte sich neben sie, und das Glitzern der Sonnenreflexe auf dem Meer vervielfachte sich schnell. Allmählich verschwammen die Lichtstreifen ineinander, es bildete sich ein funkelnder Lichtvorhang, wie bei einem versprühenden und sanft fallenden Feuerwerk.
Die Lichtstraße auf dem Meer. Wunderbarerweise setzte sie sich vom Wasser direkt zur Sonne fort. Er stand abrupt auf. Die Straße folgte ihm, wohin er sich auch bewegte.
Wie lange hatte er jetzt geschwiegen?
Hatte er überhaupt etwas gesagt?
Er setzte sich wieder neben sie, und zwar so, daß er nur ihren Hals und ihr Gesicht sehen konnte.
Sie grinste.
Ich denke überhaupt nicht daran, dich zu berühren, dich zu betätscheln, dachte er wütend.
Obwohl er keine Ahnung hatte, warum sie lachte, schien ihm klar, daß sie mit ihm spielte, ihn verhöhnte. Er mußte sich entscheiden, solange es noch ging.
Also würde er aufstehen, ihr einen guten Tag oder weiterhin schönes Wetter wünschen und am Ufer entlangspazieren. Eine Zigarette im Mundwinkel. Vielleicht auch barfuß, knapp am Wasser, sie im Rücken, entschlossen, allein. Bis sie kleiner würde, zu einem häßlichen Punkt schrumpfte, ein Pünktchen so groß wie ein Sandkörnchen.
War sie eingeschlafen?
Nein, sie mimte nur weiter die Sonnenhungrige. Streckte jedes Härchen und Pörchen der Sonne entgegen. Wenn sie leise stöhnte, dann nicht aus Lust, sondern weil sie gerade auf einem Kiesel lag.
Sie murmelte irgend etwas, drehte sich auf den Bauch und vergrub den Kopf in den Armen.
Schon besser so, dachte er und setzte sich wieder neben sie.

Mit der Zeit, als er ihren tiefen Atem deutlicher vernahm, wußte er, daß das Spiel weiterging. Sie hatte sich nur umgedreht, um ihn ein wenig schmoren zu lassen. Um eine kleine Fremdheit entstehen zu lassen, genau soviel, bis sich das Magnetfeld zwischen ihnen wieder aufgeladen hatte.
Resigniert drückte er den Joint aus.
Einen Augenblick lang sah er sich als Sänger: ein Bariton, der jeden Tag hierher kam, sich vor dem Meer aufstellte, um gegen die Brandung anzusingen. Mit einer mächtigen Stimme glättete er die Wellen, drängte mit wunderbaren Soli und Partituren außerordentlichen Umfangs das Meer stückweise zurück.
Neben sich sah er einen Busch aufleuchten. Schilfgras, das im Sonnenlicht gelb flackerte. Der Wind, so schien ihm, schwoll plötzlich zu einem mehrstimmigen Gesang an. Die Steine in seiner Umgebung waren rund wie Brüste und Gesäße, der leuchtende Busch, fand er, sah aus wie ein sanfter Venushügel.
Mon seufzte.
Manchmal dachte er auch über Loder nach. Oder über Loder und sich, denn Loder war nur in Hinsicht auf ihn von Belang. Für andere, Außenstehende mußte er mehr oder weniger ein Brechmittel sein. Versuchsweise ließ er Loder hierher fahren (als Baritonsänger) und ihn mit aufgekrempelten Hosen, dickbäuchig, aber nicht ohne eine gewisse Eleganz ins Meer waten. Bei solchen Gedankenspielen war Loder immer der Mittelpunkt, der Fixpunkt, der am weitesten von Mon entfernt lag.
Sonnenuntergang: Loder steht am Rand der Flut, hat den Kopf gesenkt und zeichnet mit dem Fuß Figürchen in den feuchten Sand. Seitwärts geht er weiter, verharrt für Augenblicke, das Gesicht ganz der Weite hingegeben, und beginnt dann allmählich nach links aus dem Bild zu trippeln. Plötzlich jedoch, weit draußen, am Rand dieses Erinnerungsbildes, dreht er seinen Oberkörper schwungvoll um, eine Hand in der Hüfte, vollzieht eine wundervoll langsame,

gedehnte Bewegung und schaut über die Schulter zum Ufer zurück.
Dill mußte lachen.
»Warum lachst du?«
»Ich stellte mir Loder als Figur aus einer Erzählung vor.« Er schilderte ihr die Parabel vom Einmachglas. Wider Willen beschrieb er ihr Loder als Frosch, der feist und hilflos im eigenen Glas hockt.
»Und quakt?«
Mon schüttelte sich vor Lachen. Sie nahm eine Zigarette, legte sich etwas näher zu ihm und bat ihn, er möge ihr den Rücken mit Sonnenöl einreiben.
Dill spürte, wie sich das Einmachglas wieder über seinen Kopf senkte.
Er betrachtete ihren makellosen Rücken und den marineblauen Slip, der leicht verrutscht über den Pobacken lag. Loder war wie wegradiert.
Dill griff entschlossen nach dem Sonnenöl und begann sie einzureiben. Kräftig und sanft, beides zugleich. Den Rücken, die Schulterblätter, die Oberarme, die Beine. Seine Hände wurden weich und geschmeidig und immer selbständiger. Er rieb, als müßte er ihr die Seele aus dem Leib massieren. Immer kräftig und sanft, beides zugleich. Und unversehens rutschten seine Hände abwärts. Er spreizte ihre Beine, noch immer kräftig und sanft, beides zugleich, sie wurde schmal und zittrig vor Aufregung, als er in sie eindrang. Er genoß dieses Zittern, den Widerstand, der die Erregung und Lust in alle Adern hinaustrieb.
Der Wind auf der Haut, Berührungen wie feine Nadelstiche. Sie hatte seinen Kopf gefaßt, riß ihn zu sich hinab. Sie tauchten ins Wasser ein, schwammen an seltsamen Gebilden vorbei, an Stalaktiten und Korallen, glitten widerstandslos in die grünen Gewässer. Sie riß ihn so heftig an seinen Haaren, plötzlich, daß er befürchtete, sie wolle sie ihm ausreißen.
»Ich möchte ein Kind von dir«, sagte sie leise.

Sie hatte es einmal gesagt, vielleicht zweimal, kaum hörbar, oder vielleicht hatte sie es gar nicht ausgesprochen.
Kinder, Katzen und Kinder!
Er riß sich los, riß sich fort, von ihr weg. Rannte schweißnaß hinaus, tauchte, tauchte im Salzwasser, bis ihm der Atem ausging. Als er ausgepumpt zurückkam, sah er sie in Tränen.
Er küßte sie und sagte, daß er sie liebe. Schlotternd steckte sie sich eine Zigarette zwischen die Lippen, glaubte ihm nicht.

Loder wurde vom Telefon unterbrochen. Das plötzliche Klingeln setzte der Parabel vom Frosch und dem Einmachglas ein Ende. Die Loderschen Ausführungen über das Schreiben, seine Bekenntnisse, alles blieb in der Luft hängen.
Ich studiere die Masken, las Dill auf seinem Notizblock. Man braucht die Verluste, um atmen zu können.
Dill versuchte, in die Grauzone der Loderschen Sätze vorzustoßen. Willig war er ihm auf seinen verschlungenen Pfaden durch die Eitelkeiten, Obsessionen und Enthüllungen gefolgt.
Jetzt hätte er gerne etwas Handfestes gehabt, das er auch für den Artikel verwenden konnte.
Noch immer klingelte das Telefon. Loder hob den Hörer ab und sagte »Lachat?«
Der Dorfgendarm.
Loder bückte sich über den Apparat, sein Bauch wurde runder, das Hemd rutschte aus der Hose über die Taille. Dill vernahm gedämpften Discosound.
»Wo sind Sie«, fragte Loder leise. »Im Paradies«, schrie er. »Was zum Teufel machen Sie da? Soso.« Er wurde schweigsamer, was aussah wie Nachdenklichkeit. Er drehte Dill den Rücken zu. Als dieser sich eine Zigarette anzündete, drehte er sich kurz um und sah ihn erstaunt an. In Wirklichkeit aber sah er wohl einfach durch ihn hindurch.
»Und Brönnimann?« schnarrte er in die Muschel. »Was soll ich dabei tun? Lachat, Herrgott, können Sie diesen Lärm nicht abstellen!«
Pause. Loder kratzte sich am Hals.
»Abgekartet, sagen Sie, und Sie glauben, ich würde das akzeptieren. Warum? Ja, ich schreibe. Sie sind ein Esel, Lachat. Dann passen Sie auf, ich komme morgen auf den Posten. Hab heute keine Zeit. Sagenwirsogegenelf, adieu.«

Und nach einer Pause zu Dill: »Wußten Sie, daß dieses Haus seit Wochen observiert wird? Ich weiß es erst seit jetzt.«
Loder bemühte alle Flüche der Welt.
»Schnüffelhunde, ein Polizeistaat.«
»Was meinen Sie«, fragte Dill desinteressiert.
Loder ließ sich langsam auf einen Stuhl nieder und nahm das Glas zur Hand. Er hob es, um zu trinken, streckte die andere gegen Dill aus. Dill bestaunte die kurzen Finger, die kranzartig von der Handfläche abstanden.
»Ich habe einen Asylanten versteckt gehalten, einige Wochen lang. Einen jungen Tamilen. Er war stumm«, behauptete Loder, »oder so gut wie stumm. Er sprach auf jeden Fall kein Wort, saß den ganzen Tag am Fenster und fraß mit einem verzweifelten Blick jeden Meter Land da draußen ab.«
»Vielleicht sprach er Hindi«, sagte Dill.
»Er war zu mir gekommen, weil er sich geweigert hatte, bei einer Hausfrau, wo man ihn einquartiert hatte, das Geschirr abzutrocknen. Wahrscheinlich wußte er nicht, was das hierzulande heißt: das Geschirr abtrocknen. Jetzt behauptet Lachat, er sei in Drogengeschäfte verwickelt gewesen, noch dazu in meinem Haus. Zu billig.«
»Es ist ein Sakrileg, das Handtuch zu verweigern«, sagte Dill.
»Das Land ist in dieser Hinsicht zum Kotzen.«
»Ach was«, lächelte Loder, »das Land ist ein Phantom, das in Wirklichkeit gar nicht existiert. Ein Hirngespinst einer Handvoll Verrückter, einiger fanatischer Berufsoffiziere. Die Schweiz ist eine Erfindung des Jaß- und Schießvereins, eine verballhornte Sonntagmorgengeburt.
Sehen Sie, seit 1291 werden laufend Patente angemeldet, das Patent auf die älteste Demokratie der Welt, die beste Wohlfahrt, das sicherste Versicherungswesen, die tüchtigste Arbeitsmoral, das zweithöchste Bruttosozialeinkommen, die beste aller Armeen, die aufrechteste Gesinnung. Alles erschlichener Patentschaftsschwindel. Die Schweiz ist ein einziger, aus allen möglichen Superlativen zusammengeschwindelter Mythos.

Was tut's. Schauen Sie genau hin, sehen Sie die Aufrechten mit Gasmasken durch den Frühjahrsnebel über Kinderspielplätze und Schulhöfe kriechen. Die stehenden Heere, die heilige Kuh, überall sind sie auf Kriegspfad, proben den Ernstfall und höhlen die Berge aus.«
Loder betrachtete seine Fingernägel.
»Es fehlt der Dreck, denn Dreck ist verräterisch. Dreck wäre ein Hinweis auf den möglichen, möglichst zu verhütenden Wirklichkeitscharakter des Landes. Das Fehlen des Drecks hängt eng zusammen mit dem Schweigecharakter, welcher wiederum mit dem universellen Scheincharakter des Landes zusammenhängt. Das Schweigen bildet einen unhörbaren Chor, der zum Himmel schreit, dazu der laufend unter den Teppich gekehrte Dreck, der zum Himmel stinkt.
Neben dem Patent auf die beste aller Demokratien, von der der Nebelländler ja bekanntlich immer sparsamer Gebrauch macht, gibt es noch einen ganzen Rattenschwanz von Patenten, zum Beispiel dasjenige auf das sicherste und rentabelste Bankwesen. Die Banken sind die heimlichen Tempel und Schlösser dieses Landes. In ihren verschwiegenen Gemächern wird ein uraltes Spiel gespielt, eine Art Monopoly. Hinter seriöser Fassade wird munter gewürfelt und geschachert, verkauft und verschoben, gehehlt und gehandelt um den Rest der Welt, vorab der Dritten.
Dieses Spiel, das naturgemäß immer nur wenige spielen können – diejenigen, die über den notwendigen Einsatz verfügen –, ist allerdings wieder so allumfassend, daß mehr oder weniger alle im Lande daran teilhaben. Aber kaum einer käme auf die Idee unlauterer Spielmachenschaften. Halsabschneiderei und staatliche Erpressung, nein, wir sind und bleiben ein einig Volk von Schweigern und Verschweigern.«
Loder krümmte sich, als würde ihm übel.
»Weil dieses Land kein Verhältnis zur Geschichte hat, weigert es sich hartnäckig, an der Geschichte teilzunehmen. Aber das Geld, von dem genug gehortet ist, versaut jedem den Charak-

ter. Charakterlosigkeit und Fremdenhaß, das geht zusammen. Zuerst gegen die Italiener und Türken, dann die Jenischen, Linken und Schwulen, und heute gegen die Tamilen. Gegen alle Andersdenkenden und Andersartigen. Vielleicht, ja, vielleicht ist dieser krebsartige Haß auf alles Fremde nur die Kehrseite eines uralten Selbsthasses. Die Leute hierzulande mögen sich selbst nicht, jeder spuckt jedem gallig über den Gartenzaun. Hier wird keiner herausgefordert, gefährdet, keiner muß sich bewähren. Wird er einmal auf die Probe gestellt, versagt er jämmerlich. Stabilität, Sattheit, das Geldscheffeln ist längst zum Lebensersatz geworden. Hätte der junge Tamile, von dem ich Ihnen erzählt habe, mit einem dicken Portemonnaie bei uns angeklopft, wäre er wohl willkommener gewesen. So aber ist er als vermeintlicher Parasit beim dicken Wirt gelandet; der Wirt befürchtet, er könnte ihm etwas von seinem Speck abschneiden.«
Auf einmal blieb Loders Mund offen stehen, die Unterlippe hing schlaff und feucht herab.
»Im Vergleich zu anderen Ländern ist die Schweiz zu einem ungeheuer komplizierten System verwuchert. Die Bedingungen eines Kleinstaates. Bei uns können die Dinge mangels Raum nicht explodieren; also implodieren sie, und das erzeugt diese fürchterlichen Luftlöcher im ganzen Land. Die Undurchschaubarkeit aber ist ein Produkt einer zu dichten Codierung. Hierzulande ist jedes Phänomen, die Armee, das Recht, die Politik, gleich mehrfach codiert. Mit diesen Uneindeutigkeiten läßt sich gut leben, das weiß im Grunde jeder. Alles ist möglich, solange es beim alten bleibt. Felsenfest aber ist das Urvertrauen in den Staat, er wird's schon richten. Deswegen kann man gar nicht aussteigen; der Kleinstaat als Mikrochip. Die Politik kommt ohne Politik aus, die Probleme werden anders gelöst, hinten herum. Gegen Politik, das heißt Dialog, Auseinandersetzung, öffentliche Problematisierung, die ja auch Größe herstellen könnte, herrscht ein tiefverwurzeltes Mißtrauen. Ohne Politik geht eben alles beser und lautloser.«

»Sie haben nie explizit über dieses Land geschrieben, soviel ich weiß«, stellte Dill fest.

»Ich war nie dazu fähig, ich habe mich mit jeder Zeile von diesem schwindsüchtigen Land weggeschrieben. Für mich ist die Kunst, die Literatur immer das Gegenteil vom Heimweh nach den Vaterländern.«

»Oder anders gefragt: Welche Vorstellung vom Menschen liegt Ihrem Werk zugrunde?«

»Das fragen Sie mich?«

»Ja!«

»Ich sagte Ihnen bereits, ich schaue dem Menschen bei seinem Verschwinden zu. Das betrifft auch die Möglichkeiten der Existenz, hier in Mitteleuropa. Die Anzahl der Möglichkeiten, ein Menschenleben zu leben, schwindet. Die Gesellschaft ist der große Gleichmacher. In meinen Büchern habe ich versucht, andere Möglichkeiten von Leben aufzuzeigen.«

»Außerhalb der Gesellschaft?«

»Das gibt es gar nicht.«

»Aber was ist mit den Außenseitern, den Einsamen, den Wahnsinnigen, den Abtrünnigen, den Verbrechern?«

»Hören Sie, ich habe keine Lust, meinem Werk hier noch etwas hinzuzufügen.«

»Sie haben einmal gesagt, daß Sie nicht an den Fortschritt glauben?«

»Hab ich das? Ja, ich habe damals gesagt, daß es für mich keinen linearen Fortschritt gibt, weder in der Geschichte der Menschheit, noch in derjenigen der Wissenschaft oder Technik. Obwohl, der Glaube, daß es immer bessere und perfektere Maschinen gibt, ist ungebrochen. Nur vergißt man, daß es bereits in der Antike perfekte Maschinen gab, zum Beispiel die Mühlen. Danach folgten lange Perioden der Geschichte, wo dies Wissen nicht mehr angewandt und sogar vergessen wurde.«

»Und Sie denken, daß es vielleicht in naher Zukunft wieder eine Zeit ohne Maschinen geben wird?«

»Das habe ich nicht gesagt. Ich habe nur festgestellt, daß der Glaube an den Fortschritt, auch den Fortschritt des Wissens, eine Illusion ist.«
»Dann glauben Sie auch nicht mehr an die Aufklärung?«
»Nein.«
Loders Erregung verebbte so schnell, wie sie gekommen war. Mit gekrümmten Händen schlich er an der Wand entlang. Einen Augenblick lang schien er vergessen zu haben, daß noch jemand im Raum war, und heiter kicherte er in sich hinein. Sein Gesicht glich wieder dem eines Hamsters. Die Backen gebläht, der Kopf eingezogen, die Lippen gespitzt. Sofort dachte Dill daran, zu fotografieren. Er legte den Notizblock behutsam beiseite und nahm den Fotoapparat zur Hand. Aber es war so still, daß das Klicken der Kamera wie eine Detonation gewirkt hätte. Und es war zu dunkel.
Nachdenklich blieb Loder vor der Maske stehen, die über dem Kamin hing. Alles an ihm wirkte entspannt, harmlos, er glich einem kindlichen, verspielt-sorglosen Mann. Auf den Zehenspitzen wippte er hoch und nahm die Holzmaske vom Nagel.
»Ich versuchte, Lachat die Bedeutung der Maske zu erklären. Es handelt sich um ein Abschiedsgeschenk von Sivakumar, dem Tamilen.«
Er drehte und wendete das Holz unschlüssig in seinen Händen.
»Sie erinnert mich an seine Stummheit, an seinen Blick, der das Land jenseits der Fenster so gefräßig absuchte.«
Loder streckte den Arm mit dem Holz vor sich aus.
»Damals habe ich nicht geahnt, daß dieser Polizist eine dermaßen lange Nase hat, daß er damit auch in meinem Haus herumschnüffeln kann. Meine Türen habe ich nie geschlossen, und damals betrachtete ich ihn als einen Freund.
»Mein Gott«, Loder fuhr sich mit der Hand durch die Haare, krallte sich darin fest, »es ist mir noch, als sei es gestern, als er bei mir in der Stube stand. Genau wie Sie jetzt.«

Er fragte nach meinen Büchern. Lachat, müssen Sie wissen, ist kein Idiot. Hinter seinen Fragen steckt immer eine Neugier, die nur einem intelligenten Menschen eigen ist. Da er mich seit längerem beobachtet hatte, wußte er ziemlich gut über mich Bescheid. Dennoch – oder gerade deswegen – gab ich ihm wohl einige Rätsel auf. Im Grunde genommen wollte dieser unbescholtene Bürger, ledig und Sohn eines Fabrikarbeiters mit einfacher Schulbildung, nur herausfinden, warum ich so zurückgezogen und menschenscheu lebe. Mit seinen Fragen aber hat er sich aufs Glatteis begeben; noch heute sehe ich sein ängstliches Gesicht vor mir, wie er an seinem dicken Gurt herumfingert, seine schmale Brust reckt, um ein wenig Selbstvertrauen zu gewinnen.
Lachat, hab ich gesagt, ich schätze Ihre Offenheit. Er nickte und bot mir instinktiv eine Zigarette an. Er hatte vergessen, daß ich Nichtraucher bin. Aber der Bann war gebrochen.
»Aber – «, Loder zog die Schultern hoch, »was hätte ich ihm erklären können? Schüchtern fragte er mich, ob in meinen Büchern wirklich solche Ungeheuerlichkeiten und Schweinereien stünden, wie im Dorf unten behauptet würde.
Was hätte ich antworten sollen.
Sie haben Geld, Sie können Ihre Berühmtheit doch genießen, Sie besitzen einen guten Ruf, zumindest außerhalb des Dorfes, hat er gesagt.
Ich verdiene um einiges mehr als Sie, wenn Sie das meinen. Aber das Geld spielt keine Rolle, hab ich gesagt.
Und so sitzen Sie also den ganzen Tag am Schreibtisch und schreiben?«
Loder unterbrach sich, kippte den letzten Zug Port, Grahams Vintage 1970, in sich hinein.
»Damals haben wir Cognac getrunken. – Nehmen Sie einen Cognac, Lachat?
Ausnahmsweise.
Ich produziere Bücher, Lachat, ich habe nichts anderes gelernt. Unsittliche Bücher, meinetwegen, unverständliche.

Es ruiniert mich zwar, psychisch, aber es ist immer noch besser, als den Polizisten zu spielen.
Bringt auch mehr ein, wie Sie gesagt haben, Loder!
Trotzdem sind Sie, Lachat, freier als ich. Sie können es sich überlegen, ob Sie ihren Täter suchen und finden wollen. Ich kann das nicht. Da ich bei allem immer selber der Täter bin, im Kopf, lebe ich als Opfer mit dem Täter auf Gedeih und Verderb zusammen.
Versteh ich nicht. Sie verfügen doch über Möglichkeiten, über die ich nicht im Traum verfüge, sagt doch dieser Polizist und lächelt. Nein, Sie sind zu bescheiden, Loder, Sie haben eine gewisse Macht.
Ja, die Macht, mich jeden Augenblick im dritten Stock aus dem Fenster zu stürzen. Mich bindet wenig, Lachat, da haben Sie vielleicht recht. Ich kann mit meinen Büchern keinen Kieselstein umdrehen. Die Welt bleibt die, die sie ist, verändern tun immer andere, und wie!
Ich dachte schon, Sie sind krank, entfuhr es Lachat. Ich sehe Sie herumliegen, nachmittagelang.«
»Von Lachat aus gesehen«, sagte Loder, »bin ich krank. Ein ewig Moribunder, ein Todeskandidat. Von Lachat aus gesehen leide ich an einer fürchterlichen Krankheit: der Faulheit. Liege ich auf dem Sofa, lasse mir Entwürfe und Sätze durch den Kopf gehen, höre ich Lachats Stimme. In diesem Land hört man immer Stimmen, die einem einreden, man sei faul. Faul zu sein ist eine Art Todesurteil, es hat nur der ein Recht auf Leben, der auch dafür arbeitet. Ich bin lasterhaft faul, ich kann mich nachmittagelang gehen beziehungsweise liegen lassen. Zerebral aber bin ich auf Reisen, ich schweife durch die Bücher und die Seelen der Völker.
Sehen Sie diese Maske hier, Lachat, sagte ich. Sie wissen ja, woher ich sie habe, vom armen Tamilen, Sie wissen ja alles. Aber jetzt wollen Sie natürlich noch wissen, was es mit diesem albernen Holz auf sich hat. Sie sehen nur diese wurmstichige Schwarte und müssen sich Ihren Teil selber denken.

Und Sie denken natürlich, daß der Loder spinnt, ja, ich nehme an, daß Sie längst an die zuständigen Stellen weitergeleitet haben, daß ich spinne. Hätten Sie das nicht gemacht, wäre ich schon längst verhaftet worden, nicht wahr.
»Diese Maske hier«, Loder schwenkte das Holz, daß es leise in der Luft sirrte, »ist eine asiatische Krankheitsmaske. Das Symbol einer Krankheit, an der der Träger litt. Erkrankt einer vom Stamm an dieser Krankheit, eben ein Moribunder, setzt er sich diese Maske auf. In rituellen Handlungen – Tänze, Opferungen, Aufführungen – wird ihm die Krankheit exorziert. Denn bei diesen Völkern ist die Krankheit ein heimtückischer Dämon, der einem die Seele frißt oder sich wie ein Schattenparasit im Körper festsetzt.
Der Kranke«, sagte Loder mit tonloser Stimme, »zieht sich diese Maske übers Gesicht, und der Dämon wird von der Maske absorbiert. Die Krankheit wird von der Maske, die außerhalb des Ritus strikt tabu ist, angesogen. Ich nehme an, daß die Maske das Gesicht eines Gottes oder eines Toten abbildet. Egal. Wenn er die Maske nach dem Ritus vom Gesicht nimmt, ist er geheilt.
Aber merken Sie sich eines, hatte ich zu Lachat gesagt. Wenn einer von diesem Volk krank wird, ist das nur ein Ausdruck dafür, daß der ganze Stamm, das ganze Gemeinwesen krank ist. Der Eine übernimmt stellvertretend die Krankheit des Gemeinwesens. Oft ist dieser Eine ein Schamane, also ein archaischer Künstler, dessen Aufgabe es ist, mit seinen Künsten Krankheiten zu heilen. Wenn hingegen die Krankheit der Gesellschaft zu stark ist, wenn also die Masken versagen, dann ist auch diesem Einen nicht mehr zu helfen.«
Dill schaute auf die Uhr und stellte erschrocken fest, daß es bereits auf acht Uhr ging. Er mußte sich schleunigst verabschieden, um den letzten Zug nicht zu verpassen. In Käffern wie diesem, dachte er, fahren die letzten Züge immer sehr früh.
Widerwillig bot ihm Loder an, ihn zum Bahnhof zu fahren,

aber schon einen Augenblick später änderte er seine Meinung. Man müsse unbedingt essen gehen.
Dill bestand auf dem letzten Zug.
Das Haus sei geräumig genug, die Übernachtung kein Problem, er könne unmöglich jetzt noch fahren, das sei Unfug. In Loders Stimme schwang Herzlichkeit mit. Überdies, fügte er an, sei es ungewiß, ob um diese Zeit noch ein Anschlußzug zu bekommen sei. Loder schlug den Gasthof Kreuz vor, der zu Fuß in einer Viertelstunde zu erreichen sei. Der Wirt, Brönnimann, mache ein ausgezeichnetes Zürigeschnetzeltes.
Der tintenschwarze Himmel war an einigen Stellen von Lichtschlieren aufgerissen. Dill dachte an Nebel, aber die Luft roch stark nach Regen. Auf Bodenhöhe war es finster, fast schwarz. Er sog die Luft tief in die Lungen und verfluchte wieder einmal seine ungesunde Lebensweise. Landluft, ein Gemisch aus nassem Gras, Kuhmist und Schneefirn. Verwesende Regenwürmer, nasse Holzscheite, Harz im Westwind, Tod im Unterholz, im übrigen wuchs ihm der Appetit.
Der Port verlangsamte ihm die Schritte. Aber Loder war kleiner als er, noch langsamer.
Sie gingen auf einem schmalen Feldweg dahin, waren von der Landstraße, die zu Loders Anwesen führte, abgebogen. Ein schwarzer Balken in der Ferne, ein eingedunkelter Wald. Irgendwo Hundegebell, irgendein aggressiver Kläffer, der hoffentlich an seinen Hof angekettet blieb. Kuhglockengeläut. Ein finsteres Land, dachte Dill, düster und naß die Hügel, ein herunterfallender Himmel und unheimliche Geräusche.
Loder ging mit gesenktem Kopf. Er setzte seinen Fuß sicher auf, kannte das Gelände auch bei Nacht. Dill trat in Kuhmist, es matschte, und als er auszurutschen drohte, griff er nach einem Ast. Er spürte ein kaltnasses, glitschiges Ding in seiner Handhöhle. Eine Weinbergschnecke. Plötzlich war Loder aus dem Blickfeld. Dill begann zu fluchen und hoffte, der Alte würde auf ihn warten. Wieder das Hundegebell, diesmal näher.

Öffne deine Lungen, sagte er vor sich hin. Die Luft ist gut und rein, frisch und würzig, und wenn du die ganze Nacht hier draußen zubringen mußt, bist du am nächsten Morgen wenigstens gesund. Hoffentlich sind die elektrischen Zaundrähte nicht geladen.
Er bückte sich und schlüpfte unter dem Zaun durch, bog noch einmal vom Weg ab. Die Finsternis kam ihm vor wie ein klammes Zimmer, dessen Wände er mit ausgestreckten Händen abzutasten suchte. Windstöße fuhren durch die kahlen Bäume, er wußte nicht mehr, wo er war.
Da gehst du nun, dachte er, und hast dich völlig verlaufen. Und der Alte hockt im Kreuz und reibt sich wärmend die Hände.
Das feuchte Gras streifte seine Waden unter den Hosen, und Blätter strichen ihm über die Wangen. Die Bäume standen wie zu einer Prozession gereiht. Der schwarze Balken von vorhin, überlegte er, also gehst du ein wenig nach links und kommst wieder auf den Weg.
Wie lange hatte er kein Käuzchen mehr schreien hören. Es raschelte im Unterholz, Zweige knickten unter seinem Fuß. Wasser tröpfelte irgendwo von oben auf ihn herab. Unter seinem Fuß gab plötzlich die Erde nach und er sank bis zu den Knöcheln in einen lehmigen Morast.
Meine Schuhe, futsch.
Er empfand diese Gegend als Beleidigung. Was Loder nicht geschafft hatte, ihn kleinzukriegen, vollbrachte jetzt dieses Militärübungsgelände. Er dachte an die Grauen, die im Freien als feldgetarnte Gefleckte herumgehetzt wurden. Tagelang im Morast fürs Vaterland.
Er versuchte etwas ruhiger zu werden, verzichtete auf die gute Luft und zündete sich eine Zigarette an.
»Hei«, rief jemand von hinten.
Er drehte sich um und sah schwarz am Weg Loder. Dankbar steuerte er auf ihn zu.
»Ich habe Sie aus den Augen verloren. Obwohl ich schlecht

sehe, hatte ich noch nie auch nur einen Anflug von Nachtblindheit, im Gegenteil –!«
»Wie weit ist's noch bis zur Kneipe«, unterbrach ihn Dill.
»Wir sind gleich da.«
Was Dill für einen Bauernhof gehalten hatte, erwies sich als der Gasthof Kreuz. Der Kläffer war ein großer Schäferhund, der Loder sogleich begrüßte. Winselnd, den Schwanz zwischen die Hinterbeine geklemmt, rieb er seine lange Schnauze an Loders Hosen. Dann wurde Loder vom Wirt, einem dünnen, zäh wirkenden Mann mit schwarzen, gescheitelten Haaren, ausgesucht herzlich begrüßt. Als er Dill sah, begann er zu grinsen.
»Wieder die Abkürzung, Eugen.«
»Hast du das Stübli frei, Brönnimann«, befahl Loder.
Brönnimann ging voraus. In seinem Gesicht hat er einen verschlagenen Zug, fand Dill. Er erinnerte ihn eher an einen Barkeeper aus Mailand denn an einen urochsigen Wirt eines Landgasthofes.
»Das Übliche«, sagte Brönnimann.
»Das Übliche«, wiederholte Loder. Zu Dill sagte er: »Sie sind mein Gast.«
Das Stübli, wie Loder es genannt hatte, war ein kleiner, aber geschmackvoll hergerichteter Raum. Vier weißgedeckte Tische, Kerzen, an der Wand dezent gehängt einige Wildgeweihe. Brönnimann war allem Anschein nach Jäger.
Loder rieb sich nun tatsächlich die Hände. Dill zog seine Schuhe aus. Aus dem Nebenraum vernahm man das Gejohle der Stammgäste, die einen Jaß klopften.
Loder schien Dills Gedanken erraten zu haben.
»Entweder kneifen Sie der Serviertochter in den Hintern oder sie machen die Tamilen runter. Wie im Bilderbuch.«
Woher Brönnimann komme, wollte Dill wissen.
»Ach, der alte Schlehmil. Er ist viel herumgekommen. Eigentlich stammt er aus dieser Gegend. Aber es hat ihn hinausgezogen in die Welt: Algier, Nairobi, dann Seattle, eine

Zeitlang sogar Iquitos, dann fast zehn Jahre Portugal. Seine Frau, eine hübsche Italienerin, ist ihm davongelaufen. Jetzt ist er hier gelandet, fast wie ich.«

Brönnimann brachte Loder das Zürigeschnetzelte.

»Das geht aber schnell«, bemerkte Dill.

Brönnimann lachte, aber eigentlich war es wieder mehr ein Grinsen.

»Wenn man Loder so lange kennt wie ich, weiß man, wann ihm zuhause der Magen knurrt.«

Loder, der eben noch vom Wirt erzählt hatte, begann das Essen völlig gedankenverloren in sich hineinzuschaufeln. Die Gabel in der Rechten, das Messer in der Linken. Er aß unglaublich schnell.

Zerstreut und mit vollem Mund fragte er Dill, für welches Blatt er eigentlich schreibe. Wem er den Bericht abzuliefern gedenke.

Loder sagte »Bericht«, was Dill seltsam vorkam. Sah er sich denn als Fall?

Und was Dill sonst noch treibe?

Dill erklärte, daß er für Zeitungen nur schreibe, um sich ein wenig Geld zu verdienen. Zur Zeit mache er nichts, was nicht heiße, er mache tatsächlich nichts. Im übrigen verreise er in ein paar Tagen nach Südfrankreich, um zwei Freundinnen zu besuchen.

Loders Interesse an Dills Auskunft war mäßig, überstieg auf jeden Fall nicht dasjenige, das er seinem Teller entgegenbrachte.

Vielleicht schreibe er bald eine Dissertation.

Worüber, wollte Loder kauend wissen, aber bevor Loder weiterfragen konnte, brachte Brönniman das zweite Geschnetzelte. Dill wartete gerade noch Loders »Guten Appetit« ab und gab sich dann ebenso innig wie Loder dem Essen hin.

»Du hast heut nacht in der Küche gestanden und mir ein Essen gekocht. Ganz in Schwarz warst du, die Haare streng gescheitelt und den Blick wie Yoko Ono hinter der Sonnenbrille versteckt. Ich war ein Kind, saß auf einem hölzernen Schemel, strampelte mit den Füßen und schaute dir erwartungsvoll zu. Wie immer hatte ich Hunger, dieser tagelange, wochenalte Hunger war wie ein weißer Wurm, der in mich hineingekrochen war und mich von innen her auffraß. Ich hatte Hunger, weil der Wurm an meinen Eingeweiden knabberte und knusperte, ich schaute meinen Finger an, der schon ganz mager war und den ich dir deshalb mehrmals zur Begutachtung entgegenstreckte. Ich war dir nicht im geringsten böse, daß du mir mein eigenes Leichenmahl kochtest. Zornig war ich nur darüber, daß du mir meinen Magen gestohlen hast, meinen verwurmten, bereits kümmerlich geschrumpften Magen, der jetzt bleich im Schüttstein lag. Womit sollte ich nur essen?
Ich schaute dir zu, wie du das Feuer im Herd schürtest und mit geschickten Händen unter dem fließenden Wasser den Magen fein säuberlich in Streifen schnittest und diese Streifen in den Trog warfst, wo sie sich wie lebendige Würmer herumbalgten. Die Butter zerlief bereits in der Kasserole, als ich endlich begriff, daß du Kutteln machtest, ein Gericht, bei dem sich mir – verzeih das paradoxe Bild – schon beim bloßen Gedanken der Magen umdrehte. Du hast sehr geweint beim Zwiebelschälen, die Tränen kullerten unter der Sonnenbrille hervor, ein Hauch von Opfer und Ritual zog durch die dampfende Küche. Der Duft der in der Kasserole dämpfenden Kutteln stieg mir bekömmlich in die Nase, du streutest zwei Eßlöffel Kümmel darüber und hast immer wieder mit einer großen, hölzernen Schöpfkelle umgerührt. Mehl fiel fein wie Schnee auf meine köchelnden Innereien. Salz und

Pfeffer, etwas Dill, bis es giftig zischelte und gischtete, dann das Geköche mit Weißwein abgelöscht.
Ich hockte noch immer auf dem Holzschemel, als Mon aufstand – ich hörte sie bloß und sah sie nicht –, um in der Küche die Asche aus dem Herd zu holen.
Unterdessen hattest du Rahm dazugegeben, einen Schuß Fleischbrühe, der Dampf zog ab und ich kraxelte vom wackligen Stuhl herunter, begab mich in die Stube und wartete selig auf mein Essen.«
»Magst du Dill?«
»Nein, ich hab dir doch gesagt, daß mir allein schon vom Geruch übel wird.«
»Schade, Dill gehört unbedingt dazu. – Du siehst irgendwie bleich aus.«
»Ich habe schlecht geschlafen.«
»Setz dich hin.«
»Nein, im Stehen geht es mir besser. Ich genieße den Wind, und es tut mir gut, diese Landschaft vor mir zu haben, die nicht schon nach zwei Metern an der nächsten Hausmauer abbricht.«
»Du schwitzt ja!«
»Ich muß gehen, lass mich, ich muß das lernen. Muß mich aufs Nächstliegende konzentrieren können. Da, diesen Stein als Tritt für meinen Fuß benutzen, mich emporhangeln, ohne zu fallen. Am Anfang ist es schwieriger, das Gleichgewicht sicher zu halten als irgendeinen Gedanken zuende zu führen.«
»Kannst du nicht beides?«
»Das eine kommt dem anderen in die Quere. Aber das eine, das Denken, nimmt allmählich ab, das spüre ich.«
»Die Sonne.«
»Die Sonne brennt mir den Schädel leer. Aber es riecht gut nach trockenem, würzigen Gras – «
»Nach Heuschrecken. Du siehst wirklich krank aus.«
»Keine Sorge, es geht schon besser. Die Landschaft ist klar, wie gereinigt hier. Die Bäume da oben, siehst du, auf der

Krete, gestochen scharf. Es wäre ja so einfach, sich wohlzufühlen.«
Ihre hagere Gestalt ging ihm voraus, bewegte sich fast leichtfüßig dahin. Natürlich trug sie auch jetzt ihre Sonnenbrille.
»Die Steine, die Luft, die Wolken«, deklamierte Marthe, »all das ist ursprünglich ein Element des Menschen. Daneben gibt es so vieles, was uns nicht gehört und uns gar nicht zukommt. Wir haben unsere Kreise überschritten. Forschend und experimentierend greifen wir in Gebiete ein, die nie für uns bestimmt waren.«
»Das klingt sehr deutsch und wie eine bestimmte Religion, eine Anleitung zur Bescheidenheit.«
»Gestern nacht, als es so stürmte, las ich bei einem alten Philosophen über den Unterschied zwischen Mensch und Tier. Jedes Lebewesen, schreibt er, besitze eine eigene Sphäre. Je kleiner und einfacher das Lebewesen sei, desto sicherer und gesicherter der Kreis seines Lebens. Der Mensch aber, das komplizierteste Wesen, sei aus dem Kreis der Natur und der leitenden Instinkte ausgetreten. Unter den Lebewesen sei er deshalb der schwächste und ungeschützteste, wenn auch der intelligenteste. Eigentlich ein Mangelwesen. Aber die Not mache erfinderisch, und aus diesem Mangel heraus habe der Mensch seine Sprache entwickeln müssen. Der Philosoph beschreibt dies als eine Art Sündenfall.«
»Also Theologie!«
»Ja, weil bei ihm Gott ein Teil der Natur ist. Gott ist gestaltlos oder vielmehr in Tausenden von biomorphen Gestalten enthalten. – Ist denn der winzige Farbfleck auf dem Flügel eines Falters für die Wahrnehmung durch unser Auge bestimmt? Gehören die Gene, in denen das Leben dieses Planeten auf Millionen von Jahren gespeichert ist, in unsere Gewalt? – Aus der Suche nach Gott ist eine Wissenschaft geworden, die alles zerteilt und zerhackt und Gott verloren hat.«
»Ich habe, ehrlich gesagt, keine ausgeprägte Vorlieben für Religionen und verordnete Harmonien.«

»Das macht nichts«, sagte sie.
»Aber vielleicht kannst du das nachempfinden. Das Grün, das mich beruhigt, es ist wie ein meditatives Rauschen. Der Himmel und das Grün, das Meer und die Hügel, das alles sind Bilder für etwas anderes, das nicht Ich ist. Es gibt Tage, wo mir das Land einen Glanz gibt, wo ich wie ein kopfloses Wesen ins Grün hineinschlüpfen möchte. In die Gerüche von Minze und Melisse, Fichte und Thymian, Salbei und Flieder.«
Er blieb stehen und wartete auf sie. Sie hatte sich gebückt, stand dann mit dem Gesicht zum Meer. Rund dreihundert Meter fiel das Gelände zu ihren Füßen in die Tiefe ab, bis zum flachen Ufer. Grasüberwachsenes Geröll.
Er sah sie wie auf einem Foto, eine Frau auf einem Felsen.
Ich gehe hinaus, sagte sie oft.
Gehen, dieses Wort besaß in ihrem Wortschatz eine andere Bedeutung. Sie verschwand oft für Stunden. Wenn er mit ihr ging, gingen sie zumeist schweigend. Bis zur Verwandlung, wie sie sagte. Bis zur Grenze des Schweigens, sagte er. Hinaus aus den Loderschen Spekulationszimmern, den Gedankenfluchten und Wortkaskaden.
»Hier landeten die Sarazenen«, sagte sie.
»Du bist verrückt und eine Glückssüchtige«, sagte er. »Deine Langsamkeit ist ansteckend.«
Sie lachte und entfernte sich, schlug einen anderen Weg ein, einen Umweg. Er blieb hinter ihr.
Wie lebte sie eigentlich? Manchmal erschien ihm ihre Einsamkeit, ihr Abgrenzungsbedürfnis leicht paranoid, ihre Selbstzufriedenheit Ausdruck eines schieren Wahns. Dennoch hatte ihr dahingleitendes Leben etwas Faszinierendes. Er verglich es mit der Schläfrigkeit hinter heruntergelassenen Jalousien an einem südlichen Nachmittag. Mit dem trockenen Rascheln im Gras, dem Huschen fliehender Echsen. Mit der Trägheit der Minuten und Tage, der Wiederkehr der Sonnenaufgänge und Untergänge, dem Beischlaf hinter den

Vorhängen eines warm rieselnden Landregens. Mit roter, ziegelroter und glühender Erde.
Sie setzte sich neben ihn, und beide schauten hinunter auf die glänzende Meeresoberfläche.
»Hinter dieser Halbinsel, dem Rücken, der wie eine liegende Frau aussieht, liegt eine Bucht, wo ich zum Tauchen hingehe. Da ist das Wasser ruhig, eine ideale Stelle. Mein Vater hat mich oft zum Tauchen mitgenommen.«
Der Wind schnitt ihr die Haare aus dem Gesicht.
»Wir waren sechs Kinder, vier Brüder, Mon und ich. Sie die jüngste, Vaters Goldkind. Als er am Berg starb, war ich gerade vierzehn. Wir waren oft hier in den Ferien. Später kam ich mit Vater allein.
Mit achtzehn kaufte ich mir den ersten selber zusammengesparten Taucheranzug. Einen Bleigürtel, den Tiefenmesser, Flossen und den Anzug. Ich riß von zu Hause aus. Einer meiner Brüder, Pascal, fand mich hier und brachte mich wieder heim. Nach der Schule verdiente ich mir mein Geld mit Tauchkursen. Mein Vater hat immer gemeint, daß einem zuviel Geld schade.
Das ist das Schöne an der Taucherei«, sagte sie, »daß du von all dem, was du da unten zu Gesicht bekommst, nichts mitnehmen kannst. Bloß anschauen, nicht mitnehmen. Ich habe immer das Gefühl, daß unter Wasser gar nichts wirklich ist; oft sage ich zu Mon: alles da unten ist zu schön um wahr zu sein. Ich habe sie übrigens nie zum Tauchen überreden können. Kaum ist sie unter Wasser, japst sie nach Luft, karchelt und prustet. Vergißt das Atmen. Sie kann ja nicht mal richtig schwimmen, obwohl sie immer das Gegenteil behauptet.
Als Vater verunglückte, war sie noch ein Kind, es kam mir vor, als hätte sie das gar nicht richtig mitgekriegt. Jetzt bin ich froh, daß sie mit dem Töpfern angefangen hat. Jahrelang hatte sie immer den gleichen Traum. Eine Variation von drei, vier wiederkehrenden Träumen, bei denen sie eingegraben wurde, eingesargt in Kisten, geschlossene Behälter, verrie-

gelte Kammern oder verschüttete Höhlen. Grüfte und Verließe. Seit sie mir jeden Morgen ihre Träume erzählt und wir darüber reden, beginnt sich der Alp langsam zu verflüchtigen. Trotzdem glaube ich, daß da noch immer ein Loch ist, wo der tote Vater hineinpaßt. Mutter hat sehr früh wieder geheiratet, die Familie kam auseinander. Heute sehen wir uns kaum noch. Manchmal denke ich, daß nur wir beide, Mon und ich, dem Vater treu geblieben sind. Wir verehren ihn. Ja, Vater sagte immer, zuviel Geld schadet. Ein fürchterlicher Satz, den wir noch dazu sehr ernst genommen haben. Als er starb, wurde uns dann das Erbe ausbezahlt. Ich hab es in zwei, drei Jahren verjuxt. Ich war süchtig aufs Einkaufen, gierte nach Blusen, Handtaschen, aparten Schuhen, Kleidern, teuren Parfums. Krokodilleder, Elefantenleder, Nerze, Häute, Schmuck. Ja, jetzt fällt es mir wieder ein, ich habe viel Schmuck gekauft. Bei Gold schmolz ich einfach weg. Alles verjuxt, bis ich in der Kreide saß.
Nicht, daß ich danach wie eine Kirchenmaus hätte leben müssen, das nicht. Aber ich besaß einfach sehr wenig, als ich mit Mon hierher zog. Wir waren ja nicht allein, die Leute vom Schloß kamen mit, wir lebten mit ihnen zusammen. Da hieß es dann: lerne deine realen Bedürfnisse von den konsumistischen Ersatzbefriedigungen unterscheiden. Mon Dieu, es war eine Zeit, wo wir alle meinten, wie Robinson im Naturzustand leben zu müssen. Wir aßen nur rohes Gemüse, ließen den Wein und schlürften Tee. Dann zogen wir in unser eigenes Haus und lebten noch konsequenter als die anderen. Sicher haben sie bald angefangen, uns zu verspotten: die zwei spinnerten Schwestern, die makrobiotischen Vögel.
Wir bauten unser Haus neu auf, brannten die Ziegel, zimmerten Fensterverschalungen und isolierten die Wände. Wenn wir nicht mehr weiterkamen, war Jean da, unser Verehrer. In den zwei Jahren, die ich hier verbracht habe, begriff ich, daß ein Haus aus mehr besteht als nur aus vier Wänden, daß ein Balken nicht nur ein Dach stützt. Aus dem Sommerhaus

wurde schließlich ein Quartier für Monate, für Jahre. Am Anfang hatten wir nicht einmal Strom. Wir kochten und wärmten uns am Feuer im Herd, der Spleen der absoluten Autonomie. Aber diese Wirtschaft kostete uns den ganzen Tag, das Holzspalten, das Feuermachen, Kochen und Schälen. Das Rüsten, Spellen und Schaben. Nach einem regnerischen Winter hatte ich genug von den Ameisen und Wanzen, von den feuchten Zimmern mit dem abgestandenen Rauch, ich hatte das Meer satt und das Quaken der Frösche. Ich haßte die endlosen Abende ohne Licht. Überall im Haus wuchsen die Pilze und Farne, nasse Schwämme in jeder Ecke, die Vorhänge schossen aus und verfaulten, die Fliegen wurden fett und gefräßig. Nichts hat Bestand, am allerwenigsten die Gefühle. Und dann kamen die schlaflosen Nächte.
Die Seufzer und das Geklöne.
Die Träume kamen wieder.«
Mit Schwung stand sie auf. Der Himmel hatte sich verändert, leichte Quellwolken stiegen über dem Meer auf.
»Schön«, sagte sie, »kehren wir um.« Die Haare fielen ihr ins Gesicht. Sie schaute ihn an.
»Und die Insel, laß uns noch auf die Halbinsel hinausgehen.«
»Nicht heute, ein andermal.«
Ein weißer Dunst lag über dem Meer und deckte die Halbinsel an der nördlichen Seite zu.
»Der Himmel gefällt mir nicht«, sagte sie.

Geschichtlich gesehen, sagte Loder nach dem Essen, sei es noch gar nicht lange her, daß man im Schein von Gaslampen mehr oder weniger gemütlich zusammengesessen habe.
»Im letzten Jahrhundert noch saß man in stinkenden, stickigen Zimmern. Eine Folge der Gasflamme in den Gaslampen, da bei der Verbrennung von Gas eine gewisse Menge Ammoniak und Schwefel frei wird.«
Loder lehnte sich zurück und betrachtete die Ausstattung des Stübli mit wohlwollendem Blick.
»Die Decken wurden schwarz, die Ölbilder noch schwärzer, und der Kopf brummte einem fürchterlich, da der Sauerstoff fehlte. Das waren die Bedingungen, unter denen damals geschrieben werden mußte. Im Zeitalter der Aufklärung blakten noch die Kerzen, jeder Windstoß durch die undichten Fensterritzen konnte das Ende eines Satzes bedeuten. Der Philosoph mußte ständig aufstehen, um das Licht neu anzuzünden.«
Dill nahm einen Schluck Calvados. Loder war beim Cognac, mittlerweile beim dritten. Lag es am Alkohol oder am Essen, daß er jetzt wieder wie aufgemöbelt wirkte? Er zeigte sich von seiner besten Seite und redete. Rund wölbte sich sein Bäuchlein gegen die Tischkante. Bald würde Brönnimann, der sich auffallend wenig blicken ließ, das hellbraune Sperrholzkistchen mit den Zigarren bringen müssen.
Die Idee, die Schriften der Aufklärung in diesem Lichte zu sehen, sei ihm noch nie gekommen, gestand Dill.
Ihm auch nicht, sagte Loder, so nicht, so ganz freiwillig. Eines Tages habe er seine Schreibblockade gehabt. Zuerst habe er gedacht, es liege an seinen Augen, die das Licht nicht mehr vertrügen. Ihm fiele vielleicht wegen des Lichts nichts mehr ein, er könne sich deswegen nicht mehr konzentrieren. Das sei natürlich Blödsinn, aber mitunter verfalle man auf die

absurdesten Gedanken. Aber immerhin, wie so oft sei der Zufall der Vater einer nützlichen Idee. So sei er dazu gekommen, den Faden einmal aufzurollen.

Die Entdeckung des Lichts, der Glühbirne gehe zwar ins letzte Jahrhundert zurück. 1872, wenn man es genau nehme. Aber in Wahrheit sei diese Entwicklung bereits in der Technikgläubigkeit der Frühaufklärer angelegt.

»Siècle des Lumières, so nannte man das Zeitalter. Lesen Sie die Schriften der Enzyklopädisten, Diderot und d'Alembert, die Enzyklopädie, und Sie werden vom Ausmaß der Technikgläubigkeit überrascht sein. Technik und Wissenschaft galten nicht nur als Waffen gegen den Feudalismus; sie wurden zum eigentlichen Motor des Fortschritts. Die Glühlampe revolutionierte die deutsche Stube, ohne daß draußen je eine Revolution stattgefunden hätte.«

Loder machte eine Handbewegung, als triebe er einen Pfahl in die Wand.

Heute sei klar, daß die Utopie der Aufklärung im Laufe der Geschichte alle anderen Utopien abserviert habe. Sogar der Kommunismus oder der real existierende Sozialismus seien durch die technische Utopie ruiniert worden. Technik sei konzentrierte Macht. Macht jedoch, die nicht legitimiert werde und nur noch schwer zu kontrollieren sei.

»Ich sehe das an meinem Computer, den ich mir angeschafft habe. Meine Faszination für das Gerät trat in dem Augenblick ein, als ich schon ruiniert war. Auf dem Tiefpunkt, verstehen Sie. Ich klammerte mich an die Möglichkeiten der Aleatorik. Ich wollte mich ein wenig entlasten, vielleicht sogar ersetzen lassen. Ich wußte nichts davon, damals.

Statt dessen wurde ich zu einem draufloshämmernden Wurmfortsatz des Gerätes. Humanware, die codierte Zero, der man dann doch nichts absafen kann. Man degeneriert zum geistigen Schnullerträger. Ich bin dann wieder aufs Handschriftliche zurückgekommen.«

Loder schien über seine eigenen Gedanken belustigt.

»Und die Aufklärung?« warf Dill ein.
»Heute fühlt man sich nicht mehr schuldig, wenn man unwissend ist. Wir gehen mit Faust zum Teufel.«
»Selbstverständlich.«
»Ich weiß, mein Hang zum Philosophieren. Ein Laster, das alle Leute erschreckt.«
Ein Serviermädchen brachte das Sperrholzkistchen mit den Zigarren. Loder nahm eine Villiger. Sein Gesicht verschwand im blauen Dunst. Selbstvergessen murmelte er:
»Man müßte das mal aufrollen. Ich meine, diese ganzen imaginären Grenzziehungen zwischen Natur und Kultur. Eine andere Geschichte der Technik, der Aufklärung, des Lichts und des Feuers –.«
»Vom Homo Pekiniensis, der das Feuer erfand, bis zu Tschernobyl«, warf Dill bissig ein. Er verlor langsam die Geduld.
»Stellen Sie sich vor, der Mensch hätte das Feuer nicht entdeckt, es hätte die Elektrizität nie gegeben. Stellen wir uns vor, man hätte alle diese Erfindungen nie gemacht, die uns heute beglücken und gleichzeitig ruinieren.«
Loder dachte nach. Sein Blick fixierte das Glas.
Dill kam erneut der Verdacht, daß Loder sich da in etwas verrannt hatte. Die Methode, alltägliche Dinge aus einem übertrieben morphologischen Gesichtswinkel zu betrachten, hatte er bereits in einem seiner früheren Bücher entfaltet. Da gab es eine Nebenfigur namens Edgar, Privatsekretär eines Industriellen, der unfähig war, in der Gegenwart zu denken und zu leben. Subtil hatte Loder diesen Edgar als Melancholiker gezeichnet, der nur das Gewordensein der Dinge, ihr unablässiges Werden und Vergehen zu bemerken schien. Das Buch hatte bei seinem Erscheinen die unterschiedlichsten Urteile hervorgerufen. Am umstrittensten war der Schluß aufgenommen worden.
Nachdem nämlich Edgars Chef an einem Herzversagen verschieden war, hatte Loder die Perspektive gewechselt und die Geschichte aus der Sicht des Privatsekretärs zuende erzählt.

Die Handlung spielt in Rom, in einem alten Herrschaftshaus, wo der Industrielle seinem Sekretär jeden Tag seine Memoiren diktiert. Auf diese Weise dringt Edgar immer tiefer in das frühere Leben seines Chefs ein und beginnt sich damit zu identifizieren, bis er seine eigenen Erinnerungen von den fremden nicht mehr unterscheiden kann. In dem Maße, wie sein eigenes Leben dadurch immer dünner wird, weiß er sich als heimliches Gedächtnis und Ideenvollstrecker seines Vorgesetzten. Als schließlich der tägliche Zustrom der Sätze durch dessen Tod abbricht, bricht auch Edgar zusammen.
Im letzten Kapitel sucht er das Wachsfigurenkabinett auf. Zitternd und in äußerster Erregung streift er durch die kühlen Gemächer und versinkt in den Anblick der wächsernen Garde. Er sieht Galileo Galilei und Kaiser Nero, Leonardo da Vinci und Napoleon Bonaparte, Benito Mussolini und Adolf Hitler. Lange steht er ihnen Aug in Aug gegenüber. Schließlich entfacht er ein Streichholz und setzt alles in Brand.
Auf den letzten Romanseiten hatte sich Loder in der ausführlichen Schilderung von Edgars überreizter Phantasie und Faszination beim Anblick der brennenden Figuren ergangen. Es brannte, so hieß es da, nicht nur das bleiche Haupt Adolf Hitlers und die faltige Toga Neros, es brannte noch einmal Galileo Galilei. Es verbrannten die Jahrhunderte, die Segnungen und die Schrecken der Geschichte.
Heute nun, so schien es Dill, war der Melancholiker Edgar zur Hauptfigur aufgerückt. Er saß ihm in der Maske Eugen Loders gegenüber und rief nach Brönnimann und dem nächsten Cognac.
Brönnimann erschien auf der Stelle, als hätte er auf Loders Ruf nur gewartet. Auf dem Tablett standen zwei Gläser und eine Flasche ohne Etikett, die mit einer wasserklaren Flüssigkeit gefüllt war.
»Selbstgebrannter«, sagte er. »Für die Gäste des Hauses.«
»Viel zu tun?« knurrte Loder und ließ sich vom Klaren einschenken. »Trinkst nicht mit?« fragte er dann verwundert.

»Viel zu tun.« bestätigte Brönnimann kurz angebunden. »Lachat war gestern hier.«
»So«, sagte Loder und dehnte das o, ohne aufzuschauen. Und dann, mit einem Nicken gegen Dill:
»Dill, Mario Dill, darf ich vorstellen. Journalist.« Loder zwinkerte mit den Augen.
»Ja«, sagte Brönnimann, »glauben Sie ja nicht alles, was Eugen Ihnen erzählt.« Er goß auch Dill das Glas voll.
»Was er sagt, werde ich schreiben, egal, wieviel er zuvor getrunken hat«, entgegnete Dill angeheitert.
»Ja«, lachte Brönnimann beim Hinausgehen, »Sie sind nicht der erste und nicht der letzte, dem er seine Bären aufbindet.«
»Elende Tunte«, schnarrte Loder, als der Wirt verschwunden war.
Sie stießen an.
Ermutigt durch den Schnaps wagte sich Dill weiter vor und fragte Loder, ob sich da nicht gerade ein neues Buch vorbereite. Ihm klinge alles so in den Ohren, als ziehe Loder bereits die Fäden zu einem tragbaren Plot zusammen. Nicht, daß er ihm durch diese Vermutung zu nahe treten wolle. Aber er könne sich nur schwer vorstellen, daß man sich ein solches Wissen ohne Grund aneigne. Um ganz ehrlich zu sein: er vernehme deutlich den Ton eines älteren Buches, allerdings weiterentwickelt. Er sehe, ohne daß das neue Buch schon geschrieben worden sei, die wesentlichsten Entwicklungen und Übereinstimmungen bereits vor sich. Er habe nicht umsonst alle Bücher von ihm gelesen, sei mit dem Stil nun einigermaßen vertraut.
»Quatsch«, fuhr Loder auf. »Genau das ist das Elend. Kaum redet man freier, meint alle Welt, man schreibe an einem neuen Buch.«
Dill fuhr zusammen. Loders Stimme klang nicht nur wütend, es klang Enttäuschung mit und vielleicht sogar Verletztheit.
»Natürlich gibt es Stoffe«, ließ er sich vernehmen. Aber er habe lange gebraucht, um vom Schreiben wegzukommen.

Er habe lernen müssen, die Augenblicke des Lebens zu verschwenden. Erst dadurch, daß er mit dem Schreiben aufgehört habe, sei das Leben für ihn einigermaßen erträglich geworden. »Denken ja«, sagte er, »aber keine Bücher mehr.« Er habe nur sehr mühsam gelernt, ohne Krücken zu gehen.
Loder brachte es fertig, seine Stimmlage so abstürzen zu lassen, daß Dill am Schluß fast eine Selbstanklage heraushörte. Es tat ihm bereits leid, daß er ihm nicht schneller aus der Verlegenheit helfen konnte.
Er habe ihn unterbrochen, log Dill. Sie seien bei der Entdekkung des Feuers gewesen. Da könne man sich durchaus vorstellen, die Zivilisationsgeschichte aus diesem Blickwinkel anzuschauen. Ja –, Dill merkte, wie er unversehens ins Eifern geriet –, auch die berühmten Brände und Brandstiftungen gehörten hierher. Die Namen der großen Brandstifter wie Nero, der Rom immerhin in eine Fackel verwandelt habe. Vergebens frage man dagegen nach all jenen, die die Brände zu löschen versucht hätten. Alexandria – mit dieser Erwähnung glaubte Dill Loder einen besonderen Gefallen zu tun. Er stürzte den Klaren ins sich hinein, und auf Anhieb fielen ihm auch all die Freudenfeuer ein. Die Saturnalienfeste, die Feuerwerke des Barock. Welch vollkommenste und doch flüchtigste aller Künste! Ja, rief Dill begeistert, da er endlich mit seiner Bildung aufwarten konnte, les Feux de Joyes in Frankreich. Nur was uns brennt, habe Nietzsche gesagt, bleibe einem im Gedächtnis.
»Wir sollten noch einen bestellen«, sagte Loder.
Er erhob sich und ging auf die Toilette. Etwas später, noch bevor er sich richtig gesetzt hatte, murmelte er »Paris, ville de lumière« und begann schließlich zu reden, als hätte Dill nie etwas gesagt.
»Hier feierte die Aufklärung des 18. Jahrhunderts ihre größten Triumphe, und hier erhoben hundert Jahre später die neuartigen Bogenlampen die ganze Stadt zu einer festlichen Kulisse.«

Loder sprach nun mit einem schelmischen Unterton, seine Äuglein funkelten.

»1888, als das künstliche Licht Edisons seinen Siegeszug antrat, unterbreitete der Architekt Jules Bourdais der Weltausstellung das Projekt eines Sonnenturms. Ein Turm von 360 Metern Höhe, eine Art Leuchtturm, dessen Licht ganz Paris erhellen sollte. Diesen Traum träumte auch der Utopist Mercier in seinem Roman ›2440‹. Das Licht wird die Straßen von Paris nicht nur erhellen, sondern auch von jeglichem Schmutz und der Prostitution reinigen. Das Licht ist der Garant für Moral und Sauberkeit. Gottlob wurde damals dem Projekt eines gewissen Gustave Eiffel der Vorzug gegeben.

Im August 1889 landete der Erfinder der Glühbirne, Edison, in Frankreich, um auf der Weltausstellung das Band der Ehrenlegion entgegenzunehmen. In seinem Ausstellungstrakt war eine vollständige Beleuchtungszentrale errichtet worden. Die Flaggen von Frankreich und Amerika wurden durch farbige Glühbirnen dargestellt. Edison liebte den Firlefanz; er war ja nicht nur ein glänzender Showman, der seine Ideen gut zu verkaufen wußte, sondern auch ein ganz gehöriger Kindskopf. Neben seinem Phonographen zog seine Lichtfontäne am meisten Volk an. Ein König im Reich der Wissenschaft, dem die ganze Menschheit zu Dank verpflichtet ist, so titelte damals der Figaro. Aber Edison war, wenn ich so sagen darf, nur primus inter pares unter all den Erfindern jener Zeit. Da gab es auch einen Joseph Swan, Lane-Fox und Maxim, die ihre Verdienste hatten. Und ob die ganze Menschheit seinen Erfindungen dankbar sein sollte, steht auf einem anderen Blatt.

Technisch gesehen ist die Edisonsche Glühbirne eine Weiterentwicklung der Lampe von Argand. Argand hatte bereits das Problem des Dochtes auf seine Weise zu lösen versucht. Der Gaszilinder der Argandlampe präludierte den Edisonschen Glasmantel, der regulierbare Docht den späteren Lichtschalter, der Glühfaden ersetzte die Flamme. Trotzdem

bleibt die Erfindung des künstlichen Lichts unzertrennlich mit dem Namen Edison verbunden. Der große Umbruch, der die Moderne nicht nur im Denken, sondern auch in den gedankenlosen Alltag einführte, kam mit der Glühbirne.
Elektrizität, eine Teufelssache damals, fast der Stein der Weisen. Der alte Goethe, der ja zu allem was zu raunen hatte, nannte sie eine Weltseele.
Strom, gleitend, fließend, unsichtbar und geruchslos, war ein Lebenselixier. Die romantische Medizin setzte ihn ein gegen nervöse Bresten und hysterische Anfälle. Ein deutscher Physiker lud damit schöne Frauen auf, damit sie – beim Küssen – ihren Kavalieren einen Schlag versetzten. Es gab elektrische Betten, in denen die schönsten und kräftigsten Kinder gezeugt werden konnten. Auf den Straßen dagegen spannten die Damen Regenschirme auf, um nicht zuviel von der elektrischen Energie der Straßenlampen abzukriegen. Das also war der Stoff, mit dem Edison seine Träume realisierte. Die Glühbirne, den Phonografen, aber auch den elektrischen Stuhl. In seinem Labor in West Orange stellte er wahllos Hunde und Katzen auf Metallplatten. Die Platten standen unter Hochspannung und die Viecher krepierten auf der Stelle. Edison wollte damit die Gefährlichkeit des Wechselstroms beweisen, da dieser von einem Konkurrenten verwaltet wurde. Der Erfinder irrte, wie noch so oft. Der Wechselstrom hat sich durchgesetzt. Denn statt einer Abschreckung wies Edison gerade durch seine Experimente auf die Vorzüge des Wechselstroms hin. 1890 wurde der erste Mensch auf einem unter Wechselstrom stehenden Stuhl hingerichtet. Sauber und schmerzlos.
Das eigentliche Verdienst, das Edison bei der Erfindung des künstlichen Lichts gebührt, besteht darin, daß er den Docht rationalisierte.
Bekannt war, daß das Verglühen eines Dochtes durch ein Vakuum verzögert werden kann. So experimentierte der Erfinder Tag und Nacht an einem geeigneten Glühfaden herum,

den er im Vakuum des Glasmantels zum Glühen bringen konnte. Er ging zuerst von organischen Materialien aus, die er verkohlte. Papier, Garn, Zelluloid, Holz, Menschen- und Tierhaare. Während eines Ferienaufenthalts in Florida entdeckte er die außerordentliche Glühfähigkeit von Bambusfasern.«

Loder nahm die kalte Zigarre aus dem Aschenbecher und fing an, daran zu nuckeln.

»Die ganze Kultur hing damals an einem Faden. Edison untersuchte über sechstausend Pflanzenfasern. In solchen Zeiten pflegte er sich tage- und wochenlang in sein Labor zurückzuziehen und vernachlässigte die Familie. Schließlich sandte er Männer aus, nach Japan und China, um nach dem Bambus zu suchen. Einer von ihnen ging in Kuba an Gelbfieber zugrunde. Ein anderer war fünf Monate auf dem Amazonas unterwegs, gebeutelt von den Strapazen einer Tropenreise kehrte er ohne Ergebnisse heim. Vielleicht doch nicht ganz ohne Ergebnisse, denn kurz darauf verschwand er in den Docks von Westside und ward nie mehr gesehen.

Doch Edison war nicht zuletzt für seine Unbeirrbarkeit berühmt. Seine Entdeckungen glichen endlosen Irrfahrten, die nur scheinbar ohne Ziel und Steuerung waren. Er war stur. Er sandte immer neue Männer aus, nun nach Indochina, Ceylon und Indien. Es war wie die Suche Jasons nach dem Goldenen Vließ. In der Zwischenzeit heizte er die Gerüchteküche über eine große bevorstehende Erfindung an, brachte die Wallstreet durcheinander, wo man schon lange den Sturz der Gasbarone befürchtete. Während er unermüdlich im Labor im Kreis seiner engsten Mitarbeiter – darunter der Schweizer Krüesi – weiterarbeitete, während seine Kundschafter die Welt nach dem einen Faden durchstöberten, schrieb Jules Verne seine Romane.

Die Erfindung des künstlichen Lichts erforderte übrigens die umfangreichsten Studien und raffiniertesten Experimente. Für Edison drohte das ganze Unternehmen in einem finanziellen Fiasko zu enden. Immer wieder mußte er nach Geldgebern suchen und sie von seinen Visionen überzeugen. Dabei entwarf er ihnen eine Welt voller Licht, eine heitere, saubere und von schlechten Gerüchen verschonte Gesellschaft. Er pries ihnen die Segnungen seiner Erfindungen, die er nur zum Wohle der Menschen gemacht habe und weiter machen würde. Er war überaus gewitzt. Doch kam gerade in solchen Zeiten das Gefühl bei ihm auf, von Gott und der Welt verlassen zu sein. Dann suchte er Trost in der Literatur und las die Erzählung Victor Hugos, in der ein Mann in eigener Regie ein auf ein Riff gelaufenes Schiff rettet. Edison liebte solche Geschichten, in denen die Natur mit List und Erfindungsgabe übers Ohr gehauen wird. Er stand ja im Ruf, mit überirdischen Mächten in Verbindung zu stehen. Er selbst verglich sich mit den Titanen, die den Göttern das Feuer raubten.

Vielleicht aber verdanken oder schulden wir die Erfindung der Glühbirne einem ganz anderen Umstand. Vielleicht suchte Edison mit seinen rastlosen Erfindungen eine alte Schuld abzugelten. Vielleicht plagte ihn das Gewissen, dem Fortschritt nicht nur sein eigenes, sondern auch das Leben anderer geopfert zu haben. Kultur, um auf ihren Satz zurückzukommen, Kultur wurde von Nietzsche als vergeistigte Brutalität verstanden.«

Das Licht flackerte in den Kastanienbäumen. In der Allee flogen helle Punkte über die Straße, über die Kühlerhaube, die Windschutzscheibe und die Gesichter.
Dill legte den Kopf zurück, schaute in dieses Flirren und Flackern hinein. Jetzt, im Spätherbst in dieser Allee, war das Licht wie auf einem Bild von Renoir. Langsam zog Marthe den Wagen durch die engen Kurven, Mon saß mit einem Fotoapparat auf dem Rücksitz.
»Da unten, die liegende Frau«, rief Mon.
Dill drehte sich schnell um und suchte das Gelände nach einer Unfallstelle ab, sah aber nichts außer dem Laub und den Bäumen, die sich über die Fahrbahn neigten, den huschenden Schatten und dem blaßgrünen Gras auf der roten Erde.
Mon lachte: »Doch nicht eine wirkliche Frau.«
»Tatsächlich«, sagte Marthe, »sieht dieses Cap da unten wie eine Liegende aus. Nur schade, daß es jetzt an einen Cognacfabrikanten verkauft werden soll – «
» – um darauf einen Ferienclub zu bauen«, sagte Mon.
Marthes Gesicht hatte sich für den Bruchteil einer Sekunde verfinstert. Dann begann sie die Umgebung zu beschreiben. Namen, Farben, Empfindungen und Körpergefühle. Als erfinde sie die Landschaft neu. Jetzt sah auch Dill die Halbinsel. Zwischen einzelnen Hügelzügen tauchte ihr graugrüner Rücken aus der Oberfläche des Meeres auf. Das Bild eines menschlichen, sanft abfallenden, immerzu abfallenden Körpers.
Sie fuhren langsam in einen Wald hinein. Es wurde dunkel, man hörte das Zirpen der Grillen. Plötzlich trat Marthe auf die Bremse und ließ den Wagen am Straßenrand ausrollen.
Feist und träge hockte eine vierschrötige Kröte auf der Fahrbahn. Von weitem sah sie aus wie ein Hundeschiß.
Sie stiegen aus, standen zu dritt um das Tier, das sie mit aufgerissenen, glasigen Augen anstarrte.

Dill setzte zu einem Lob der Häßlichkeit an. Eigentlich hatte er Lust, die Kröte heftig zu beschimpfen, da sie diesen unfreiwilligen Halt erzwungen hatte. Mon machte ein paar Mal Ahhh und Ihhh.
»Ist es nicht schön, das Tierchen«, sagte sie.
»Kotzbrocken, aus der Nähe«, sagte Dill.
Mon bückte sich, schaute dem Feistling in die Augen und streckte ihm die Zunge raus.
Marthe gab der Kröte einen Schubs mit der Schuhspitze. Mehr kriechend als hüpfend querte das Tier die Fahrbahn.
Im Krötentempo fuhren sie weiter. Dill war drauf und dran, sich lauthals darüber zu beschweren. Auf diese Weise komme man erst nach Mitternacht in Toulon an. Es kam ihm vor, als stockte die Zeit. Die Farben der Landschaft traten weit leuchtender hervor, er begann Einzelheiten auszumachen, die er bis jetzt immer überflogen hatte. Die Formen der Hügel und Haine schoben sich ineinander, es war, als dringe die Landschaft tiefer in ihn ein, und sei gleichzeitig ein Bild aus seinem Innern. Er spürte ihre Verlockung, sah den dünnen Schleier aus Licht, der sich über alles senkte und spürte die Verlockung, alles loszulassen und sich der Gelassenheit auszuliefern.
Vor Toulon kamen sie in einen Stau. Von einem Flughafen stiegen Militärflugzeuge in den Himmel auf. Sie zogen Schlaufe um Schlaufe über dem Wasser und brummten dann über die stehende Autoschlange hinweg landeinwärts. Es war nicht auszumachen, ob es sich um Löscheinsätze gegen Waldbrände handelte oder um Übungsflüge.
Über eine Stunde kamen sie nicht vom Fleck.
Dill wurde zunehmend ungehalten. Die Gegend sei häßlich und vom Militär verseucht. Er wiederholte »verseucht« und fluchte.
Marthe sagte nichts. Sie betrachtete die Gegend und schien auch hier wieder viel Sehenswertes zu entdecken. Nie wußte er, was in ihrem Kopf vorging. Manchmal irritierte es ihn,

daß sie auch dann noch selbstzufrieden in die Welt schaute, wenn es Gründe genug gab, sich schwarz zu ärgern.
In den Wagen, die seitlich zu ihnen aufschlossen, saßen Soldaten. Keine Feldgrauen, die Dill gewohnt war, sondern eine Art Matrosen in hellen Marineuniformen. Gerötete und mit Pickeln übersäte Gesichter. Kränkliche Visagen, dachte er. Wenn er Matrosen sah, fielen ihm als erstes ihre sexuellen Entbehrungen ein.
Mon fotografierte einen von ihnen, der lachend seine Zähne über die wulstigen Lippen schob und mit ihr anzubändeln suchte.
»Das Foto ist für Marthe«, sagte sie bestimmt.
»Wieso?«
»Als Kind habe ich mich mal in einen Matrosen vergafft«, sagte Marthe. »Mir gefiel sein Anzug mit den blauen Knöpfen, die blauen Streifen und goldenen Kordeln. Die komische Mütze. Er sah aus wie eine Spielzeugpuppe.
Ich war mit meinem Vater hier unten. Er sagte: komm, ich zeige dir den Hafen und die Matrosen. Einer hat mich auf seinen Arm genommen, der Inbegriff von einem Matrosen, stark und mit einem Vollbart. Und Vater hat ein Foto von uns gemacht.«
Es ist seltsam, dachte Dill, immer sind es Fotos, deretwegen man sich erinnert. Am Schluß hält man das Foto für die Sache selbst. Vielleicht deswegen wollte Loder nicht fotografiert werden. Er haßte es, für eine Ewigkeit fixiert zu sein.
Es ging auf Mittag zu, die Wärme wurde spürbarer. Bald flirrte die Hitze über den Autodächern, es war wie ein verspäteter Einbruch des Sommers.
Sie parkten den Wagen in einer Seitenstraße und suchten ein Restaurant.
Die Schwestern wären am liebsten vegetarisch essen gegangen, doch bestand Dill darauf, wieder einmal Fleisch vorgesetzt zu bekommen. Sie schlenderten durch die Straßen und Dill dachte, daß er nun, zum ersten Mal seit Tagen, wieder

richtig zum Essen käme. Einen Salat mit Meeresfrüchten als Vorspeise, ein saftiges Stück Braten, zum Dessert eine mousse au chocolat. Er fühlte sich auf einmal sehr schwach.
Sie setzten sich in ein Restaurant an der Hafenpromenade, die Schwestern inspizierten den Salat, den ihnen der Kellner gleich gebracht hatte. Dill schaufelte Crevetten in sich hinein; dann wurde eine Bouillabaisse serviert und schließlich das heißersehnte Steak. Danach saß er da wie eine gestopfte Weihnachtsgans und hatte einen summenden Kopf. Er bestellte Kaffee.
Um allen Anstrengungen aus dem Weg zu gehen, einigten sie sich auf eine anschließende Hafenrundfahrt. Marthe befand sich noch immer auf den Spuren ihrer Kindheit. Dill kaufte ihr in einem Souvenirladen einen Spielzeugmatrosen. Marthe dankte ihm überschwenglich mit einem Kuß, Mon machte eine schnippische Bemerkung und grinste.
»Das Wetter ist splendid«, rief Dill gut gelaunt.
Um drei Uhr fuhr das Schiff, ein umgerüsteter und mit hölzernen Sitzbänken bestückter Kutter.
Das Wasser im Hafen stank nach faulem Fisch. Dill rauchte wie ein Kaminschlot, um nicht an seine Fischsuppe erinnert zu werden.
Beim Auslaufen knatterte der Kutter gegen den Wind an, und die drei saßen in der vollen Brise der Abgase. Der Reiseführer, ein kraushaariger Marokkaner in engem T-Shirt, stand steif am Bug. Der Gestank schien ihm nichts auszumachen.
Als das Schiff endlich wendete, wurde die Luft besser. Man ging auf volle Fahrt, der Zugwind schoß in die Fahne. Der Marokkaner stand jetzt am Megaphon und gab erste Informationen. Die drei waren die einzigen Passagiere an Bord, aber der Marokkaner schien sich einen besonderen Spaß daraus zu machen, so zu tun, als sei der Kutter zum Bersten voll mit Passagieren besetzt.
Die Häuser von Toulon wurden kleiner und kleiner, es versank die Hafenpromenade mit dem Restaurant, in dem sie

gegessen hatten, und es wuchsen die Hügel hinter der Stadt zum Gebirge.
Dill betrachtete fasziniert die vielen Schiffe, die, an Bojen festgezurrt, träge hin und her schaukelten. Sie sahen aus wie große, schlafende Fische mit Fenstern als Augen und einem hochmütig zugespitzten Bug als Mund. Dröge schaukelten Flanke an Flanke verrostete Tanker aus Libyen, griechische Frachter, russische Schleppkähne und abgetakelte Yachten. Ein dunkles Bild einer ihm fernen Welt, die sie als nie zu löschende Fracht in ihren Bäuchen bargen.
Dill verspürte auf einmal eine große Sehnsucht nach dieser Ferne. Der einfache Drang nach fremder Welt, nach Häfen, Städten, Meeren. Vielleicht ein Klischee: immerhin vermochte er es für Minuten mit seinen Bildern auszufüllen, Bildern, die ihn alles um ihn herum vergessen machten.
Hinter den heimgekehrten Schiffen begann der Hafen der Kriegsmarine. Marthe war aufgestanden und hielt sich den Kopf mit beiden Händen, als müßte sie ihr Kopftuch festhalten. Es pfiff auf einmal ein schneidend kalter Wind, die Luft war klar und hell. Hinter schwarzen Dockanlagen mit einem hohen Kran tauchten drei moderne Kreuzer auf. Gespenstisch grau, eine Tarnfarbe wie Nebel und gischtende See, unsichtbares Gewölk. Sie liefen unter saudiarabischer Flagge. Gut sichtbar auf den Decks ragten die Raketen hervor, immer drei auf eine drehbare Scheibe montiert, abschießbar in alle Himmelsrichtungen. Zischende Torpedos, die schneller als Fische, schneller als jeder Gedanke unter Wasser ihr Ziel erreichten und es explodieren ließen.
Der junge Marokkaner sah, wie die drei mit einem Ausdruck der Ungläubigkeit und Faszination auf die Kriegsschiffe starrten. Seine Stimme schnarrte die Daten herunter, bewunderte, zwischelte, lobte und bekräftigte die Waffensysteme, gurgelte Zahlen und Daten ohne Ende.
Auch bei einem Flugzeugträger der amerikanischen Mittelmeerflotte beeilte er sich, die genauen Maße anzugeben. Er

verglich das Deck, wie von Dill erwartet, mit einem Fußballfeld.
Auf dem Fußballfeld stand ein halbes Dutzend Abfangjäger, auch sie in Nebelgrau, Wolkengrau, mit der Flagge der Stars and Stripes. Vielleicht kampferprobt in der Großen Syrte oder in Libyen, dachte Dill. Und ich sitze hier mit diesen beiden Frauen, die an irgendeine Art von Pazifismus glauben, und schaue mir diese hochgezüchteten Todesmaschinen an.
Der Pier leuchtete weiß im Sonnenlicht auf, und das matte, ruhige Grau der Schiffe wirkte dadurch nur um so gediegener. Dill konnte seinen Blick nicht von ihnen abwenden: diese Schönheit und Sauberkeit der Schiffsleiber, die Gefährlichkeit der spitz aufwärts gerichteten Raketen, die Eleganz der sich lautlos drehenden Radarschirme. In seiner Vorstellung sah er diese Flotte geräuschlos durch das Eis der Antarktis ziehen, vorbei an weißen, schneeigen Firnen unter einem stahlblauen Himmel.
Die Schwestern standen eng aneinandergelehnt und blickten auf die See hinaus. Sie schwiegen, und dadurch fühlte er sich doppelt von ihnen abgeschnitten. Er zweifelte nicht daran, daß sie seine Faszination für diese Schiffe mit der Tatsache in Verbindung brachten, daß er ein Mann war.
Doch von solchen Männern, die fanatisch an den Maschinen hingen und spielten, fühlte er sich weit entfernt. Die Spielhöllen, die Bildschirmschlachten, die Autorennen – das alles langweilte ihn. Nein, er hatte nie Lust verspürt, mit einer Maschine zu verschmelzen, das nicht. Aber er konnte auch die Faszination nicht leugnen, die vom reibungslosen Funktionieren komplizierter Maschinen auf ihn ausging. Es mußte eine Faszination sein, die den Körper ansprach – und dagegen war mit dem Denken nicht anzukämpfen.
Vielleicht jedoch schätzte er Marthes Schweigen ganz falsch ein. Wer konnte schon wissen, was in ihr, was in ihrem Kopf vorging?
Loder, ja Loder hätte wohl Worte gefunden, wie er für alles

Worte fand. Gewiß hätte er über Waffenexporte, Aufrüstung und Ähnliches doziert.

Noch immer krächzte der Marokkaner, mittlerweile leicht heiser geworden, seine guttural französischen Sätze ins Megaphon. Er tat ihm leid, weil er offensichtlich in eine falsche Rolle geschlüpft war. Aber ohne diese begleitende Stimme, das mußte er zugeben, wäre die ganze Situation weniger unter die Haut gegangen. Dill war froh, als sie endlich ihr unfreiwilliges Defilé absolviert hatten und in andere Gewässer einliefen. Denn hinter den Docks der Kriegsschiffe begann die Gare Maritime, der Friedhof der versenkten Schiffe.

Aber außer ein paar knapp über die Oberfläche hinausragenden Rostbäuchen war da wenig zu sehen. Ein langer Hals von einem abgesoffenen Unterseeboot. Die Wellen gurgelten und seufzten.

»Ein friedliches Bild vom Ende des Krieges«, sagte Dill. Er stand im Wind, neben den Schwestern, und hielt sich an der Reling fest. Er fühlte sich miserabel. Er schaute ins Wasser, hatte aber nur einen weißen, nebligen Film vor Augen. Die Planken unter seinen Füßen ratterten, das Boot schaukelte, die Stimme des Marokkaners quäkte.

Er bückte sich tiefer und tiefer über die Reling, wandte sich von den Schwestern ab und tat, als mustere er die Oberfläche des Meeres peinlich genau. Das haarfeine Kräuseln, die schlingernden Wirbel. In Wahrheit aber stieß ihm das Essen auf, die Fischsuppe, das fette, zähe Steak. In einem einzigen Bogen kotzte er alles aus sich heraus, setzte sich wieder auf die Bank, wartete das Ende der Fahrt ab.

Zurück an Land kaufte er sich eine Schweizer Zeitung und setzte sich in ein Café. Mon und Marthe wollten Einkäufe machen. Der Kaffee half gegen das Schwächegefühl in den Beinen. Er schlug die Zeitung auf und las auf der Feuilletonseite:

Der Schriftsteller Eugen Loder ist gestern in seinem Haus ums Leben gekommen. Die Polizei identifizierte den Leichnam des 63 Jahre alten Mannes im Obergeschoß seines Hauses. Das Anwesen war in den frühen Morgenstunden bis auf die Grundmauern niedergebrannt. Wie der zuständige Vorsteher der Kantonspolizei mitteilte, kann Brandstiftung nicht ausgeschlossen werden. Der Schriftsteller Loder wurde vor allem durch seine – –.

Dill erhob sich, ging zum Zeitungskiosk und kaufte alle Schweizer Zeitungen.

# 2. Teil
# Fiat lux!

Dill fuhr für ein paar Tage in die Schweiz zurück. Auf einem verlassenen Bahnhof mit nur einem Gleis verabschiedete er sich von Mon. Dann saß er wieder in dem gleichen Zug, in dem er vor Wochen gesessen hatte, als er zu Loder gefahren war.

Die Vorstellung vom toten Loder war für ihn eher absurd, als daß sie tiefe Trauergefühle in ihm geweckt hätte. Nach der ersten Bestürzung hatte er sich auf eine fast frivole Weise erleichtert gefühlt. Nicht beim Gedanken an den Toten, sondern dabei, daß er ihm nie mehr begegnen konnte.

Aber das Haus oder das, was davon übriggeblieben war, wollte er noch einmal sehen.

In seiner Kindheit hatte ihn das fasziniert: eines Tages war die Käserei, die an seinem Schulweg lag, in Flammen gestanden. In Flammen stehen – diese Redensart hatte ihm gefallen damals. In Wirklichkeit hatte er keine Flammen gesehen, sondern nur den Rauch, der dick und grauschwarz aus den Fenstern des Hauses gequollen war. Damals hatte es geheißen, eine Angestellte habe im Bett geraucht und sei dabei mit brennender Zigarette eingeschlafen.

Aus dem Portrait würde jetzt nichts mehr werden. Ein langer Nachruf, ja, die Zeitungen würden sich um das letzte Interview mit Loder reißen. Aber er war sich nicht sicher, ob deren und sein Interesse an diesem Mann noch immer dieselben waren. Dill fühlte sich, als hätte er jemandem endgültig adieu gesagt.

Das Tonband war bis auf jene Stunde unbenutzt geblieben, als Loder nach langem Hin und Her im Morgengrauen ein Manuskript aus der Schublade gezogen hatte, um ihm daraus vorzulesen. Dill hatte das Tonband angestellt. Und bis jetzt noch nicht abgehört.

Seine Beziehung, oder vielmehr seine Beziehungslosigkeit zu

dem Toten brachte ihn nachträglich in Verlegenheit. Er war als Journalist gekommen und als Journalist wieder gegangen. Dazwischen lagen Augenblicke der Herzlichkeit, vielleicht sogar des Einverständnisses. Loder hatte jedoch auf seiner Distanz beharrt, und er, Dill, hätte an seiner Stelle bestimmt dasselbe getan. Schwer, sich vor der Zudringlichkeit eines als Journalist getarnten Verehrers zu schützen.

Wie mit dem Lineal gezogen erschien ihm die Distanzgrenze, die Loder zwischen ihn und sich gelegt hatte. In den Worten, Gesten, Blicken war nie ein Zentimeter zuviel oder zuwenig Abstand gewesen. Eine genaue Rechnung.

Allein der Umstand, daß Loder geredet hatte, als ginge es um sein Leben, war bis zuletzt irritierend. Angenommen, Loder war vorsätzlich umgebracht worden, so war es nicht auszuschließen, daß er etwas davon geahnt hatte.

»Opfer eines Anschlags«, schrieb eine Boulevardzeitung.

Hatte Loder Feinde gehabt?

In einer anderen Zeitung war von Drogenhändlern die Rede. Die Polizei, so das Blatt, vermute die Täterschaft unter den drogensüchtigen tamilischen Asylanten. Es habe sich allem Anschein nach um Einbrecher gehandelt, die von dem alleinlebenden Schriftsteller überrascht worden seien und danach das Haus in Brand gesteckt hätten.

Hätte Loder jemanden denunzieren können?

Dill betrachtete das Foto in der Zeitung. Es war das gleiche wie auf dem Schutzumschlag der »Narrenläufe«.

In einer anderen Zeitung war die Rede von Loders Engagement für Amnesty International, dort wurde das Bild eines gewissenhaften, unermüdlichen und streitbaren Kämpfers für die Menschenrechte gezeichnet und an Loders Appell an den Bundesrat zur Aufstockung des Entwicklungshilfeetats 1979 erinnert. Sein Eintreten für die Rechte der Minderheiten, seine Verteidigung der ausländischen Arbeitnehmer.

Der Nobelpreisverdächtige, der in die Geschäfte eines Drogenrings verwickelt war und vom tamilischen Asylanten

umgebracht wurde. Der Renegat, der Agnostiker, der Linksintellektuelle.
Gewiß war nur eines: die Journalisten tappten alle im Dunkeln. Es gab Zitate aus seinen Büchern in jeder Menge. Aber insgesamt waren die Nachrufe eher lau. Es war nur zu offensichtlich, daß Loder in Vergessenheit geraten war. Man erinnerte Titel, die einmal Aufsehen erregt hatten, aber alles war bereits Geschichte, auch Literaturgeschichte, und interessierte deshalb kaum mehr jemanden.
Der bürgerlichen Presse zu engagiert und linkslastig, den Liberalen zu spinnig und verquer, den Sozialdemokraten zu kauzig und kompliziert, den Linken zu esoterisch, den Frauen zu frauenfeindlich und den Grünen zu artifiziell.
Es gab nur wenige, die sich wirklich an ihn erinnerten, spontan und voller Zorn. Keiner, der ihm verzieh, der Gesellschaft den Rücken gekehrt zu haben. In den zusammengeschusterten Nachrufen kam nur eines deutlich zum Ausdruck: Loder war gestorben, lange bevor er umkam.
Dill schaute hinaus. Der Anblick des Mittellandes war ihm vertraut, war es doch genau derselbe wie vor zwei Wochen. Damals hatte ihn Loder am Bahnhof erwartet.
Aber jetzt gab es keinen Nebel, es war ein später Nachmittag im klaren Licht. Gefrorene Erde. Bald würde der erste Schnee fallen.
Die Fahrt über den Viadukt und die knappe Angst, der Zug könnte fallen. Dann, in der Ferne, Loders Einzugsgebiet, das maulwurfshügelige Land, das er, Dill, für einen Teil des Loderschen Grundstücks gehalten hatte. Loders Bemerkungen über die Flecken auf den Kühen. Der Citroën und Loders rasante, ja halsbrecherische Fahrweise.
Die kurzen, in den langen Reden fast vergessenen Fragen: »Für welches Blatt schreiben Sie?«
Sein Insistieren, daß Dill bei ihm übernachte.
Dill nahm noch einmal die Zeitungsausschnitte zur Hand. Was die Journalisten ausgegraben hatten, beschränkte sich

wie üblich auf die Erwähnung einzelner markanter Daten und Ereignisse. Daraus ließ sich noch lange kein Portrait machen. Zweifellos hatte Loder alles nur Erdenkliche getan, um seine biografischen Spuren zu verwischen. Anscheinend hatte er es auch zu verhindern gewußt, daß irgend jemand eine Biografie über ihn verfaßte. So war es denn bei verstreuten und eher zufälligen Einzelheiten geblieben. Auch die Nachrufe stützten sich nur auf Erinnerungen, die meist aus persönlichen Begegnungen bestanden.
Statt einer Biografie gab es nur Biographeme, kleine, im Strom der Erinnerung aufleuchtende Besonderheiten. Zufällige, in einem bestimmten Licht aufblitzende Splitter eines Kaleidoskops. Die Katzen, die Kinder.
Ein Buch über ihn zu schreiben, ein voluminöses curriculum vitae, schien ein Ding der Unmöglichkeit. Nicht einmal von einer Neuauflage seiner zum Teil vergriffenen Werke war die Rede.
Und Dill hatte kein Bild; das Foto war nicht zustandegekommen.

Er stieg am Bahnhof aus, kaufte sich eine Schokolade und sah sich nach einem Taxi um. Da er keines fand, mußte er in eine Telefonkabine gehen, um eines zu bestellen.
Auf dem Bahnhofsvorplatz, wo er wartend auf und ab schritt, überraschte ihn die einfallende Dunkelheit.
Er ließ sich ins ›Kreuz‹ fahren, wo er ein Zimmer nahm. Brönnimann fragte ihn mit dem Gesicht eines übermüdeten und über Nacht gealterten Barkeepers, ob er etwas zu essen wünsche. Und ob er wegen Eugen Loder gekommen sei.
»Verfluchte Geschichte«, sagte er und wandte sein Gesicht ab. Das Unglück habe ihn tief getroffen. Ob er, Dill, nicht einen Schnaps mit ihm trinken wolle. Eugen sei ein guter, ja vielleicht sein bester Freund gewesen.
Wie lange er ihn schon kenne, fragte Dill, dessen Neugierde kaum mehr gegen die tiefe Müdigkeit nach der Reise ankam.

Ob es denn erwiesen sei, daß es sich um einen Unfall handele. In der Zeitung habe er von einem Racheakt gelesen.
Brönnimann zog seine Hände aus der weißen Schürze und legte sie auf den Tisch. Überaus feine, zierliche Hände, beinahe Kinderhände. Nervös zündete er sich eine Zigarette an.
»Nehmen Sie einen Schnaps!« befahl er. »Racheakt, also vorsätzliche Brandstiftung?« Er wiegte verneinend den Kopf, allerdings mit leichtem Zögern, als sei ihm diese Idee auch schon gekommen.
Er habe in der letzten Zeit so vielen Journalisten Rede und Antwort gestanden, daß er mittlerweile selber nicht mehr wisse, was wahr und was falsch sei. Es werde in der Presse alles verdreht. Aber Brandstiftung?, nein, das sei eine abwegige Vermutung.
Dill war nicht bereit, ihm so einfach zu glauben. Ob Loder denn keine Hinterbliebenen habe?
Brönnimann schüttelte den Kopf, kippte den Schnaps in sich hinein und schenkte hastig nach.
»Bei den Abdankungsfeierlichkeiten waren nur ein paar Prominente anwesend, Verlagsleute, die Presse, alles in allem etwa zwei Dutzend Leute. Die meisten haben ihn schon längere Zeit nicht mehr gesehen. Bei Ihnen ist das etwas anderes. Sie waren nachweislich der letzte, der ihn besucht hat. Ich wußte, daß Sie zurückkommen würden.«
»Wieso?«
»Weswegen sind Sie hier? Doch wohl, weil Sie auch darüber schreiben?«
Eine Menge von Fragen auf einmal. Dill verneinte mit einem müden Kopfschütteln.
»Was hat Loder Ihnen erzählt?«
Dill sagte, daß er ein Portrait von Loder habe machen wollen. Dieser habe viel geredet, das sei klar. Woher er, Brönnimann, übrigens so genau Bescheid wisse.
»Im Dorf gibt es keine Geheimnisse«, entgegnete Brönnimann.« Jeder versucht herauszufinden, was Loder in den

Selbstmord getrieben haben könnte. Falls es ein Selbstmord war. Ich persönlich glaube eher an einen Unfall. Hat Loder Ihnen gegenüber denn irgendwelche Andeutungen in Richtung Selbstmord gemacht?
Wieder schüttelte Dill den Kopf, aber es bedeutete nicht mehr nein oder ja, sondern war einfach eine große Müdigkeit.
Erleichtert sagte Brönnimann, er wolle ihm die neueste Hypothese, die gerade im Dorf kursiere, nicht vorenthalten: »Eugens Haus war, wie man weiß, früher unser Pfarrhaus. In einem Anfall von geistiger Obdachlosigkeit – so hat er seine Zustände nach einer Reise genannt – hat er das Haus vom alten Kratz, weiland Dorfpfarrer und weitum berüchtigter Schürzenjäger, gekauft. Eugen war damals gerade von einer langen Reise zurück und begann, wie er sich ausdrückte, mit seinem Leben wieder einmal von vorne. Nach jedem Buch eine höllische Reise, die ihn körperlich und seelisch an den Rand brachte. Er sagte dann: alles verlieren, um wieder von vorne beginnen zu können.
Er kaufte das Haus und zog aufs Land, also hierher. Nachdem Kratz das Zeitliche gesegnet hatte, war das Haus günstig zu haben gewesen, denn jeder war davon überzeugt, daß ein Fluch darauf liegt. Das ging soweit, daß sich der neue Dorfpfarrer weigerte einzuziehen und statt dessen ein eigenes Haus baute.
Kratz hatte eine junge Bedienstete geschwängert, unter anderen, sage ich, nämlich Martys Marie vom Tobel. Das Mädchen hat sein Neugeborenes dann elendiglich in einer Jauchegrube ersäuft und darüber den Verstand verloren. Seither will man sie mehrmals beobachtet haben, wie sie in der Nacht um das Pfarrhaus herumschlich und heulte, heulte wie ein räudiger Hund. Im Dorf ist man davon überzeugt, daß Martys Marie das Haus aus verspäteter Rache angezündet hat. Es liegt ein Fluch auf dem Haus, soll sie gestern zu Lachat gesagt haben, der sie in seinem Bureau verhört hat. Gestanden hat sie allerdings nicht.«

»Ich dachte, man verdächtige die Tamilen?«
»Fremdenhaß, zur Zeit ein Volkssport«, sagte Brönnimann knapp. »Sie kennen das ja selber, Sie sind ja auch kein reinrassiger Schweizer, mit dem Namen –. Vielleicht sollte ich es nicht sagen. Aber Loder hat einen Tamilen in seinem Haus versteckt. Über Wochen hinweg.«
»Und aus lauter Dankbarkeit hat ihm dieser das Haus angezündet, ja?«
Offenbar wollte Brönnimann herausfinden, wieviel Loder ihm anvertraut hatte. Und erzählte die Geschichte von Martys Marie wohl auch nur, um zu zeigen, wie absurd die Theorie von Mord und Brandstiftung im Grunde genommen war.
»Und Eyslink?« fragte Dill schnell.
Eyslink, der Name, den Loder so lange in seinem Mund gedreht und gewendet hatte, bis er sich in bedeutungslose Phoneme aufgelöst hatte.
»Es gibt einen Fotografen«, sagte Dill.
Brönnimann schien zu schwitzen, sein Haar glänzte. Vielleicht aber lag es an der Hitze oder daran, daß sein Haar pomadisiert war.
»Wie heißt der Mann?«
»Eyslink. Er hat ein Foto von Loder gemacht. Wer immer der Mann war, er muß Loder sehr gut gekannt haben.«
»Ich weiß nichts«, seufzte Brönnimann. Mit seinen kleinen Händen faßte er sich ans Kinn und schaute an die Wand, um etwas Raum für sein Schweigen herauszuschinden.
Dill saß eingesunken, setzte erneut das Glas an die Lippen. Wasserklarer Schnaps. Ich werde allmählich betrunken, Brönnimann füllt mir das Glas, um mich zum Reden zu bringen, anstatt selber zu reden.
Vom Nebenraum war wieder der Lärm der jassenden Stammtischrunde zu hören.
»Auch ich frage mich, wer oder was am Tod von Loder schuld gewesen sein könnte«, sagte Dill. »Ja, eigentlich ist es

doch egal, ob wir uns für ein Wer oder für ein Was entscheiden. Hauptsache, wir finden heraus, warum.«
»Rätselhaft, ja. Aber vielleicht auch nur zufällig«, nickte Brönnimann.
»Loder gibt uns zuviele Möglichkeiten an die Hand. Nur jemand wie Sie, der den Toten gut gekannt hat, kann sich in diesem Labyrinth der Vermutungen zurechtfinden. Vielleicht können gerade Sie – «
»Ich weiß nichts, absolut nichts.«
Brönnimann schenkte wieder nach. Dill betrachtete sein mageres, fast jugendliches Gesicht, das, von Müdigkeit schwer, alle Verschlossenheit verloren hatte. Die kleinen, dicht am Schädel liegenden Ohren, die unschuldige Nase und die flinken Augen, die ruhelos über Glas, Flasche und Tischtuch huschten.
»Der Dorfpolizist, Lachat, macht einen mit seiner Verhörerei fast verrückt. Dieser Mensch, der die schlechte Angewohnheit gehabt hat, Loder von Zeit zu Zeit mit seinen Schnüffeleien zu behelligen, soll nun seinen Tod aufklären.«
»Die Welt ist absurd«, behauptete nun auch Dill und spürte seine Betrunkenheit als unterschwelliges Lallen in der Stimme. In diesem Augenblick erschien ihm tatsächlich alles absurd. Der Zufall, der ihn zu Loder geführt hatte wie in eine Falle. Die zufällige Begegnung mit diesem spitzgesichtigen, undurchdringlichen italienischen Barkeeper Brönnimann.
»Man schlittert in etwas hinein«, murmelte er. In seinem Innersten war er bereit für Pathos, spürte die Verführungskraft großer Sätze, die in solchen Situationen immer etwas Rettendes hatten.
Brönnimann legte ihm plötzlich die Hand auf den Arm und begann ihn zu streicheln.
Ich werde verrückt oder schnappe gleich über vor Betrunkenheit, dachte er und zog sanft seinen Arm zurück. Leerte das Glas, wich Brönnimanns Blick aus und sagte: »Gehen wir schlafen.«

Eine Sekunde später kam ihm die Zweideutigkeit des Satzes zu Bewußtsein. Aber Brönnimann war bereits aufgestanden und wies ihm den Weg die Treppe hinauf.
»Zimmer Numero dreiundsechzig«, schnarrte er und verharrte in der Dunkelheit des Flurs, als warte er auf etwas.
»Gute Nacht«, sagte Dill mit Nachdruck und kehrte Brönnimann demonstrativ den Rücken. Er ließ sich in den Kleidern aufs Bett fallen und sank sogleich in eine tiefe Kuhle. In seinem Kopf war alles ein einziges Drehen und Kreiseln. Der Schnaps von Brönnimann. Der Zug ratterte durchs Hirn, sobald Dill die Augen schloß. Immer dieselbe, stets wiederkehrende Strecke, das Viadukt und die Hangüberbauungen, die Schrebergärten, Loders Einzugsgebiet mit den gefleckten Kühen. Das Haus, das dreistöckige, sandsteinfarbene Haus mit dem ungepflegten Garten. Kinder und Katzen. Er sah das Haus in Flammen, bleckende, züngelnde Flammen im Dachgebälk, der Giebel glomm, aber das Haus war nicht Loders Haus, sondern die Käserei aus seiner eigenen Kindheit. Vor dem Haus stand Martys Marie, die vierzigjährige Irre ohne Gesicht. Sie stand in einem weiten, schwarzen Rock vor dem Haus und lachte, eine Szene aus einem Gruselfilm; aber die irr vor sich hinkichernde Frau, die Frau mit der Zündholzschachtel, die Frau ohne Gesicht war nicht Martys Marie, die er nicht kannte, sondern Marthe im knöchellangen Rock, die vor ihm tanzte, ein Streichholz nach dem anderen anzündete und in das brennende Haus hineinwarf, wo Loder lag, liegen mußte, alt und schnaufend irgendwo unter sengendem Gebälk, inmitten der Tiergeweihe, der fackelnden Penisse und der Dutzendschaft alter Bibelausgaben, liegen und greinen mußte, ein zerfressenes Gerippe, ein räuchelnder Totenschädel, ein verkohlter Haufen.
Verdammt, sagte Dill, setzte sich auf, der Schnaps, Brönnimanns Schnaps. Aber auch sitzend drehte sich das Karussell weiter, saß er vor dem brennenden Haus und vor Marthe, die tanzte und hüpfte und vor seinen Augen Streichhölzer

anzündete, die ihren knöchellangen Rock, Schwalbe, Flamingo, Vogelscheuche oder Krähe beim Tanzen lüpfte, übers Knie hob und lautlos grinste, greinte und gröhlte, dem blekkenden Totenschädel zum Trotze, Loders Schädel im Fensterkreuz.
Wütend ließ sich Dill wieder ins Kissen zurückfallen, während ihm die Streichholzpolka von Marthe, die tatsächlich ihre Sonnenbrille auf hatte, immer mehr erregte, ihr Heben des Rocksaums über Knie und Schenkel bis zur Möse, der nackte Arsch und Loders Totenschädel im blakenden Fensterkreuz. Sein Glied wetzte am Leintuch, strich und ratschte im Takt von Martys Maries oder Marthes Feuersbrunstpolka, und seine Vorstellung hüpfte und tanzte mit, sprang von den Schenkeln in die Flammen, züngelte als Flamme an den Schenkeln, strich, ritschte und ratschte sich hoch und höher, wetzte am Balken mit dem eingeklemmten Schädel, dem Schädel mit den zwei Höhlen, hinein hinein.
Am Morgen klopfte Brönnimann an die Türe. Lachat erwarte ihn im Frühstücksraum. Leider müsse er ihn kurz einvernehmen. »Kein Verhör«, sagte er, »nur ein paar Auskünfte.«
Auf dem Weg zum Polizeibureau, das im Gemeindehaus untergebracht war, dessen unterer Teil das Schulhaus abgab, meinte Lachat, es sei ein Glück, daß er so prompt hierher zurückgekehrt sei.
»Wie meinen Sie das?«
»Ich hätte Sie sonst aufbieten müssen.«
»Ah«, sagte Dill.
Leider, sagte Lachat, sei er bis heute nicht sicher, ob es sich um Brandstiftung, Unfall oder vorsätzlichen Mord handele. Das gerichtsmedizinische Gutachten, worin eine ausführliche Beschreibung der Obduktion Loders – doch davon später.
Lachat hatte die Polizeimütze mit dem Schirm tief in die Stirn gezogen. Auf eine Frage Dills hin erklärte er, daß die kantonale Kripo ihn, Lachat, zur Unterstützung beigezogen habe.

Das komme praktisch einer Beförderung gleich, sagte er und biß sich auf die Lippen.
Im übrigen kenne er wohl, wie der kantonale Zuständige richtig vermutet habe, die hiesigen Verhältnisse am besten. Er kenne jeden Schlupfwinkel und jede Seele, sagte er scharf und biß sich nicht auf die Lippen.
So zum Beispiel den alten Schorsch, einen notorischen Säufer und Trunkenbold, der nach der Polizeistunde nur schwer den Weg nach Hause finden könne. Immerhin habe man es ihm zu danken, daß die Feuerwehr überhaupt habe ausrücken können.
»Weiß der Teufel, wo sich dieser Lumpenhund die ganze Nacht über rumgetrieben hat«, knurrte Lachat.
Auf jeden Fall stehe fest, daß das Feuer in der Morgendämmerung ausgebrochen sei. Fünf Uhr vierzehn, wenn seine Berechnungen stimmten, und Schorsch, der im Freien nächtigte, habe die Brunst entdeckt und sei ins ›Kreuz‹ zurückgelaufen, um Alarm zu schlagen. Fünfzehn Minuten später, so Lachat, sei die Dorffeurwehr bereits zusammengewesen, also in Rekordzeit. Bis zu Loder hinaus habe es leider nochmals runde dreizehn Minuten gedauert, weil der Schlauchwagen, früher noch von Hand gezogen und mit Gaslaternen ausgerüstet, heute gottlob an einen Traktor angehängt, eben doch nie schnell genug vorankomme. Er, Lachat, predige schon seit Jahren auf jeder Gemeindeversammlung, daß man sich endlich ein motorisiertes TLF, ein Tanklöschfahrzeug der neuesten Generation anschaffe, gerade hier auf dem Lande, wo alles wie Zunder brenne, müsse man mit der Zeit gehen, Fortschritt, Weitsicht, sagte er, seien hier die wichtigsten Stichworte, die jedoch immerzu an den Dickschädeln der Bauern abprallten.
»Wenn wir jetzt also zusammenzählen, die fünfzehn Minuten der Mobilisierung, die dreizehn bis zum Haus, dazu die Meldezeit von Schorsch, eine Verzugszeit von zirka fünf Minuten, bis dieser seine Augen überhaupt offen und seinen

dürftigen Verstand zusammengekratzt hat, kommen wir auf stolze achtunddreißig Minuten. Zuviel, das sind runde achtzehn Minuten zuviel, die man dem Feuer hat gewähren müssen.

Achtzehn Minuten,« sagte Lachat, der nicht ging, sondern ausschritt, Dill immer um einige Zentimeter voraus, »um das Feuer sich ausbreiten zu lassen. Der Fortschritt besteht darin, exakt diese achtzehn Minuten einzusparen.«

Feuerwehrkommandant Hösli, ein Zugezogener aus dem Unterland, habe ihm rapportiert, daß das Feuer beim Schopf hinter dem Haus ausgebrochen sei.

»Gelegt«, sagte Lachat und verlangsamte seinen Schritt, um einen Passanten zu grüßen, indem er kurz mit dem steifen Zeigefinger an den Schirm seiner Mütze tippte. Für jeden Brandstifter sei ein unbewachter Schopf ein gefundenes Fressen. Mit Reisig und Abfall vollgestopft, das brenne höllisch. Deshalb, so Lachat, der allmählich ins Reden kam, möglichst keine Abfälle machen. Das Abfallmachen sei eine der größten Schweinereien dieser Zeit. Holzabfall, betonte er, brenne naturgemäß wie Zunder.

Zusätzlich, darauf habe ihn der Hösli erst bringen müssen, sei das Feuer wahrscheinlich noch durch Westwind angefacht worden und unter der Dachuntersicht habe sich die Hitze gestaut – »sagen wir knappe drei bis fünf Minuten« – also die Zeit, die Schorsch gebraucht habe, um, endlich bei Trost, ins ›Kreuz‹ zu rennen, in genau dieser Zeit sei auch die Dachuntersicht explosionsartig in Brand geraten.

Lachats Gesicht leuchtete.

»Kleine Sache«, fuhr er fort, »von der Dachuntersicht kriecht halt jedes Feuerchen schnell in den Estrich. Somit brennt der Dachstuhl, und zwar lichterloh. Und da meint man, Steinhäuser seien vor Feuer sicher! Das kleine entzündet das Große.« Auch hier gelte folglich: wehret den Anfängen. Längst nicht alles an einem Steinhaus sei aus Stein. Ein schlaues Feuerchen suche sich die Schwachstellen aus, Holzgebälk, Fenstersimse, wo es eindringen könne. Ein gerissenes Feuerchen schlüpfe durch Ritzen und Spalten, quetsche sich durch Klaffen und Böden, hangle sich wendig an Leisten entlang und erst, wenn es sich dick genug gefressen habe, trete es majestätisch in Flammenheeren auf.

In unserem Falle, so Lachat, der im Gehen eine Zigarette anzündete, sei es risikolos vom Dachstuhl treppabwärts gestiegen. Retten – Halten – Löschen, so laute die Devise der Feuerwehr, doch sei diese zu den angegebenen achtunddreißig Minuten noch zusätzlich durch einen Mangel im Hydrantensystem in Verzug gekommen. Wegen des Lärms der Bauarbeiten habe sich Loder strikt geweigert, vor seinem Haus einen Hydranten anlegen zu lassen. Für den Brandfall sei vorgesehen gewesen, das Wasser aus der Zisterne hinter dem Haus zu benutzen, eine krasse Fehlplanung, denn die Zisterne liege so nahe am Schopf, daß man nicht mehr herangekommen sei.

Das eigentliche Verhängnis jedoch seien die Treppen im Haus gewesen. Vor allem die durchgehende Holztreppe, er, Dill, kenne das Haus ja, wenn er da übernachtet habe.

»Dann kennen Sie auch diese Treppe, die gewundene Spiraltreppe, ein idealer Laufsteg für das Feuer, das sich in einem solchen Fall nicht einmal sonderlich anstrengen muß, sondern elegant, würde ich sagen, Stufe um Stufe abwärtssteigen kann, um wunschgemäß auf jedem Boden etwas länger zu verweilen, etwas Luft zu schöpfen und sich zu entfalten. Vom Estrich also schlängelt sich diese verdammte Brut treppabwärts, überrascht Loder im obersten Zimmer, wahrscheinlich im Schlaf, und schneidet ihm, zwischen Wandwange und Lichtwange hin und herhüpfend, den Fluchtweg ab. Loder ist erstickt«, sagte Lachat und riß die Türe des Gemeindehauses auf. Die Gänge und Stiegen heraufhastend, sagte er: »Man fand seinen Leichnam im obersten Zimmer, übel zugerichtet. Erstickt«, wiederholte Lachat und schloß die Türe zu seinem Bureau auf. »Bei Brandfällen die häufigste Todesursache. Bitte setzen Sie sich doch. Nehmen Sie einen Kaffee?«

Es war dieses Poltern und der Schneid, die Dill unendlich auf die Nerven gingen. Als Lachat mit dem Kaffee zurückkehrte, fragte Dill, ob er dies nun, in Anbetracht des Zimmers, als ein Verhör auffassen müsse.

»Nein, Ihr Alibi ist stichfest. Sie haben das Haus von Loder genau acht Tage vor dem Brand verlassen. Um neunuhrvierunddreißig sind Sie mit dem Taxi zum Bahnhof gefahren und haben um zehnuhrfünfzehn den Zug nach Olten bestiegen.«

»Ich hoffe, Sie wissen, welche Farbe meine Socken an diesem Tag hatten.«

Lachat setzte sich auf die Kante seines bescheidenen Schreibtisches. Hätte er einen Bauch oder auch nur ein Bäuchlein gehabt, hätte er vielleicht etwas imponierender gewirkt. Er nahm seine Mütze vom Kopf und stierte ins Futter.

»Wir haben ein ganzes Füllhorn an Möglichkeiten: Brandstiftung mit und ohne Mord, Unfall oder Selbstmord.«

»Ja, was tun?«

»Deswegen sind Sie hier. Nicht um verhört zu werden, sondern um mit mir freundlicherweise einige Hypothesen durchzugehen. Da Sie einen Artikel über Loder geschrieben haben – «

»Habe ich nicht – «

»Gut, da Sie erwiesenermaßen sein letzter Besuch waren, mal von den Kindern abgesehen, ist alles, was Sie gesehen, gehört oder eventuell entdeckt haben, von größter Wichtigkeit.«

Lachat dehnte das Wort »größter« unziemlich in die Länge. Dill kaufte ihm diese als Kompliment getarnte Aufforderung zum Plaudern nicht ab. Mit gespielter Langweile zündete er sich eine Zigarette an.

An der gelben Wand hingen, mit Reißzwecken angeheftet, die üblichen Konterfeis von Terroristen. Junge Männer und Frauen, ungefähr in seinem Alter, die vierte Generation, vom Blitz der Kameras schamlos überraschte und verzerrte Gesichter. Das Bild eines Schäferhundes an der Wand hinter dem Schreibtisch, dort, wo sonst das Foto eines Präsidenten oder eines Verwandten hing. Der Raum roch nach Biederkeit und abgestandenem Stumpfsinn. Kein Gegenstand war überflüssig, alles war auf pure Nützlichkeit getrimmt. Der schamlosen Terroristenfotos überdrüssig, wandte sich Dill dem Fenster zu und blickte hinaus. Er sah die Schulkinder auf dem Pausenhof und glitt für einen Augenblick in die Erinnerung an seine eigene Schulzeit ab. Hinter sich vernahm er das Räuspern des Polizisten.

»Gibt es denn überhaupt Hinweise auf einen Täter?« fragte Dill. »Was ist mit etwaigen Hinterbliebenen, Verwandten?« Es belustigte ihn, die Fragen selber zu stellen, als wäre er der Polizist.

»Sehen Sie, ich kann Ihre Fragen nicht beantworten, solange Sie mir nicht Ihr Wort geben, nichts darüber zu schreiben.«

»Nachrichtensperre«, stellte Dill seufzend fest.

»Tut mir leid. Hat Loder Ihnen gegenüber irgendwelche Personen erwähnt?«

Dill drehte sich um, schaute in Lachats von Neugier verkniffenes Gesicht.

»Eyslink.«

Lachat rutschte von der Schreibtischkante und begann ein Lachen, das wie das Glucksen einer Henne klang.

»Ein Pseudonym für Brönnimann«, sang er fröhlich. »Loder und Brönnimann waren enge Freunde, intime.«

Die Kinder auf dem Pausenhof bildeten zwei Reihen, zwei Phalanxe, die einander gegenüberstanden. Immer wieder lief ein Kind aus einer der Reihen in die Mitte, wo sich zwei Grüppchen bildeten.

»Sie machen einen Fehler«, sagte Dill. »Sie suchen nach einem Täter, bevor Sie wissen, ob es ein Mord war.«

»Also gut«, sagte Lachat etwas weinerlich. Er bückte sich, trank Kaffee, zog eine Schublade auf und kramte darin.

Die Hypothese des Selbstmordes oder des Unfalls müsse er für falsch erklären. Er erhob sich, überragte Dill um einige Zentimeter.

»Im Sinne der Herren aus Bern. Glauben Sie, ich wäre mit dem Fall betraut worden, wenn es sich um einen simplen Selbstmord gehandelt hätte?«
»Ich weiß nichts«, sagte Dill und ließ sich erschöpft auf die Holzbank fallen.
»Im Vertrauen«, sagte Lachat und setzte sich auf den falschen Stuhl, den Stuhl vor dem Schreibtisch.
Er habe das ausführliche gerichtsmedizinische Gutachten eingesehen. Und nicht nur das. Auch Obduktionsberichte, Fallstudien und sonstiges Material.
Er legte eine Broschüre neben die andere, zog ein dickes Buch aus der Schublade, einen gerichtsmedizinischen Schmöker, aus dem gut ein halbes Dutzend Lesezeichen ragten.
»Alles gelesen, durchgesehen, studiert«, betonte er und es klang, als hätte er die Gutachten nicht nur von der ersten bis zur letzten Seite auswendig gelernt, sondern auch gleich noch aufgegessen.
»Beeindruckend«, gestand Dill.
Bevor er Polizist geworden sei, habe er einige Semester Jus studiert, sagte Lachat. Er schlug das Buch auf und las: »Hier. Mitnahmeselbstmord: Der Suizident nimmt Frau und Kind – in einigen Fällen auch seinen Feind – mit in den Tod. Auf diese Weise wird die Gleichzeitigkeit von Raum und Selbstvernichtung angestrebt.«
Er erhob sich, beugte sich über die Schreibtischplatte. »Um Ihnen ein konkretes Beispiel zu geben. Ein Bauer säuft, verludert Haus und Hof und stürzt damit seine Familie ins Elend. Als er wieder mal sternhagelbesoffen nach Hause kommt, gibt es Ehestreit und der Mann läuft in die Scheune, wo er Stroh und Reisig aufhäuft. Er schlägt seine Frau mit einer Laterne tot und gießt das Öl der Laterne gleich über das Holz. Steckt alles in Brand und begibt sich selbst ins Feuer.«
Lachat holte Luft, blähte die Wangen und wartete geduldig auf eine Wirkung seiner Erzählung. Mit seinen kleinen Rühr-

michnichtanhändchen trommelte er auf die Schreibtischplatte.
Dill stand wieder vor dem Fenster. Die Kinder hatten das Spiel gewechselt und ritten jetzt, immer einer auf einen anderen aufsitzend, als Pferd und Reiter gegeneinander. Ein Kind, ein Junge oder ein Mädchen könnte das Feuer entfacht haben. Aber nicht um diese Zeit, mitten in der Nacht. Hinter sich hörte er Lachat sagen, er wolle den Fall, wie er es nannte, mit der gerichtsmedizinischen Brille betrachtet haben.
»Soviel zu Mord mit nachfolgendem Selbstmord plus Brandstiftung.«
In einigen Situationen werde auf die ausdrückliche Zustimmung des mitzunehmenden Opfers – hier der Frau – einfach verzichtet. Mißlinge dann aber der Selbstmord, könne man den gescheiterten Selbstmörder noch als Mörder und Brandstifter vor Gericht stellen.
»Sie schweifen ab«, sagte Dill harsch.
»Nein«, sagte Lachat. Bezüglich Loder sei nämlich der Umstand erwähnenswert, daß es sich durchaus um einen ›Mitnahmeselbstmord‹ handeln könnte. Obwohl niemand zu Schaden gekommen sei.
Lachat stellte sich neben Dill.
»Vielleicht ist Loder seines Anwesens überdrüssig geworden. Durch seinen Tod hat er nicht nur das Haus mitgenommen, sondern zugleich alle Spuren seines Lebens verwischt. Es fällt doch auf, wie oft er vom Verkauf seines Hauses geredet hat. Für einen Mitnahmeselbstmord hinsichtlich der Vernichtung des Lebensraumes eignet sich nichts so gut wie Brandstiftung. Andere zerstören ihre Werkstatt mit einem Hammer oder Beil. Eine Ersatzhandlung, steht hier, und ich denke, das trifft noch für vieles zu.«
Alle Spuren nach dem Tod beseitigen, überlegte Dill. Keine zufälligen Fingerabdrücke, Zigarettenkippen, Essensreste. Alle Spuren vernichten, als da sind: die Bücher und die Fotos, die Tagebücher und die Masken, die Bibeln und die Möbel.

Die alten Kleider und die neuen. Das Manuskript. Mit sich ins reine kommen.
Obwohl, fuhr Lachat fort, das Feuer als Mittel der Selbst- und Raumvernichtung geradezu ideal sei, werde es statistisch gesehen nur selten angewandt. Denn das Feuer verurteile den Selbst- und Raumvernichter weitgehend zur Passivität, wohingegen Loder, soweit er ihn kenne, ein überaus aktiver Mann gewesen sei. Ja, die Statistik belege, daß gerade Feuer eine eher seltene Todesursache darstelle. Dies möge verwundern, auch er habe sich zuerst gefragt, ob das zutreffe, denn Feuerlegen sei wahrlich ein Kinderspiel.
Während Lachat über seine Papiere gebeugt weiterredete, hörte Dill das Klingeln der Pausenglocke. Die Kinder reckten die Köpfe in die Luft, einige bewegten sich trödelnd auf den Schuleingang zu. Links die Mädchen, rechts die Jungen, wie es noch zu seiner Zeit gewesen war.
Er versuchte sich zu erinnern, aber es gab tatsächlich nur noch wenige lebendig gebliebene Eindrücke. Das Zuckerbrot, die warme Milchtüte, die mit Fettflecken übersäten Hefte. Aber alles so weit entfernt, als entstamme es einem anderen Leben. Als könne es ihn nichts mehr angehen. Manchmal fraß sich eine Trauer in ihm fest. Das Gewicht der vielen Tode, die er seither gestorben war. Gestorben das Kind, der Junge, der heranwachsende Mann. Vielleicht aber war dies Trauergefühl falsch, und falsch, immer nur in Kategorien des Fortschreitens, Heranwachsens, Größer- und Älterwerdens zu denken. Vielleicht bestand ein Leben aus vielen Leben, Augenblicken, die sich konzentrisch um ihn herumgruppierten. Vielleicht bildete die Gegenwart einen magnetischen Kern, um den sich diese vergangenen Augenblicke versammelten. Und vielleicht war Loder bei seinem Tod in dieses Land der reinen Gegenwart eingetreten und hatte noch einmal alle Augenblicke des Lebens durchlebt. Wie man sagt von Sterbenden. Die Lichtblicke der Kindheit, die Spiele auf dem Pausenplatz, das dicke, rotzverschmierte Kind, das gehänselt

wurde. Erste Lieben und, im Fall Loders, alle ins Schweigen versunkenen Reisen. Vielleicht war er sich, wie man sagt, im Angesicht des Todes seines Lebens erstmals inne geworden. Vielleicht war er durch diese einzigartige, flüchtige Macht des Gedächtnisses diesen Augenblick lang Herr über sein Leben geworden.

»Die in Bern haben wirklich an alles gedacht. Die Anforderungen, die so ein Fall stellt, sind enorm. Es gilt, alle Möglichkeiten in Betracht zu ziehen, auch die absonderlichsten. Dieser Papierberg«, – Lachat hatte einige Bücher aufeinandergetürmt – »da muß man durch und darf trotzdem den gesunden Menschenverstand nicht verlieren. Den Instinkt –.«

»Ja?«

»Ein guter Polizist muß in die Haut jedes Verbrechers schlüpfen können.« Er lachte wieder, klammerte sich an die Stuhllehne. »Hier: Brandstiftung als Entladungsreaktion. Was immer das heißen mag!«

Wütend schlug er mit der Faust auf den Tisch.

»Hierbei wird besonders die Beziehung zwischen Onanie und Brandstiftung berücksichtigt. Der Brandstifter wird durch das Feuer in einen Zustand äußerster Erregung versetzt. In ihm keimen sadistische Feuerphantasien. Undsofort. Was für ein Quatsch, man muß sich das mal nüchtern durch den Kopf gehen lassen. Der Brandstifter spintisiert ja nicht einfach drauflos, zuerst muß er das Feuer mal legen, um es löschen zu können, was er dann ja wirklich auch tut. Aber dann weiter: Die Onanie stellt einen Schutz gegen das Feuerlegen dar, während andererseits das Feuerlegen vom krankhaften Masturbieren erlöst.«

Lachat schüttelte grinsend den Kopf.

»Haben Sie beim Wichsen etwa einen brennenden Kuhstall vor Augen? Es gibt schon tolle Sachen. Ein Sadist quälte seine Frau, indem er ihr gegen ihren Willen immer perversere Sexualpraktiken schilderte. Der Patient litt seit längerem unter der emotionalen Kälte seiner Partnerin. Als es wieder zu einem von ihm erzwungenen Verkehr kommt, zündet er das Bett an, um endlich seine Frau zum Schmelzen zu bringen. Nehmen Sie einen Schnaps?« Auf Lachats Stirn standen Schweißtropfen.

Als er Dill das halbvolle Glas entgegenstreckte, dachte dieser über die Redewendung »der Arm des Gesetzes« nach.

»Prost!«

War es möglich, daß Brönnimann in jener Nacht bei Loder zu Besuch gewesen war, dieser hagere, einem italienischen Barkeeper ähnelnde Homosexuelle? War es über Geschäften, vielleicht Eifersucht, Erpressung zu tätlichen Auseinandersetzungen gekommen? Loders Hand, die zärtlich über die Kanten der Hasselblad strich.

»Sie schweifen ab«, sagte Dill. »Beim Schriftsteller Loder handelt es sich, soweit ich das beurteilen kann, weder um einen Sadisten noch um einen Psychopathen.«

»Das wollte ich hören«, behauptete Lachat. »Genau das.« Erwiesenermaßen werde Feuer als Mittel zum Selbstmord nur sehr selten angewandt. Die Bequemlichkeit des Erreichens eines Selbstmordmittels spreche noch nicht für seine Häufigkeit. Oder entspreche etwa die Anzahl der Ertrunkenen auch nur annähernd dem hierzulande vorkommenden Wasservolumen? Wüßten wir von Meeresanwohnern, daß sie sich zahlreicher ersäuften als Binnenbewohner? Oder komme der Sturztod etwa deswegen so selten vor, weil es soviel Kellerschächte, Glockentürme, Berggipfel und Fenstersimse gebe? Stehe die Anzahl der Badewannen, Rasierklingen und Steckdosen in einem vernünftigen Verhältnis zu den jeweiligen Todesarten? »Nein, Sie stimmen mit mir überein, daß Loder, dieser Geistesmensch, nicht das Feuer gewählt hätte, um sich umzubringen. –

Aber ich will Sie mit meinen Überlegungen nicht länger auf die Folter spannen. Ich habe eine lange Liste von möglichen Motiven zusammengestellt. Aber sie prallen alle an Loder ab. Rache – an wem denn? Der Gulliver-Komplex, dafür war

Loder um einige Zentimeter zu groß gewachsen. Der Thersites-Komplex, wenn es einer wegen seiner Häßlichkeit macht oder weil er Mißbildungen hat. Bei Loder unvorstellbar. Zu diskutieren gäbe es allenfalls Punkt vier: Gesteigertes Selbstbewußtsein, das in einen unkontrollierbaren Machtrausch führt. Aber Loder war einer, der nicht so schnell seinen Kopf verlor.«

»Woher wissen Sie das eigentlich alles?«

»Im Laufe der Jahre habe ich ihn natürlich kennengelernt. Ein ganz und gar umgänglicher Mensch, muß ich sagen. Man verkehrte fast auf freundschaftlichem Fuß miteinander.«

Dill verkniff sich das Lachen. Lachats Ausführungen begannen ihn zu belustigen. Seine Lügen, die er als Geständnisse verkaufte. Sein Halbwissen, mit dem er sich selber immer wieder in Verwirrung stürzte. Während draußen auf dem Pausenplatz das Vormittagslicht zu blenden begann, tappte hier in einem engen Büro ein dilettantischer Polizist im Halbdunkel herum.

»Ein letzter Punkt, Herr Dill, über den ich gerne Ihre Meinung einvernommen hätte. Unter den vielen hier in diesem Buch genannten Motiven gibt es eines, das mit dem Gemüt zusammenhängt. Melancholie, Raptus Melancholicus, wie es hier heißt. Nehmen wir an, Loder hat sich durch einen Fehlschlag in eine Krise hineinmanövriert. Vielleicht ein Mißerfolg bei seinem Schreiben, er kommt nicht vorwärts, was weiß ich. Oder er fühlt sich allein, ihm fehlt eine tüchtige Frau, Kinder undsofort. So grübelt er vor sich hin. In jener Nacht aber fällt ihm die Decke auf den Kopf. Was meinen Sie?«

Dill starrte auf das leere Glas in seinen Händen. Der Schnaps wärmte die Glieder und stieg in den Kopf. Das Geräusch einer fernen Kreissäge drang an sein Ohr. Er verspürte wieder diesen Zug in die Ferne. Der Körper wollte ins Freie, in die Winde. Der Schnaps tat ihm nicht gut so früh am Tage.

»Ich glaube, ich gehe jetzt«, sagte er.

»Zum Teufel, alles ist möglich. Einen Augenblick«, preßte Lachat hervor. »Der Kreuzwirt Brönnimann schuldete Loder Geld. Viel Geld. Loder hat Brönnimann das Geld für den Kauf des Gasthofs vorgestreckt. Der Wirt hat, soviel ich weiß, nie zurückgezahlt. Aber das ›Kreuz‹ geht schlecht. Der Wirt hat sich verrechnet. Aus einer Dorfpinte wollte er ein Gourmet-Restaurant machen.«

»Und warum Eyslink?«

»Das wollte ich Sie fragen. Vielleicht ist es ja nur ein Künstlername. Brönnimann arbeitete früher für verschiedene Agenturen als Fotograf. Eyslink deutet darauf hin, daß er etwas vertuschen wollte.«

»Ist das nicht etwas übertrieben?«

»Was wissen Sie vom Wirt?«

Dill schwieg. Er ahnte die Falle. Er konnte weder weggehen noch bleiben. Es war nicht seine Sache, hier schmutzige Wäsche zu waschen.

»Sagen Sie mir die Wahrheit. Haben Sie außer den publizierten Fotos von Eyslink noch andere, vielleicht pornografische Fotos mit Kindern zu Gesicht bekommen?«

Lachats Tonfall hatte sich verändert. Plötzlich wirkte doch alles wie ein Verhör. Ein Satz, ein Hinweis von Dill, und Brönnimann wäre möglicherweise geliefert gewesen. Ein Satz zuviel, und der Kreuzwirt saß in der Zelle.

»Danke«, sagte Dill, »danke für das Vertrauen, das Sie mir entgegenbringen.« Er blickte in Lachats spöttische Visage.

Raptus Melancholicus, überlegte er. Vielleicht hatte er ihn doch mit Fotos erpreßt. Vielleicht ist Lachat selbst in die Sache verwickelt. Warum soviel Fährten, die doch nur Finten sind. Der Polizeihund, der Köter auf dem Bild hinter dem Schreibtisch, schien ihn anzugrinsen.

Aber wieso denn eigentlich von einem Verbrechen ausgehen? Bloß weil er hier in einem Polizeibüro zum Verhör saß? Nur deshalb der Zwang, an lauter ineinanderverschachtelte Verbrechen denken zu müssen?

»Dachte ich mir, daß Sie auf diese Provokation nicht eingehen«, sagte Lachat nach einer Weile. In seine Miene floß etwas Väterliches. Er schenkte Dill erneut das Glas voll.
Jetzt weiß ich, was die beiden verbindet, dachte Dill. Die Hände, Brönnimann und Lachat haben beide Kinderhände. Zarte, weiße Kinderhände. Wo doch die Wirtshände rötlich, vielleicht sogar leicht geschwollen sein müßten, und die Polizistenhände eher energisch, zupackend. Und beide sind sie Schnapstrinker.
»Ihrem Schweigen entnehme ich die Zustimmung zu meinen Überlegungen. Kein Selbstmord, darin sind wir jetzt wohl einig.«
Lachat sprach die Worte ohne jede Betonung aus. Erstmals stand auch er am Fenster und schaute hinaus.
»Auch Brönnimann fällt als Täter weg, er hat ein ausgezeichnetes Alibi. Wir müssen den Kreis weiter ziehen.«
Mit zugekniffenen Augen wartete Dill auf den nächsten Angriff. Lachat war verschlagen, unberechenbar, wenn auch zwischendurch von einer verblüffenden Plumpheit.
»Mein Stand bis vorgestern abend. Brönnimanns Alibi hat mir die Hosen abgesägt. Ich hatte ihn so gut wie festgenommen.« Er hielt inne, als hätte er den Faden verloren.
»Unter den zahllosen Motiven für Brandstiftung gibt es eines, das wir bis jetzt außer acht gelassen haben. Nämlich Heimweh. Der Täter lebt in der Fremde und zündet das Objekt an, das ihn scheinbar an seiner Rückkehr in die Heimat hindert. Vor Jahren hatten wir tatsächlich so einen Fall. Ein Dienstmädchen aus Kalabrien, das aus Heimweh das Haus seiner Herrschaften in Brand gesteckt hat. Nun wimmelt es in unserer Gegend ja von Ausländern.«
Lachat setzte sich und wurde streng.
»Loder hat einen Tamilen versteckt gehalten. Ich bin der Sache nachgegangen. Hinweise aus der Bevölkerung haben ergeben, daß dieser Tamile tatsächlich am Vorabend des Brandes im Dorf gesehen worden ist.«

»Beweise!« sagte Dill und streckte ohnmächtig vor Wut seine Füße aus.
»Der Tamile ist flüchtig.«
»Ja, wen wunderts, wenn man ihn abschieben will.«
Lachat lächelte müde.
»Und diese ganze Drogenstory, Beweise!«
»Eine Zeitungsente, das gebe ich zu. Bei dieser Zeitung kommt das schon mal vor.«
»Die verdienen ihr Geld damit, sagen wir's so.«
»Keine Politik!« sagte Lachat.« Wenn unsere Behörden dafür sorgen, daß unsere Heimat nicht von Fremden überschwemmt wird, hat das schon seine Richtigkeit. Die Schweiz den Schweizern. Da können Sie mir kommen, wie Sie wollen.«
Dill verzichtete auf eine Entgegnung. Die einzige Antwort wäre ein Tritt in die Eier gewesen. Eine Sekunde lang sah er sich aufstehen und auf Lachat zugehen: eine blitzschnelle Bewegung und ein hochgezogenes Knie. Lachat würde sich krümmen, es würde aussehen wie eine höfliche Verbeugung.
Aber Lachat war nur einer von zigtausend. Ein Polizist mit einem gesunden Volksinstinkt. Er sagte, was die verschwiegene Mehrheit dachte. Lachat war in diesem Punkt kein Heuchler, wie alle anderen.
»Es ist meine Sache, einen im Verdacht des Mordes stehenden Flüchtigen zu fassen. Was spricht dagegen, daß Heimweh diesen Tamilen zu dieser Tat getrieben haben könnte. Ich will nicht soweit gehen zu behaupten, daß Loder selbst daran Schuld hatte. Aber in einer durch die Umstände wohl etwas verwirrten Gefühlswelt könnte der Tamile das Haus von Loder als ein Hindernis für seine Rückkehr aufgefaßt haben. Ein symbolischer Akt, wie hier steht. Uns allen könnte es so gehen, wenn wir wie Loder das Falsche tun.«
Lachat bündelte die Papiere, verstaute sie in der Schublade und setzte sich auf den Stuhl hinter dem Schreibtisch. Sein Gesicht sah unzufrieden aus.

»Sie wollen also tatsächlich den Tamilen vor Gericht stellen?«
»Ich könnte, wenn ich wollte. Aber der Fall liegt komplizierter. Mein Bericht nach Bern ist bereits abgeschickt. Tod durch Selbstunfall. Restlos werden wir den Fall wohl nie aufklären können. Gesegnet sei sein Andenken.«

Dill betrat den Friedhof auf einem Nebenweg. Er vermied es, das ausgebrannte Haus in Sichtweite zu bekommen und benutzte den Friedhofseingang an der Vorderseite. Es regnete nicht, es war bitterkalt, und die Bise pfiff durch die kahlen Bäume.
Der Friedhof war klein, rechteckig und sauber. Alles in Reih und Glied. Aber Loder war nicht zu finden, nicht das, was von ihm übriggeblieben war, Urne, Gerippe, Geruch oder Moder. Rechterhand, an dem sich abzeichnenden Rand des Gevierts, noch einige Meter vor der Mauer, entdeckte er einen aufgeworfenen Erdhügel mit einem schlichten, schwarzen Kreuz.
Amalia Wintergerber. 1902–1986
Daneben weitere aufgeworfene Hügel. Es ist November, überlegte Dill, sie sterben jetzt zuhauf. Der Monat der Selbstmorde, der Altersschwächen, des leisen Erlöschens. Auch der Monat der Melancholie.
Er ging weiter durch die Gräberreihen, ohne Loder zu finden. Das Grab eines anerkannten Schriftstellers mußte doch irgendwie auffallen. Wäre er in Wien gestorben, läge er jetzt auf dem schön verwucherten Zentralfriedhof, und in Paris auf dem endlosen Cimetière Père Lachaise.
Aber hier vergingen die Namen schneller als anderswo. Hier war kein Halten und kein Gedenken. In dieser fantasielosen Ordnung erschien eins wie das andere im gleichen Licht. Hier hatte sich keiner in einem Anfall postmortalen Größenwahns einen Tempel erbauen lassen, kein Efeu rankte sich um eine verwunschene Krypta eines Familiengrabes, keine gloriosen Kränze zierten die Stufen einer Katakombe.

Jean Sperber. 1910–1979
Marie Dupont. 1934–1962
Gestorben an?
Gelebt wie?
Die Häßlichkeit des grauen Steins, mit betenden Händen beweihräuchert. Welch zaghafte Frömmigkeit, welch verschwitzter Biedersinn, welch steife Moral. Und hier sollte Loder liegen? Warum auch hatte er, Dill, vergessen, Lachat oder Brönnimann danach zu fragen.
Elsie Maître. 1899–1944
Gestorben woran?
Unter großen Schmerzen?
Am Arbeitsplatz, bei der Geburt eines Kindes, nach Verlust ihres Mannes? War das nun genug, um sich ein Leben vorstellen zu können? War das schon eine Kurzbiografie?
Elsie Maître starb unter großen Schmerzen, nachdem sie bei einem Arbeitsunfall in der Fabrik schwere Verletzungen davongetragen hatte.
Wieviel Sätze geben eine Biografie ab? War diese Versammlung von Gräbern und zugehörigen Daten nicht schon eine Serie biografischer Kürzel? Stammbaum, Elternhaus, Kindheit, Schulbildung, Eheschließung, Berufsgang, Krankheit und Tod? Wieviel Sätze würde man für Loders Biografie benötigen? War »die Katzen, die Kinder« ausreichend?
Gab es in einer Welt von vier Milliarden Menschen noch diesen Anspruch auf Einzigartigkeit? Und war nicht auch das Leben eines Wurms oder das eines Hundes einzigartig? Wer schrieb die Biografie eines Hundes?
Dill schlug einen Bogen, ging dieselbe Gräberreihe noch einmal von der Rückseite her durch. Kreuze ohne Namen. Steine ohne Daten, Beete, die ungeachtet der unterschiedlichen Länge der Leichname alle gleich groß waren.
Wem trampelte er jetzt gerade auf dem Schädel herum? Über wessen Gebeine stapfte sein Fuß? In wievielen Schichten lagen die Knochen übereinander?

Schriebe ich eine Biografie Loders, beginge ich wohl zuerst den Fehler, mich an die sogenannten Gipfelpunkte zu halten. Während der Alltag, der graue Film alles Unartikulierten, die Summe aller unausgesprochenen Sätze und unausgeführten Taten immer ausgeschlossen bliebe.
»Ein Leben ist immer zuwenig.«
Der alte Schriftsteller in einem Landhaus in den jurassischen Bergen, in einem Niemandsland zwischen den Sprachen. Loder ohne Frau, Kind und Gott. Vielleicht ohne Schuld, ohne einen bestimmten Schöpfer. Vielleicht ein Lebender unter Scheintoten, vielleicht umgekehrt.
Das Haus, das Leben und die Schrift. Und jetzt nichts mehr davon, oder eine andere Art des Seins. Loder hatte die Dinge benennen wollen, jedem Ding seinen Namen, Stein ist Stein und Baum Baum. Eine Welt ohne Ich. Der Schöpfer erschafft, um sich selbst zum Verschwinden zu bringen.

Dill drückte die Play-Taste des Tonbandes.
– »Edison stieß eine Tür auf, durch die nicht nur er, sondern ein Heer von Wissenschaftlern und Erfindern eilten, um Entdeckung auf Entdeckung zu machen.«
Loders Stimme auf dem Tonband! Wie selbstverständlich sich diese Stimme ausnahm. Wie sie redete, erklärte und vortrug. Mal laut und deklamatorisch, dann leise flüsternd und zischend.
– »Einhundert Jahre nach Menlo Park hat sich Edisons Vision eines von der Elektrizität angetriebenen Universums erfüllt. Stromausfälle bringen das Leben fast zum Stillstand. Es ist möglich, sich eine Welt ohne Autos, Flugzeuge und Erdgas vorzustellen, aber zu einem Zeitalter ohne Elektrizität zurückzukehren würde die Zivilisation lähmen.«
Diese Stimme auf knapp sechzig Minuten Band schuf eine Welt für sich. Die Stimme errichtete Wände um Dill und schloß ihn von allem Äußeren ab.
– »Kind der industriellen Revolution, während derer viele auf der Strecke blieben, einige aber spektakulären Erfolg hatten, war er das Produkt einer einzigartigen Verbindung von Talent, Ehrgeiz und Gelegenheit. Es gab nie jemanden wie ihn zuvor. Und in den hundert Jahren seither hat sich die Welt so radikal geändert, daß es höchst unwahrscheinlich ist, daß es je wieder so jemanden wie ihn geben wird.«
Loders Stimme wurde leiser; er entfernte sich vom Mikrofon.
– »Nicht einmal die Möglichkeit eines Mißerfolgs will er gelten lassen. Er ist des Glaubens, daß unabgelenkte, unablässige Arbeit alles vermag. Diese geniale Veranlagung für angestrengtes Arbeiten begeisterte mich schon als Jungen und machte Edison zu meinem Helden –«
– »Was trieb ihn zum Erfinden? Der Wunsch, Geld zu

machen und persönlichen Ruhm zu gewinnen, natürlich. Aber sogar Edison sah, daß das nicht genug war. Einer seiner weniger bekannten Aussprüche zeigte den Weg nicht nur für Erfinder, sondern für all jene, die mit dem Gehirn arbeiten – « Diese Stimme, die Stimme eines Verstorbenen, eigentlich hätte sie ihn befremden müssen. Aber er fand nichts Außergewöhnliches daran. Es gab Millionen solcher Stimmen auf Tonträgern aller Art. Die wundervollen Stimmen der verstorbenen Sängerinnen. In Amerika gab es beim Begräbnis Totenstimmen. Vor hustenden Hinterbliebenen wurde die letzte Botschaft eingespielt. Nein, es war längst nichts Außergewöhnliches mehr, daß sich die Stimmen von den Körpern losgesagt hatten. Es wimmelte in diesem Jahrhundert von losgelassenen Stimmen in Bahnhöfen und Flughafenhallen, Stimmen ohne Gesicht und ohne Körper. Die Tonträger ermöglichten es, daß man reden konnte, um gleich darauf seiner eigenen Stimme zu lauschen. Symphonien und Konzerte blieben auf eine Ewigkeit gespeichert.

Die Stimmen dieser Welt hatten sich vervielfacht. Stimmenorkane rauschten bis ins All hinaus. Aber trotz der zunehmenden Zahl der Stimmen gab es immer mehr Menschen, die keine Stimme mehr hatten und nichts mehr zählten.

Was wollten die körperlosen Stimmen?

Ihr Ausgang und ihr Ziel waren die Körper der anderen. Dill dachte an die feuchten Stimmen der Sexualnöter, die sich von einer erschrockenen Frauenstimme am Telefon aufgeilen ließen. Die körperlosen Stimmen hatten es auf die Körper abgesehen, sie verführten, ängstigten und beschwichtigten. Bitte schließen Sie Türen und Fenster und verlassen Sie das Haus nicht mehr, bis die Radioaktivität nachgelassen hat. Dill spulte weiter.

– »Ralph Waldo Emerson schrieb begeistert, nun gehe es darum, das Echo zu organisieren. Dank Edison hören wir nun die Stimmen der Verstorbenen. Auf Grammophonen in den Stuben und den Salons. Die kalten Operetten und die

Reden der Politiker. Dank ihm feiert die Abwesenheit ihre seltsamsten Triumphe.«

Loder las Passagen aus einem Text, der sich mit dem berühmten Erfinder befaßte. Er sprang, scheinbar willkürlich, von einem Abschnitt zum anderen. Damals, so hatte er ihm unter anderem erklärt, waren die Stimmen gerade im Begriff gewesen, sich Dank der Erfindung einer neuartigen Sprechmaschine von ihren Körpern loszusagen.

– »Man erzählte von einem Bischof, der zuerst das ganze Labor von Menlo Park nach einem Bauchredner absuchte, bevor er eine endlose Reihe alttestamentarischer Namen in das Sprachrohr des neu erfundenen Phonografen hineinschrie. Der Alte schrie in heiligem Zorn und so geschwind, daß man rein gar nichts mehr verstand. Schließlich habe er es aufgegeben, befriedigt der Stimme aus dem Phonografen gelauscht und erklärt, jetzt sei auch er von diesem Wunderding überzeugt. Es könne sich nicht um einen Schwindel handeln, da niemand im ganzen Land die heiligen Namen so geschwind heruntersagen könne wie er.«

– »Aber seine Biografen waren nicht nur naive Bewunderer, sondern auch unterwürfige Hunde. Sie haben ihn um seines Erfolgs willen umgelogen. Dieser heiligt allemal die Mittel, wenn nicht gar die Person. Ich meine die Legende – «

Dill nahm Schreibmaschine und Tonband und verließ sein Zimmer. Er beschloß, im Gewächshaus unten weiterzuarbeiten. Dort, am Ende des Gartens, standen ein Tisch und eine Liege. Dort unten in der Abgeschiedenheit, umgeben von Blumen und Kakteen, Tomatenstauden und Zitrusbäumchen, Feigen- und Orangenbäumen, Kräutern und Hanfstengeln, die von den Schwestern liebevoll gezogen wurden, wollte er sich das Band endlich anhören. Obwohl ihm die Stimme suggerierte, daß der Alte noch immer am Leben war. Das Schreiben über ihn war ein Anschreiben gegen diese Täuschung. Er mußte sich von Loder lösen, mußte die richtige Distanz herstellen, deswegen zog er ins Gewächshaus. In das

Schweigen der Pflanzen, in den von Marthe kaum zu bändigenden Wildwuchs, wo alles samte, schlingerte und wucherte. Alles gegen den Loderschen Geist der absoluten Künstlichkeit verstieß. Hier herrschte auch das richtige Licht, jenes Streulicht, mildes, milchiges Licht, das auch noch das letzte Härchen auf einem Pflanzenblatt hervortreten ließ. Jede Faserung, das kleinste Staubteilchen. Wo sich auch noch der dünnste Sonnenstrahl zu einem irisierenden Lichtbündel vervielfachte, wo das Licht an den Bruchstellen des Glases explodierte. Loder hätte dieses Licht nicht ertragen.

»Mit wem redest Du eigentlich die ganze Zeit?«
Mon und Marthe standen an der Eingangstüre des Treibhauses. Dill drückte die Stop-Taste. Gerade hatte er das Band an den Anfang zurückgespult und war im Begriff, sich Loders einleitende Bemerkungen anzuhören. Jetzt standen die Schwestern unter der Tür und grinsten.
»Seid ihr bekifft«, fragte er gereizt.
»Mitnichten, wir sind gar nicht vorhanden, wir sind nur Geister, das schwebende Soma von Tomatenstauden. Wir hörten ein fernes Getuschel und Gezischel in der Luft, und da haben wir uns aufgemacht, um die Geisterstunde nicht zu verpassen.«
»Wie seid ihr denn hergekommen? Steht ihr schon lange da?«
»Auf dem Besenstiel kamen wir geritten, das sind seit neuestem unsere Sitten«, kicherte Mon.
»Wir gehen spazieren, kommst du mit?«
Draußen wehte vom Meer her ein lauer Wind. Über dem Land lag die unwirkliche Milde eines späten Herbstes. Der Himmel war tiefblau, daß beinahe die Augen schmerzten.
»Du mußt achtgeben, wegen der vielen Stimmen«, sagte Mon. »Stimmen können gefährlich werden.«
»Warum?«
»Marthe, erinnerst du dich an unsere Hexe in Zürich? An die dreißigjährige Bankangestellte in unserer Straße, die eines

Tages ihre Wohnung angezündet hat. Die gute Frau hörte Stimmen, Tag und Nacht, Stimmen, die ihr sagten, daß in der Wohnung über ihr eine Hexe hause. Daraufhin setzte sie das Tischtuch in Brand, rannte aus der Wohnung und wartete auf der Straße seelenruhig auf das Eintreffen der Polizei. Vor Gericht hat sie dann erzählt, daß sie schon seit Jahren von guten und schlechten Stimmen besucht würde.«

Marthe bückte sich und hob einen abgerissenen Ast auf.

»Wenn es so stürmt wie heut nacht, dann brennen die Berge.«

Mon kletterte auf einen Baum und schaute zum Meer hinunter. Dill packte sie an den Beinen und versuchte sie herunterzuzerren.

»Spring«, rief er hinauf.

»Nein, warte. Ich sehe die Insel. Sieht aus wie eine dicke Kröte. Ein träges, faules Biest, das dämlich im Wasser hockt und in die Wellen glotzt.«

»Das Land hier unten muß brennen, es ist einfach zu trocken und zu windig«, sagte Marthe.

»Der Wind, der Wind, das himmlische Kind«, flüsterte Mon.

Langsam streifte Marthe durch den Wald, bückte sich hin und wieder, betrachtete eingehend eine Blume, steckte ihre Nase in einen Strauch oder hob einen Pinienzapfen auf, um ihn zu studieren. Wieder spürte Dill ihre Langsamkeit als eine Aufforderung zur genaueren Wahrnehmung auch auf ihn übergehen. Es war kein nachlässiges Trödeln, sondern eine geduldige Ausführlichkeit, mit der sie sich den Dingen näherte. Obwohl ihm schien, als halte sie immer wieder denselben Pinienzapfen in den Händen, war es jedes Mal ein anderer, der ihr etwas Neues über sich zu verraten schien. Auf diese Weise näherte sie sich den Dingen. Ihm schien, als bewegte sie sich in einer anderen Welt, in einer Region, die ihm verwehrt war. Und in dieser Region gelang es ihr, Herrin über die Zeit zu werden. Deren Ablauf schien sich ganz nach ihren Körperbewegungen zu richten. Das alles kam ihm so unmodern vor, daß er dachte, sie lebe vielleicht in einer ganz

anderen Epoche. Vielleicht hatten sich die Menschen in früheren Jahrhunderten ebenso ausführlich den Dingen zugeneigt.
Er blieb stehen, verschränkte die Arme hinter dem Kopf und horchte den Geräuschen des Waldes nach, die das ferne Rauschen der Brandung übertönten. Wieder versuchte er sich glücklich zu fühlen, aufgehoben im Augenblick, aber allein schon, daß er sich dies vornahm, bewirkte das Gegenteil.
»Man muß das Feuer lieben«, sagte Marthe leise, »um sich selber zu verbrennen. Man muß es kennen, muß es schüren können, damit es wärmt, überwachen, damit es nicht gegen den eigenen Willen ausbricht oder sich zu rasch verzehrt. Bewachen und umsorgen, damit es nicht, andersherum, erstickt. Was für eine Liebe, die da zwischen den Augen und dem Feuer entsteht. Welch innige Hochzeit, wenn – «
»Wenn was?«
Marthe stand mit offenem Mund da und hatte den Satz vergessen. Sie fuhr sich mit der Hand über die Augen.
»Was wolltest Du sagen?«
»Sie redet von diesem Schriftsteller, der sich verbrannt hat«, rief Mon vom Baum herunter.
»Ja, Dill erzählt so wenig, daß man sich alles selber vorstellen muß. Immer nur Andeutungen. Erst reist er Hals über Kopf ab, nach ein paar Tagen steht er plötzlich wieder da. Um kein Haar klüger.«
»Er sitzt im Gewächshaus, starrt Löcher in die Luft und hört immerzu dieses Tonband ab«, maulte Mon.
Dill zuckte mit den Achseln und berichtete knapp, was er gesehen hatte. Nicht das abgebrannte Haus, aber den Friedhof. Er schilderte das Verhör mit Lachat, erwähnte den Wirt Brönnimann. Die Schwestern hörten ihm aufmerksam, aber mit ungläubiger Miene zu, als erzähle er ein Ammenmärchen.
»Und wer ist nun der Täter?« fragte Marthe.
»Brönnimann«, rief Mon.
»Der Polizist«, behauptete Marthe.

»Beide zusammen, eine tolle Dreiecksgeschichte«, rief Mon.
»Was soll der Quatsch.« Dill begann sich zu ärgern.
»Aber ich merke doch, daß dir die Sache nachgeht«, besänftigte Marthe. »Du willst diesen Fall doch unbedingt lösen, aber wieder mal nur mit deinem Verstand. Typisch Mann.«
Dill fiel die Zugfahrt ein und die Überlegung, daß Loder schon lange vor seinem Tod ein Vergessener, aus dem Leben Verschwundener war.
»Die Lösung, nach der du suchst, liegt in dir selber«, meinte Marthe. »Der Polizist sucht nach dem Verbrechen, das ist klar. Der Wirt sucht nach einem Schuldigen. Aber du mußt nach den Gründen suchen.«
»Muß ich? Ich muß gar nichts.«
»Was willst du dann? Verstehe sein Leben, und du wirst seinen Tod verstehen.«
»Mein Gott«, rief Dill. Er geriet immer mehr in Rage. »Wenn man euch so zuhört.«
»Was dann?« rief Mon spitz.
»Ihr seid total daneben. Harmoniesüchtler, auf welchem Planeten lebt ihr eigentlich?«
»Hört hört, der Krieger reitet durch das Tor des Bösen«, rief Mon begeistert und kletterte vom Baum herunter.
»Jetzt hast du eine schlechte Ausstrahlung, ich spüre es förmlich«, sagte Marthe leise.« Es dringt ganz schneidend in mich ein. Ich kann mich fast nicht mehr rühren.«
»Marthe, du zitterst ja«, rief Mon ängstlich. Marthes Augen flatterten. Sie hatte die Sonnenbrille nicht auf. Sie wurde bleich.
»Du zitterst«, wiederholte Mon. »Wann hörst du endlich mit dem Trinken auf«, schrie sie plötzlich wütend.
»Du bist verrückt«, rief Marthe zurück, ging auf Mon zu und gab ihr eine Ohrfeige. »Was verstehst du schon vom Leben. Du verknotete Ringelnatter, du Beule einer Mißgeburt du.«
Mon heulte drauflos. Marthe bückte sich, nahm einen Stecken und schlug damit heftig auf Büsche und Sträucher ein.

»Ich liebe euch, beruhigt euch«, schrie nun auch Dill, »Ihr seid so unwahrscheinlich, so unverwechselbar. Oh ihr Wunderwesen aus fernen Zeiten.«
»Du Bockwurst, du Versager, du doofes Ei«, rief Marthe ungeachtet von Dill.
»Jetzt hat sie einen Anfall, mein Gott, warum säufst du so viel.«
Wutentbrannt begann nun auch Marthe zu schluchzen. Wie Blinde tappten die Schwestern aufeinander zu und fielen sich in die Arme.
Dill wurde dieses Theater zuviel. Er verabschiedete sich und setzte den Spaziergang in eine andere Richtung fort. Bald spürte er die Müdigkeit der Reise und setzte sich hin. Die Sonne warf ein gesprenkeltes Muster auf den Waldboden. Er starrte zum Himmel. In den Wipfeln der Bäume glänzte das Tageslicht. Und zwischen den Wipfeln lag der Himmel, leuchtend wie ein leerer Spiegel.
Mit einbrechender Dämmerung wurde ringsum alles still. Er glaubte, das Kriechen der Schatten über den Erdboden als schabendes Geräusch zu vernehmen. Über ihm, in den Dächern der Schirmpinien, begann es zu knallen. Knappe, nicht sehr laute, aber trockene Schüsse, wie aus Marthes Pistole. Er öffnete die Augen und schaute sich erschrocken um. In den Pinien saßen kleine, buntfarbige Vögel, deren Zwitschern sich wie das Platzen von Schoten anhörte.
Die Farben, tief in die Schatten eingelagert, wurden unruhig. Das Blau des Himmels blakte, als wollte es bersten.
Auf dem höchsten Punkt der Krete sah er wieder die Halbinsel, nun von einer anderen Seite. Friedlich lag sie in der Bucht, ihre Umrisse mit dem Horizont verwoben. An den Rändern glänzte das Meer dunkler als in der Mitte, so schwarz wie der Schatten, den die Insel um sich legte. Die Sonne tauchte die ganze Landschaft in ein unwirkliches Abendrot. Es ist ja nicht nur Kitsch, dachte Dill, es ist zugleich eine Explosion.

Die Landschaft wurde künstlich, das Licht entwirklichte die Szenerie. Er ging weiter und entdeckte hinter einem Hügel eine gleißende Halbkugel, die aussah wie ein großer Fußball. Eine Radarkugel. Und einige zehn Meter vor sich sah er tatsächlich den Stacheldrahtzaun, der das Militärgelände von der zivilen Landschaft abschnitt.
Ein Hubschrauber donnerte über ihn hinweg, er wich vom Hauptweg ab und gelangte in eine Villensiedlung. Sie war so unauffällig in den Wald eingebaut, daß er sie von oben nicht bemerkt hatte. In regelmäßigen Abständen stand ein Schild mit der Aufschrift ›Privé‹. Zwei- oder dreimal mußte er umkehren, weil der Weg vor einem Stacheldraht- oder Holzzaun abbrach. Der gleiche Boden und die gleichen Bäume und Sträucher wie im Wald gehörten nun nicht mehr zur Landschaft, sondern zu einem Grundstück.
Ebenso weglos abgetrennt war er sich vor dem Stacheldraht des Militärkomplexes vorgekommen. Auch dort hatte er keinen Menschen gesehen, sondern nur, durch die offenen Fenster eines Betontraktes, das summende Geräusch einer Maschine vernommen. Hier, im Villenghetto, entdeckte er zumindest einen Hund. Einen mittelgroßen, schwarzen Schäferhund, der gelangweilt um ein leeres Schwimmbassin herumtrottete und mit den Ohren wackelte. Auf dem Schild am Zaun stand ›Chien méchant‹, was er nicht nur mit ›bissig‹, sondern auch mit ›bösartig‹ übersetzte.

»Seit zwei Jahren warte ich geduldig auf den Schluß«, sagte Loders Stimme.
»Seit zwei Jahren, jawohl. Aber wie sagte doch Meister Eckhardt: Das Wort ist die Sprache, die aus dem Schweigen kommt und wieder dahin zurückmündet.«
Dill drückte die Stop-Taste und spulte zurück. Bei diesen Worten, so erinnerte er sich, hatte Loder mit dem Handrücken aufs Manuskript geklopft. Er hatte der Schreibtischschublade ein Etui entnommen und eine Brille hervorgezaubert. Schwarzer Holzrahmen, dünne Gläser. Die Brille, ein Modell der frühen sechziger Jahre, hatte ihm das Aussehen eines Lehrers gegeben.
– »wieder dahin zurückmündet. Über Jahre hinweg sammeln sich Notate und Skizzen. Man häuft einen Berg vor sich auf, ohne genau zu wissen warum. Dann, auf einmal, beim Durchlesen, schälen sich aufregende Zusammenhänge heraus. Die Tagebuchnotizen mit den Notaten über die eigene Befindlichkeit, Krankheiten, Unpäßlichkeiten, Verstimmungen und Depressionen, verbinden sich mit den Extrakten, die man aus der Lektüre gemacht hat. Wie immer merkt man erst spät, daß man seit geraumer Zeit mit seinem ganzen Sein und Denken hinter einer einzigen Sache her ist. Auch was einem scheinbar als zufällige Lesefrucht zufällt, entpuppt sich als eigener Gedanke. Man ist lange genug depressiv und liest eine Schrift über das Licht. Und auf einmal macht man die Entdeckung, daß Licht und Dunkelheit sehr eng mit dem eigenen psychischen Befinden zusammenhängen. Das Glück des Lebens liegt ja nicht in den schnellen Antworten, sondern in den richtig gestellten Fragen.«
Pause. Rascheln von Papier.
– »Eine Entdeckung ist mehr oder minder eine Art Zufall. Ein Mann geht auf einer Straße und will einen Zug erreichen. Unter-

wegs stößt sein Fuß auf irgend etwas. Und ... er sieht, daß ein goldenes Armband im Straßenstaub liegt. Er zog nicht aus, um das Armband zu finden, und doch ist dessen Wert genauso ... Genauso war es bei allen meinen Erfindungen. Der erste Schritt ist ein Einfall – und der kommt mir wie mit einem Knall, aber dann tauchen die Schwierigkeiten auf.

Hätte ich diese Sätze, vor Jahren notiert, nicht mit einer Quellenangabe gesichert, meine Vergeßlichkeit würde sie heute als die meinen verbuchen. Es ist dieselbe Schrift, was für ein Trost. Über Jahrhunderte hinweg bleibt die Schrift das einzige, weil gültige. Was tut's, daß diese Sätze von einem ganz anderen stammen, nämlich von Thomas Edison, dem berühmten Erfinder der Glühbirne. Überliefert wurden sie uns in den Aufzeichnungen seines Privatsekretärs Insull, eines äußerst bemerkenswerten Mannes, der Edison sehr nahe stand, zu nahe vielleicht.

– nach der Besichtigung einiger elektrischer Bogenlampen-Anlagen, die damals als das Modernste auf diesem Gebiet galten, war er von Grund auf fasziniert vom künstlichen Licht. Mit einem Schlag aber erkannte er auch die Problemlage. Anhand der Schwierigkeiten der elektrischen Energieverteilung ... mit geringem Stromverbrauch ... der Zukunft –.«

Das Magnetband knisterte.

– »Edison hielt mich hin. Es war ein winziges Erbe, von mir aus kaum größer als ein glühender Adamsapfel. Aber von der Dimension her unumstritten metaphysisch. Er raubte mir buchstäblich den Schlaf. Ohne ihn kein Gedanke, jedes Denken richtete sich auf ihn aus. Würde er heute leben, ich könnte mir keinen größeren Antipoden zu mir vorstellen. Keinen innigeren Verwandten. Les extrèmes se touchent, sagt man.«

– »Wer jedoch glaubt, Edison ließe sich auf eine historische Figur reduzieren, irrt. Edison ist ein System. Die sagenhafte Verbindung von Genie, hemdsärmelig, Wissenschaft, Skrupellosigkeit und Kapitalismus, in seinen Anfängen hemmungslos. Dazu gesellt sich das verkappt Libertäre. Am Kapitalismus interessiert mich seine Produktionsweise in einem entgrenzten Sinne. Er produziert ja nicht nur die Klassengesellschaft und sekundär die Verelendungstheorie von Marx, er reproduziert ad libitum die Epochen. Heute die fünfziger Jahre und morgen die Golden Twenties. Solcherart mutiert er alles, was Natur ist, in eine Potenz von Künstlichkeit. Seine Produktionsweise ist revolutionär; von Epoche zu Epoche fallen ihm die eigenen Grundparadigmata zum Opfer. Trat er als Ideologie des Individualismus an, kann man sich heute keinen radikaleren Gleichmacher unter der Sonne als ihn vorstellen. In diesem System hat auch Edison seinen Platz. Obwohl er es lebenslänglich vehement abgestritten hätte: er war immer abhängig von seinen Geldgebern. Doch hat er, wie uns sein Privatsekretär berichtet, diese Abhängigkeit dadurch verinnerlicht, daß er nur noch Dinge erfand, die sich kommerziell nutzen ließen. Mit absolut sicherem Gespür übrigens, wie man hinzufügen muß.«

Glucksen von Flüssigkeit. Loder schenkt nach.

– »nicht mehr über sich orakeln. Der Abscheu, der Ekel, der mich befällt, wenn ich über mich schreiben muß. Der Sturz ins Bodenlose. Das Ich hat sich längst aufgelöst, meine Lieblingsidee, ich weiß. Aber man darf sich mit dem Schreiben nicht vom Fortschritt abkoppeln, was denken Sie? –

Natürlich fahnde ich nach den speziellen Umständen der Edisonschen Produktion. Welche Auswirkungen beispielsweise hatte der Gehörschaden, den sich der junge Edison zuzog, auf den weiteren Gang seiner Erfindungen? Was spielte die Angst vor der Dunkelheit für eine Rolle? – Bereits mit 22 Jahren, also 1869, gründete er eine eigene Firma. Die Erfindungen hatten ihn nicht nur berühmt, sondern auch steinreich gemacht. Jeden zehnten Tag eine kleine Erfindung und eine große Sache alle sechs Monate, hat er seinem Sekretär versprochen. Jedenfalls wurde aus dem verbissenen Herumtreiber bald ein seßhafter Millionär, der nur noch in den besten Kreisen verkehrte. Bei den nur so ins Jahrhundert hineinpurzelnden Weltausstellungen feierte er einen Triumph nach dem anderen. Dennoch war ihm, wie sein Privatsekretär Insull berichtete, im Grunde genommen die ganze Festerei ungemein zuwider. Er war ein Volksheld, und seine Geburtstage wurden wie die eines Nationalhelden gefeiert. Aber seine Person gab nicht nur Licht, sondern warf auch gehörig Schatten. Die Erfindung des drahtlosen Telegrafen, des Phonografen und der Glühbirne – vielleicht ein Segen. Aber es gab auch Experimente mit Röntgenstrahlen, die zu schweren Verletzungen der Versuchspersonen führten. Edison anerkannte keine Grenzen. Er überschritt sie in dem Glauben, damit der Menschheit zu dienen. Die Epoche folgte ihm willig in diesen Immoralismus hinein. 1915 schlug er der amerikanischen Kriegsmarine den Bau eines Labors zur Entwicklung neuer Waffensysteme vor. Er konstruierte Abwehrwaffen gegen U-Boote. Alles, die Waffensysteme und der Telegraf, der Phonograf und das künstliche Licht, entstammten ein und demselben Kopf. Diesem Kopf, der mehr als jeder Denker, Philosoph oder Schriftsteller die Welt veränderte – «.

Dill saß im Gewächshaus, studierte die Pflanzen und hörte das Lodersche Band ab. Meist denselben Ausschnitt, den Anfang. Als er sich endlich soweit hatte, um die erste Zeile zu Papier zu bringen, hörte er Mons Stimme. Resigniert legte er, wie schon viele Nachmittage zuvor in diesem Gewächshaus, den Stift aus der Hand.

Mon setzte sich auf die verrostete, quietschende Gartenschaukel. Sie wartete, bis er sich zur ihr umdrehte. Sie weiß, dachte er, daß sie mich nicht stört, sie hat mich wohl lange genug beobachtet um zu glauben, daß ich nichts anderes tue als Zigaretten drehen, an den Fingernägeln kauen und in der Nase bohren.

Er wußte nicht, was sie im Schilde führte. Schließlich begann

sie damit, ihm wieder einmal einen Traum zu erzählen. Einen der Träume, die sie Marthe am Frühstückstisch vorenthalten hatte.
»Der Traum spielt in Paris«, erklärte sie, »in einem Hotelzimmer in Paris. In einem schäbigen Loch in einem verrufenen Quartier. Wir beide waren nach Paris gereist, um Marthe zu entkommen.«
»Soo«, sagte er und gratulierte ihr heimlich für diese glänzende Idee.
»Wir lagen im Bett – «
»Schlafend?«
»Umschlungen.«
»Nackt und umschlungen?«
»Umschlungen, klar. Draußen tobte der Stadtlärm, der Verkehr, die Menschen auf der Straßen. Es war schon dunkel und als ich aus dem Fenster blickte, bemerkte ich auf einmal ein Feuer, das im gegenüberliegenden Haus ausgebrochen war. Der Lärm kam von der Feuerwehr, von den im Haus Eingeschlossenen, die um Hilfe riefen.
Wie ich die aus dem Fenster schlagenden Flammen sah, wollte ich aufstehen, meine Sachen zusammenpacken und schleunigst verschwinden. Aber irgendwie war ich wie gelähmt und konnte nicht einmal mehr meine kleine Zehe bewegen. Ich starrte auf das Unglück draußen, da begannst du dich über mich herzumachen. Zuerst hast du mich gestreichelt, aber als du sahst, daß ich mich nicht mehr rühren konnte, hast du die Situation regelrecht ausgenützt.
Statt unsere Siebensachen zusammenzusuchen fingst du an, mich überall zu streicheln. Je schlimmer die Situation im anderen Haus wurde, desto gieriger hast du dich über mich hergemacht. Während ich die brennenden Leiber sah, die sich wie Fackeln aus den Fenstern stürzten, spürte ich deine nasse, hündische Zunge überall auf meiner Haut. Ich schrie dann auf, vor Angst, und du heultest vor Lust. Es war schrecklich, grausam, wie du dir denken kannst, und du hast nicht eher

von mir gelassen, bis ich schweißgebadet in meinem Bett aufgewacht bin.«
Mon machte ein wütendes Gesicht, jedenfalls riß sie hastig Blätter von den umliegenden Stauden, die sie zerfetzte und zerbröselte.
»Aber was kann ich für deinen Traum. Tut mir leid.«
»Braucht dir nicht leid zu tun«, fauchte sie.
Sie stand auf und gab der Schaukel einen Tritt, daß sie quietschend hin und her schlingerte. Dann nahm sie die Kassette mit Loders Stimme aus dem Rekorder und schleuderte sie in Richtung der Schaukel, zog aus der Tasche ihres Jupes eine andere Kassette und legte sie ein.
»Lauren Newton.«
Eine Frauenstimme, die sofort laut und energisch zu schreien begann. Rhythmische, haarnadelspitze Schreie. Ein Minenfeld, kahle Angst und Leidenslust, dachte er, als sie ihn schon auf die dünne Liege heruntergeschmust hatte und ihren Jupe hochzog. Überrumpelt hatte er sich neben sie gerollt und einen Augenblick überlegt. Aber sie ließ ihm keine Zeit, krallte sich stöhnend in seinen Haaren fest, und öffnete ihm mit der anderen Hand den Hosenbund. Die Newton sang Koloratur, tänzelte operettenhaft und in lockerer Umarmung mit dem Vibraphonisten auf waghalsiger Höhe. Dill starrte an ihrem Gesicht vorbei auf die wallenden, fleischfarbenen Blätter. Zum ersten Mal sah er das Pflanzengewühl von unten, die fettigen langen Stiele, die aus den Töpfen wuchsen, und die stäubenden, pollenschweren Blüten mit den saftig knackenden Blättern. Er griff nach Mons Brüsten, kleinen, rundlichen Brüsten, Äpfelchen mit harten Nippeln, an denen er Halt suchte. Ein Stein unter der Matratze zwang ihn, sich auf die Seite zu drehen. Er folgte weiter dem Newtonschen Stiegentanz, Vokalgeflatter die Tonleiter hinauf und hinunter, die nackte Hysterie im Dschungel der wogenden Blätter und Stiele.
Sie setzte sich rittlings auf ihn, zog ihren Jupe wie ein Cape

von den Hüften und warf ihn auf einen in der Nähe wachsenden Feigenkaktus. Der Kaktus knickte ein, die Stimme imitierte klopfend und klackend das Schlagzeug, hinauf und hinunter, Dingdigeding Dingdigedang, und rollte ihre ganze Lust kehlig heiser über die Zunge.
Er bekam ihren Hintern zu fassen, faßte ihn fest, vergaß alles und fuhr mit seinen Fingern über ihre sanfte Haut. Ein kleiner, fester Arsch, das war ihm schon immer verlockend vorgekommen. Nie hatte er das männliche Hingerissensein von großen, glockenhaften Brüsten nachempfinden können. Dieses die feuchte Stirn in Fleischwülste hineinreiben müssen. An Mon liebte er gerade ihre kleinen, wilden Brüste, ihre weiche Haut und ihre Geschmeidigkeit, die ihr etwas Animalisches verlieh. Das Helldunkel der Haut, die knappe Entblößung zwischen Kleidungsstücken. Mit seinen acht Sinnen grub er sich in diese Wollust ein, bis er nur noch ihren runden Arsch spürte und den Rest vergaß.
Einen Augenblick ließ er von ihr ab und versuchte sich zu entspannen. Der Vibraphonist verlegte Teppichstücke und schlich auf Samtpfoten über gepflegte Flure von Luxushotels. Auf einmal kam Dill Mons Traum in den Sinn, und er wußte, es ging nicht um ihn, die Frau probierte ihre Leidenschaftlichkeit an ihm aus, ihre Selbstverliebtheit.
Sie aber mißverstand sein ruhiges Daliegen und stürzte sich mit unerwarteter Vehemenz auf ihn. Während sie sich an seinem Glied zu schaffen machte, strampelte er wie ein Häftling in seinen Hosen, die sich ihm um die Waden geschlungen hatten. Wie eine nasse Seife glitt ihr sein Glied weg, aber er konnte es nicht steuern, zumal seine Beine jeden Dienst versagten. Verzweifelt betrachtete er ihr erhitzes Gesicht.
Die Newton krächzte weiter, aber es klang wieder wie Todesschreie. Er klammerte sich noch einmal fest an ihre Brüste, da es ihm vorkam, als stürze er andauernd aus dem brennenden Haus in die Tiefe. Schluchzend neigten sich die Blätter über

seine untere Hälfte, Mon stöhnte auf, sei es aus übertriebenem Verlangen, sei es, weil sie die Vergeblichkeit ihrer Bemühungen einzusehen begann.
»Geht nicht«, sagte er flehend und ließ den Kiefer hängen. Die Newton stockte und wechselte ausgerechnet jetzt das Timbre, wurde stiller.
Mon schien sein Flehen nicht zu verstehen und wühlte sich hingebungsvoll in seinen Unterleib.
Leise begann er zu schimpfen. Es gelang ihm hochzukommen, er zerrte an seinen Hosen und brachte sie immerhin auf Kniehöhe. Dann schlurfte er zum geknickten Feigenkaktus, entfernte ihren Jupe und richtete das Stachelgewächs auf, das jedoch sofort wieder einknickte.
Böse starrte er Mon an, die noch immer halb entblößt und mit aufgeknöpfter Bluse dalag. Sie hatte die Hand auf ihren Bauch gelegt, betrachtete Dill voller Verwunderung, weder mit Spott noch mit Hohn. Er aber fühlte sich regelrecht zerschnipselt und zerhackt, vor allem von der Newton.
Als Mon gegangen war, riskierte er einen mitleidigen Blick an sich herunter. Ziellos stapfte er im Gewächshaus herum, griff da und dort nach einem Stiel, riß einen Dorn aus und steckte ihn sich in den Finger. Dann vernahm er ein merkwürdig knackendes Rauschen. Wie ein kleines, prasselndes Feuer. Er ging zum Schreibtisch. Es war das Band, das, jetzt ohne Musik, knisterte.

Am nächsten Tag fuhren sie zusammen einkaufen. Das Licht flachte die Hänge an der Südseite ab und schob die Schatten weit in die Ebene. Die Hügel unter dem wolkenfreien Himmel reckten sich wie Fäuste empor, braune, zähe Fäuste, die aus der Erde drohten.
Auf einem weiten, von Grünflächen eingerahmten Platz fuhr Marthe den Wagen mit Schwung in eine Parklücke. Das längliche Gebäude des Einkaufscenters stand mitten in der Talsohle, wenige Kilometer von der nächsten Ortschaft und den

Buchten und Stränden entfernt. Vor dem Eingang glitzerte eine Schlange von ineinandergeschobenen Einkaufswagen in der Sonne.
Jeder nahm sich einen solchen Wagen und steuerte damit auf die mit blinkenden Leuchtbirnen gerahmte Eingangstür zu. Ein unübersehbar großes Plakat mit einer gebratenen Schweinsrolle und einer – noch auf der Abbildung deutlich fetttriefenden – Portion Pommes frites warb für eine Imbißstube im Innern der Einkaufspassage. Auf einem anderen Plakat war eine Familie zu sehen mit verschiedenfarbig leuchtenden Badekappen, auf denen die weißen Preisschildchen klebten, der Preis in Francs. Die Familie stand im Badetenue im Becken des Schwimmbads, das ebenfalls nur durch das Einkaufscenter zu erreichen war. Auf der Eingangsschwelle lag eine feine Schicht vom Meer hergewehten Sandes. Der Sand und die trockenen, vom Wind über den Asphalt getragenen Flechten knirschten unter den Schuhen.
Mon stopfte sich gebrannte Mandeln in den Mund und starrte auf einen Esel, der in einem vor den Kassen aufgebauten Stall vor sich hinkaute. Das Holz des Stalles war aus gefärbtem Plastik, das gelbe Stroh, das der Esel fraß und die duftenden Äpfelchen, die er hinter sich anhäufte, schienen echt zu sein. Mon ging um den Stall herum und entdeckte auf der Rückseite eine Kinderkrippe. Joseph hatte den Blick eines Scheintoten, und Mon fürchtete, er könnte im nächsten Augenblick lebendig werden und zu sprechen beginnen.
Ein purpurrot gewandeter Weihnachtsmann wackelte grinsend mit dem Kopf hin und her und schwenkte mit einer mehr drohenden denn gütigen Gebärde seine mit Schokolade und Apfelsinen behängte Rute auf und nieder. Ein unaufdringlichsanftes Stillenachtheiligenacht spülte die Kunden durch die Halle.
Im knöchellangen Faltenjupe und zu allem entschlossen, jagte Marthe mit ihrem Gitterwägelchen durch die Straßen zwischen den Lebensmittelregalen. Ovomaltine, Haferflocken,

Cornflakes, Nüsse; in großen, explosiv aussehenden Fässern Milchpulver aus der Schweiz. Verhärmt und kugelrund lagerten die exekutierten Weihnachtsgänse, die ordensgeschmückten Truthähne neben den proletarischen Suppenhühnern mit den blauweißroten Schärpen. Masthähnchen mit Gummikratzfüßen im blassen Glast des Neon. Dill legte eine ausgestreckte Hand auf einen der nackten Bäuche, dabei kam ein viereckig Gefrorenes aus seiner Lage, rumpelte über die knotenharten Brustfließe der Genossen und knallte ihm dumpf vor die Füße. Sich seiner erbarmend legte Dill es in seinen Wagen.
Vor Gebirgen aus Edamer und sahnigem Gorgonzola, weichem Brie und schwartigem Conté lümmelte verloren Mon.
Die Verkäuferin hinter dem Tresen glich auf verblüffende Weise Miou-Miou. Selbstvergessen strich sie den Quarkkäse in einer Dose glatt. Auf den Scheiben des Tresens erschienen noch einmal die Hügel draußen wie harte, drohende Fäuste. Marthe steckte sich ein paar schwarze, hauchdünne und mit Halbmonden besetzte Nylonstrümpfe unter den Faltenjupe.
Melancholisch hob Dill seinen Blick vom Regal mit den Lippenstiften, Deodorants und Damenbinden nach oben und bemerkte erst jetzt, daß sich unter dem mit einer massiven Eisenkonstruktion verstrebten Dach ein ganzer Schwarm munterer Vögel tummelte. Er entdeckte sogar einen schlüpfrigen Salamander, der über die Teigwarengestelle huschte. Am Boden lag eine dünne Schicht gelben Sägemehls.
Zufällig fiel sein Blick auf Mons Füße, die hinter den Weingestellen in nagelneuen Sandalen herumtrippelten. Marthe wog eine Kokosnuß in der Hand und neigte ihren Kopf dabei den Uhren zu, die, verführerisch drapiert, in verschiedenen Zeiten tickten. Ein paar Meter weiter erbrach ein Kind auf einem schaukelnden Elefanten sein Mageninneres fleischfarben über die Crêpe-de-Chine-Bluse seiner Mutter. Erschöpft ließ sich eine dicke Frau in eine Polstergruppe sinken, während

ein Papagei mit energisch-krächzender Stimme Billigstangebote durchsagte.
Kinder drängelten sich nasebohrend vor einer Ausstellung mit Amethysten, Opalen und Muscheln. Eines naschte reihum aus allen Keksbüchsen und wurde von einer Verkäuferin geohrfeigt. Marthe ließ einen teuren Füllfederhalter in ihr Decolleté rutschen und schob eine Schachtel Pralinen ins Mantelfutter. Dill tauschte gerade sein Hähnchen gegen eine Lammkeule ein, als sein Blick auf eine Schöne in engen Lederhosen fiel. Sie kam ihm mit vollem Wagen entgegen und sah ihn traurig an. Hinter ihrem Rücken tauschte er noch einmal die Lammkeule gegen Forellen um und folgte ihr einige Gestelle lang.
Auf dem Parkplatz packten sie alles ins Auto. Es war inzwischen dunkel geworden und die Hügel waren verschwunden. Der Wind trug weiter den Meersand über die Schwelle. Stück für Stück zogen die Räuberbräute die gestohlenen Sachen aus den Kleidern und lachten.
Am nächsten Tag verließ Dill das Haus der Schwestern und machte sich auf den Weg zur Halbinsel. Bis zum Meer hinunter war es zu Fuß eine gute halbe Stunde. Der Weg führte durch Korkeichen- und Schirmpinienwälder. Die Bäume bildeten ein dichtes Dach, durch das die Farbe des Himmels nur in Sprenkeln sichtbar wurde. Aber auch ohne den Himmel, ohne Hinweis auf das zu erwartende Wetter, wurde Dill von der Landschaft ganz in Beschlag genommen. Die Düfte und Gerüche und das trockene, schon staubige Laub versetzten ihn bald in eine heitere Stimmung. Er dachte wieder an Loder, an seine Sätze, als könnte er ihn damit auf seine Äußerungen reduzieren. So, wie sich seine Seele von seinem Körper getrennt haben mußte, so hatte sich für Dill nun die Stimme von ihrem Körper losgesagt. Loder bekam mehr und mehr eine unkörperliche Präsenz, die Dill von allen Seiten her zu umstellen drohte. Hinter Loders Äußerungen lauerte unmerklich eine Verzweiflung. Ohne seine

theatralischen Gesten gewannen seine Sätze zunehmend an Erschütterungskraft. Und Dill war auf eigentümliche Weise erschüttert.
Dafür löste er sich vorsichtig von Mon. Vorübergehend spürte er noch einmal den Druck in sich, einen leichten Schmerz, der seinem Versagen entsprang. Vielleicht hatte die Leidenschaft ihren Aggregatszustand gewechselt und war zu einem Gefühl geworden.
Immerhin fühlte er sich frei. Erst wenn er über sich ins Grübeln kam, kehrte die Bedrücktheit wieder. Er wußte nur, daß er nichts abgeben und nichts darstellen wollte. Seine Vorstellung vom Leben vertrug sich nicht damit. Er wollte nicht immerzu Ich sagen müssen. Nicht überall gerade stehen für sich, noch dem Bild entsprechen, das andere sich von ihm machten. Am liebsten hätte er sich als Passage für seine Gedanken und Gefühle gesehen. Am liebsten wäre er unbeständig und wechselhaft gewesen, zu verwechseln. Nicht mehr haftbar zu machen.
Am Strand unten trat er aus dem Baumdach heraus und zog Schuhe und Socken aus. Als er sich wieder aufrichtete, sah er in der Ferne den Gipfel der Halbinsel, verschattet, als wuchere ein nasser Urwald am Fels. Der mit dem Festland verbundene Sockel, die Halbinsel, war von einer vorspringenden Felsnase verdeckt. Nur von oben, von den Hügeln aus hatte er die Halbinsel in ihrer ganzen Ausdehnung gesehen, jedesmal in einem anderen Licht. Auf seinen Spaziergängen war sie ihm zu einem Fixpunkt geworden, an dem er sich orientierte, und in seinem Kopf zu einer fixen Idee, sodaß er sich entschlossen hatte, die Halbinsel zu erkunden.
An einigen Stellen funkelte das Wasser, weil Sonnenstrahlen die Wolkendecke durchbrachen. Das Bild der gelöcherten Wolkendecke brachte ihn sofort auf das Ozonloch, das sich wissenschaftlichen Berichten zufolge immer mehr und gefährlicher vergrößerte. Nicht einmal hier konnte man sicher sein, etwas ganz und gar Gesundes zu tun. Vielleicht müßte

das Spazieren im Freien bald verboten werden. Oder man müßte zum Ausgehen anstelle eines Regenschirms einen Ozonschirm aufspannen. Das Meer war mausgrau, als sperre es sich gegen das Bewundertwerden. In der Bucht reihten sich Badekabinen aneinander, die den Strand bei Sommerwetter sofort in eine splendide Promenade verwandeln würden. Auf der anderen Seite lag mannshoch und aufgeschossen ein kilometerlanges Schilfwäldchen. Die trockenen Blätter schabten aneinander wie Häute.

Plötzlich traten drei Männer aus dem Schilf. Ein langer Schlaksiger, in der Mitte ein halbwüchsiger Algerier und neben ihm ein bulliger Kerl mit hochgezogenen Schultern. Der Schlaksige knöpfte sich den Hosenlatz zu, während der Bullige dem Algerierjungen eine Zigarette anbot. Es war nicht das erste Mal, daß Dill auf ein solches Grüppchen stieß. Die Männer trafen sich hier unten mit verblüffender Selbstverständlichkeit zu einem Schnellfick und verschwanden danach wieder im Wald. Gerade dieses Niemandsland, dieser letzte Zipfel des Staates, schien solche Begegnungen zu begünstigen.

Barfuß trat Dill ins Wasser. Unter seinem Tritt trieb der Sand weg, die Strömung zog die Füße ins Meer hinaus. Er mußte sich aufrichten, sich mit dem Körpergewicht gegen den Sog stemmen. Er spürte das Meer; es brandete gegen ihn, es hätte ihn gern hinausgenommen.

Am Horizont lagen Schiffe, Frachter und Schleppkähne unterwegs nach Somalia und Tunis, Dampfer mit dem Ziel Monrovia.

Eine ins Meer vorgeschobene, zerklüftete Felszunge zwang Dill, einen höher gelegenen und sich weiter vom Ufer entfernenden Weg einzuschlagen. Er kletterte eine steinige Böschung hinauf – der Weg verlor sich aus unerfindlichen Gründen – und hörte hinter sich auf einmal ganz nah das regelmäßige Aufschlagen der Brecher auf den Klippen. Die Landschaft fesselte seine ganze Aufmerksamkeit, und es kam ihm vor, als spiele sie etwas Dramatisches gegen ihn aus. Selbst das Meer, er hatte das noch nie so intensiv erlebt, wechselte innert Minuten Aufzug um Aufzug, lag mal friedlich und bleiern, dann wieder von Lichtflecken und Strichen geriffelt und von heftigen Böen aufgerauht vor ihm. Und doch war es immer das gleiche Meer, ein Bild für Gedächtnislosigkeit, für eine Lust, ohne Schwere zu denken, ohne Gedächtnis sich inne zu werden.

Hinter der Felsenzunge öffnet sich ein schmales Tal mit einer Wiese; das langgezogene, halb zerfallene Gebäude mußte das ehemalige Zollhaus sein, von dem Marthe erzählt hatte, es habe während des Krieges als Gefängnis gedient. Jetzt campierten hier Zigeunerfamilien, hatten ein Feuer angezündet und zwischen den Mauerresten Wäscheleinen aufgespannt. Auf eine undefinierbare Weise war hier alles nur noch Vergangenheit. Oder ein Stück Zukunft. Ein Ende der Zivilisation. Herumliegende Geräte, Abfall, die Menschheit ausgelöscht bis auf die wenigen Überlebenden, die wieder als Nomaden begannen. Begann hier der letzte Abschnitt der Geschichte, oder endeten hier ganz einfach die Träume von Mon und Marthe?

Von der Zigeunersiedlung aus gelangte er zur Halbinsel, die jetzt immer entschiedener das Aussehen einer liegenden Frau annahm: der Hinterkopf lag im Wasser, eine Brust wölbte sich vor, die jetzt gut sichtbaren, auf das Festland zulaufenden Beine waren von gleißendem Sand und an den Rändern angeschwemmtem giftgrünem Seetang überzogen.

Dill nahm sich vor, auf einer Anhöhe eine Rast einzuschieben, um dann in einem großzügigen Bogen durch das Hinterland zum Haus der Schwestern zurückzukehren. Es war für heute zu spät, um noch auf die Halbinsel hinauszukommen. Kurz nach Einfall der Dämmerung wollte er zurücksein.

Zwischen ihm und der Halbinsel lag nur noch diese schmale, sandige Landzunge. Beidseits der flach gegen das auflaufende Wasser abfallenden Bank türmte sich der Seetang. Er setzte einen Fuß um den anderen in den weichen Sand, sank tief ein. An ein rasches Fortkommen war hier nicht mehr zu denken. Faul lag das Meer in der Bucht, kein Wind wehte, die Sonne stach noch immer. Er hielt eine Weile inne, um mit langsamem Blick den Horizont auszumessen und ein Gefühl der Weite herzustellen. In der Ferne machte er einen winzigen mauerroten Fleck aus: das Haus der Schwestern.

Auf einmal jedoch spürte er, daß er nicht mehr allein war. In seinem Rücken war irgend etwas, das die Luft bewegte. Mit einem flüchtigen Stich in der Schulter drehte er sich um und bemerkte einen großen schwarzen Hund, und im selben Augenblick sah er, daß der Hund auf ihn zuraste. Mit einem Schlag sackte alles weg, die Farben verblichen, der Horizont zerbrach. Alles passierte sehr schnell und dennoch schien die Zeit zu stocken. Der Hund war bis auf ungefähr zwanzig Meter an ihn herangekommen, machte beim Laufen immer höhere Sprünge und fletschte das nasse Maul.

Dill sank tiefer in den Sand. Der Hund kam vom Festland her und schnitt ihm den Rückweg ab, roch seine Angst. Es nützte nichts mehr, irgendwelche Faxen der Überlegenheit zu machen. Dill haßte Hunde, weil sie eine Angst in ihm auslösten, gegen die er schon immer wehrlos gewesen war. Es gab nichts, nicht einmal eine Schuld, die er gegen das Tier einhandeln konnte. Außer vielleicht der uralten, selbst kein Tier zu sein. An der Entschlossenheit der Bewegungen erkannte Dill, daß der Hund kein Territorium mehr hatte. Er und der Hund befanden sich beide auf fremdem Gebiet. Es gab nichts zu verteidigen als die eigene Haut.

Dill bückte sich blitzschnell, krallte seine Hand in den Sand, griff nach einem Stein.

Der Köter stoppte sofort. Als wäre ihm eine Leine übergeworfen worden. Er tobte zwar weiter, rückte indessen nicht mehr vor. Er spitzte seine langen Ohren und legte sie nach vorn, aber vielleicht kam es Dill auch nur so vor, weil der Hund den Kopf senkte.

Schwitzend vor Angst ließ er den Hund noch etwas näher kommen. Erst dann erhob er sich und holte aus. Der Hund zuckte zurück, zog seinen Kopf nach unten und musterte Dill von der Seite, wie mit einem Auge. Widerspenstig duckte er sich und winselte, als erhielte er Schläge in den Nacken, warf dann den Oberkörper auf und tänzelte wütend und ängstlich zugleich auf den Hinterläufen. Einen Augenblick lang erschien er Dill wie ein aus mehreren Leibern zusammengesetzter, vielköpfiger Zerberus, dessen tiefschwarzes Fell gefährlich glänzte.
Zögernd ging Dill einen Schritt zurück; jaulend und eigentümlich schniefend lief das Tier in einem Halbkreis um ihn auf und ab. Es zog immer größer werdende Schlaufen. Dill entfernte sich langsam. Aber er ging in die falsche Richtung; er ging auf die Insel hinaus und der Hund folgte ihm in einigem Abstand.
Schließlich trat er dort, wo das Land am tiefsten gegen das Meer hin abfiel, auf die eigentliche Halbinsel hinaus. Nach kurzer Zeit tat sich vor ihm eine Weggabelung auf: ein unwegsamer, steiler, durch das Gebüsch und Gestrüpp geschlagener Pfad, der wie mit einer Schnur über den Kamm gezogen war, und ein geduldigerer Weg, der auf halber Höhe um den Inselkörper führte. Er wählte diesen Weg, da ihm der Hund auf dem Steilpfad eindeutig überlegen gewesen wäre, und er hoffte, daß es von der Stirnseite der Insel aus eine Aufstiegsmöglichkeit zum Gipfel gäbe.
Er konzentrierte sich auf den Weg, aber die Schönheit der Halbinsel war wie weggewischt. Das Hecheln, das er in seinem Rücken erwartete, ließ das Leuchtgrün der Mimosensträucher verblassen.
Allerdings kam er zügig voran. Wiederholt blieb er stehen und überzeugte sich davon, daß der Hund verschwunden war. Er bemerkte den trockenen, kühlen Levante – nach der Angst kehrten als erstes die Wörter wieder. Und nach den Wörtern die Aufmerksamkeit. Der Levante! Er reinigte die

Luft, machte das Meer gläsern und trug die Wolken, deren Schatten auf der Meeresoberfläche wie Flügel von Riesenvögeln erschienen, ostwärts.
Da brach der Weg ab. Dill machte ein paar Schritte zurück, suchte nach einer Abzweigung. Nicht zu weit zurück, man konnte nicht wissen. Aber es gab keine andere Möglichkeit. Vor ihm die Schlucht, in der tief unten die Möwen schrieen. Gurgeln und Sausen. Er drehte sich zum Gipfel um, der, ins Sonnenlicht getaucht, wie zum Greifen nah über ihm leuchtete. Fluchend wünschte er sich weg. Wäre jetzt am liebsten bei jenem roten, braunroten, mauerroten Fleck gewesen. Im Gewächshaus.
Kaum fünf Meter weiter oben verengte sich die Schlucht zu einem Spalt. Er band sich den Pullover um die Hüften und hangelte sich an den Büschen hinauf. Er fühlte sich schwindlig werden, die Kletterei war nicht seine Sache. Die Schweizer Alpen, bei Föhnwetter durch die Windschutzscheibe seines Wagens gut sichtbar, hatten ihn nie sonderlich gelockt. Er wollte nichts bezwingen, mußte sich seiner Existenz nicht durch Gipfelstürmerei versichern. In den engen Tälern, wo das Alpenmassiv tonnenschwer auf das Gemüt drückte und jene berüchtigte Schweizer Engstirnigkeit hervorrief, kamen ihm nur Todesphantasien.
Er war nur noch eine Armlänge vom Spalt entfernt. Er mußte springen. Er atmete mit offenem Mund und vernahm ein Keuchen. Es war sein eigenes Schnaufen. Er spürte, daß er einen Körper hatte, klamme Glieder und einen schweren Rumpf, den er im Gleichgewicht halten mußte. Er sehnte sich nach Ebenen, Feldern und Wäldern. Straßen, Plätzen und Wüsten. Er war ein Mensch der Ebene. Er liebte das freie Licht. Das die Ebenen weit aufriß.
Vor dem Spalt jedoch kehrtzumachen gestattete er sich nicht. Und wie sollte er am Hund vorbeikommen? Er sprang.
Saß im Gras auf einer Lichtung mitten am Hang, den Rücken zur Schlucht.

Die Sonne lag flach am Himmel, sein Gesicht brannte. Gelbe Schmetterlinge torkelten wie kleine, gefaltete Papierschnitzel im Wind. Er schälte langsam eine Orange. In seinem Kopf verwandelte sich die Entfernung zum Haus der Schwestern in Stunden – ihm war, als sei er schon Tage unterwegs.
Kurz vor dem letzten Anstieg spürte er die Euphorie. Im Rückblick entpuppte sich die schroffe, unbegehbare Felsseite als schöne Form. Die Zacken der Steine waren wie der Rükken einer Echse. Erkaltetes Blei. Ein Wind zog durchs strähnige Gras, und er fühlte sich der Zeit enthoben. Bis zur obersten Krete waren es schätzungsweise nicht einmal hundert Meter. Er wußte sich nun sicherer, da der Hund ihm kaum über den Spalt der Schlucht nachsetzen würde. Eine Strecke weit noch gelang es ihm vorwärts zu kommen, indem er die Dornzweige, die sich in seinem Pullover festhakten und ihn stachen, zur Seite schob.
Versuchte er jedoch schneller zu gehen, rissen die Stacheln seine Haut auf und zurückwippende Äste schnellten gefährlich nahe an seinem Gesicht vorbei. Schließlich überragten die Sträucher seinen Kopf und bildeten eine Mauer um ihn herum. Er kam nicht mehr weiter. Er ruderte, fuchtelte mit den Armen und riß sich dabei die Hände auf. Er spürte die Rippen, die mit jedem Atemzug auf den Boden drückten, hörte seine scharrenden Füße. Sein Magen krampfte sich zusammen. Er mußte eine Pause einlegen, er durfte jetzt nicht in Panik geraten. Er schmeckte das Blut, das von einer Schramme auf der Wange auf seine Lippe tropfte.
Erschöpft legte er sich auf den Boden, um auszuruhen. Mit knappen, genauen Bewegungen wollte er sich durch den schmalen, dornenfreien Korridor hindurchrobben.
Im Ausruhen spürte er die Wärme der Erde. Er kroch in ihren Geruch hinein wie in eine Höhle, einen Höhlenbau, der sich verzweigte in Blütendüfte, Harze, Efeu, Eukalyptus und Wurzelgeflecht. Langsam döste er ein. Wohlig preßte er sein hartgewordenes Glied in eine Erdkuhle und begann zu reiben.

Mit dem Arm hatte er einen Ameisenhaufen aufgewühlt. Es wimmelte vor seinen Augen. Die Ameisen krochen über ihn hinweg, krabbelten über seine Arme, seinen Kopf, seine Beine. Kamen sie aus seinem Mund heraus oder flossen sie in ihn hinein? Fäden, Schnüre, die wie Zeichnungen, Zeichen, bewegliche Buchstaben in seine Erschöpfung drangen.
Auf dem Gipfel sausten die Winde. Ihm war, als müßte er von hier aus alles sehen können, den halben Erdkreis, das Ende des europäischen Kontinents, vielleicht sogar die Küste von Afrika. Aber unter ihm lag nur das Meer, blank wie ein Spiegel. Er spürte das Verlangen, etwas zu sagen, um seine Stimme zu hören.
Aber das Windessausen war so laut, daß er schreien konnte, ohne etwas zu hören. Er schaute aufs Festland zurück, aber das Haus der Schwestern war verschwunden.

Kurz nach Mitternacht hatte er sich mit Loder auf den Heimweg gemacht. Das einzige, woran er sich jetzt noch entsinnen konnte war, daß Loder erneut die Abkürzung durch den Wald gewählt hatte. Er war so betrunken gewesen, daß er erst wieder in der Nähe des Hauses zu Sinnen kam. Schnurstracks war Loder über den Kiesweg an der Haustüre vorbei in den Garten hinausgestapft. Er war ihm stolpernd und sich am Mäuerchen abstützend in gebührendem Abstand gefolgt.

»Ein Haus«, lallte Dill, »ein verflucht hoher Turm mitten im Wald.«

»Kommen Sie«, rief Loder, »ich will noch schnell das Gartenzeug wegräumen.«

»Der Gartenzwerg«, kicherte Dill. Er setzte sich ins Gras, das sich anfühlte wie eine nasse, kalte Kuhzunge. »Unter den Wipfeln komm ich zur Ruh«, stöhnte er. »Wo ist Brönnimann mit der Flasche. Wo ist die Flasche Brönnimann, ich will noch 'nen Klaren.«

Eine unsichtbare Hand gab ihm einen Stoß, er lag flach im Gras.

»Sie werden sich noch erkälten, Sie Sack«, hörte er Loders Stimme. Er hatte keine Ahnung, wo im Wald sich dieser Schurke herumtrieb. Er hörte nur die Stimme, aber die konnte auch eingebildet sein.

»Einen Klaren, Klaren«, stöhnte er. Dann drehte er sich auf den Bauch und versuchte, Liegestütze zu machen. Es klapperte und klackte. Loder trug die Stühle. Seine Gestalt war scharf abgezeichnet gegen den Himmel, viel größer als bei Tage. Unter dem Arm trug er die Klapper- und Klackstühle. Er sah aus wie eine Fledermaus.

»Kommen Sie hoch, Mann«, sagte Loder wütend. Er faßte Dill unterm Arm und zog ihn, durch die Stühle behindert, bis

zu seinem Hosenbund hoch. Dill lächelte und glitt langsam wieder auf den Rasen herunter.
»Achdumeinegüte«, murmelte Loder und trug die Stühle weg.
Obwohl Dill Blei in den Gliedern hatte, kämpfte er sich noch einmal auf die Füße und schlurfte in die Richtung, in die Loder verschwunden war. Er stieg zwei Treppenstufen hinauf und glaubte sich endlich in einem versteckten Winkel.
Loder war verschwunden, und Dill riß seinen Hosenlatz auf und pißte gegen eine Wand. Dampfend schoß der Strahl in die Dunkelheit und klatschte irgendwo geräuschvoll auf. Dill pißte, daß es eine Lust war. Er pißte auf Loder und das ewige Gerede, auf Brönnimann und alle Klaren. »Verpißt euch«, rief er und gab mehr Druck. So ein Druck, dachte er verblüfft.
»Um Himmels willen«, hörte er Loder hinter sich. »Er verseicht mir die ganze Veranda, der Tropf.«
Kurzentschlossen packte er Dill am Jackett und riß ihn vor dem nächsten Baum.
»Wann kommen wir endlich aus diesem Scheißwald raus«, jammerte Dill und umarmte die Buche. »Hol mich raus hier, Mon!« Er preßte sein Gesicht gegen den breiten, kühlen Stamm und begann zu dösen.
Als er aufschaute, sah er etwas übers Gras huschen. Etwas Vierbeiniges kroch lautlos an ihm vorbei. Er umklammerte den Buchenstamm noch inniger, während der Klare in seinem Magen nicht wußte, ob er oben oder unten herauswollte.
Aus dem hinteren Ende des Waldes erhob sich plötzlich ein markerschütterndes Greinen. Zwei Katzen rannten keifend gegeneinander. Endlich erkannte er, daß er in Loders Garten war. Er sah dessen Schatten auf der Friedhofsmauer schwanken. Loder sang eine einfache Weise über die Gräber hin.
»Ein Knochen?« fragte Dill.
Er stand direkt an der Mauer unter Loder. Er hörte, wie Loders Strahl auf die Grabsteine plätscherte. Es klang, als wollte er die Wüste wässern, gurgelnd und unerschöpflich.

Er müsse seinen Klaren unter die Leute bringen, ächzte Loder. Die da unten, mit denen er sich verdammt verbunden fühle, wollten auch was vom Segen abbekommen.

»Ich mache Kaffee«, sagte Loder ernüchtert und trat ins Haus. Eine Katze lag schnurrend auf dem Ohrensessel. Sofort umschmeichelte sie die Beine des Alten. Loder faßte sie unter den Bauch und hob sie auf seine Knie. Sie ließ sich alles gefallen. Ununterbrochen redete er auf das Tier ein.
»Katzen sehen ja auch nachts«, bemerkte Dill, dem es wieder etwas besser ging.
»Im Gegensatz zu Ihnen«, bemerkte Loder lächelnd.
Dill schaute sich im Wohnzimmer um, das ihm nun sehr vertraut erschien. Als wäre nicht er bei Loder, sondern Loder bei ihm zu Besuch.
»Und was bedeuten Ihnen Tiere eigentlich, Katzen?«
»Ich bin fasziniert davon, daß sie nichts ausplaudern können. Sich in die Existenz einer Katze hineinzuversetzen – aber das hat nichts mit Tierliebe zu tun.«
Loder gab der Katze einen Schubs, so daß sie von seinen Knien sprang. Er schlurfte in die Küche.
»Wollen Sie schlafengehen? Trinken wir noch einen Kaffee, ich schlafe ohnehin immer weniger in der letzten Zeit.«
Dill lehnte sich an die Küchentür und schaute ihm zu, wie er die Espressomaschine in zwei Teile schraubte. Er klatschte den Kaffeesatz in einen Abfalleimer, füllte das Sieb mit frischem Pulver, nahm den nächsten herumliegenden Löffel und drückte es fest.
Seine plötzliche Ruhe kam Dill wie Traurigkeit vor, seine Gelassenheit war zerbrechlich und entsprang vielleicht nur der Langsamkeit, mit der er herumhantierte. Es schien, als hätte ihn die Melancholie eingeholt, als versinke er in einem Gefühlsstrom, der sein halbes Leben mitschwemmte. Gleichzeitig wirkte diese Trauer, mit der er den Henkel der Kanne losließ und schwerfällig nach einem Streichholz tastete, wie

eine Erlösung. Eine Lösung des Körpers von einer inneren Spannung, dachte Dill verwirrt. Durch die gesammelte Zeit des Schreibens, durch die verdichtete Erfahrung des Lebens kommt man so weit.

Der Kaffee begann unter dem Deckel zu gurgeln. In diesem Augenblick, überlegte Dill in seinem Nebel weiter, wurde Loders jahrzehntealte Einsamkeit noch einmal ganz spürbar. Die Prägung, ja, die Erziehung durch dieses einsame Geschäft und die Gewalt, die den Einsamen immer wieder vor die Meute zwang, um sich selber zu verteidigen. Seine Sache zu vertreten, wie er sie jetzt vor Dill vertrat.

Voller Bedauern stellte sich Dill Loder coram publico vor. Wie er nach einer Lesung geduldig auf alle Fragen einging. Locker auf bissige Angriffe, tolerant und souverän auf idiotische Anwürfe. Und hinter der notwendigen Eitelkeit, quälten ihn da nicht vielleicht die Fragen weiter in einer tieferen Schicht? Brachen ihn die Diskussionen und nie enden wollenden Gespräche nicht auf, ritzten seine dünne Haut?

Dill, das kleinstmögliche Publikum, blickte voller Bewunderung zu Loder, der gerade mit einem feuchten Lappen zwei Mokkatäßchen auswischte. Im Hintergrund der Küche sah er schon die applaudierende Menge. Im Vordergrund den Autor als Selbstdarsteller, streng, diszipliniert und routiniert, nicht mit einem Löffel, sondern mit einem Buch in der Hand. Ein Schauspieler, der sein wahres Gesicht mit Worten zuschminkte. Ein Schauspieler im Lichtkegel. Je greller das Licht, in das man ihn stellte, je bleichender und entblößender, desto verzweifelter seine Bemühungen, angesichts des Vortrags seine Selbstzweifel nicht aufkommen zu lassen.

»Haben Sie alles, was Sie brauchen?«

Dill nickte verlegen.

»Das Tonband, wozu haben Sie das eigentlich mitgeschleppt?«

»Was ich noch benötige, ist ein Foto von Ihnen.«

»Ach was, wozu diesen alten Schrumpfkopf ablichten.«

Loder knirschte mit dem Fuß auf einem abgebrannten Streichholz herum.
»Wann soll der Artikel erscheinen?« Loder lächelte, nicht aus Verlegenheit, wie es schien, sondern bei der Vorstellung, was Dill über ihn schreiben würde.
»Möchten Sie es vorher lesen?«
»Um Himmels willen, nein«, lachte er.
Es klopfte an die Haustüre, Loder löste sich von der Wand. Dill ging in die Küche und goß sich etwas Kaffee in die Mokkatasse. Durch die Haustüre, die Loder hinter sich zugezogen hatte, vernahm Dill aufgeregte Stimmen. Er konnte es sich nicht verkneifen, ein wenig genauer zuzuhören. Brönnimanns aufbegehrende, sich überschlagende Stimme. Er war betrunken.
»Alphonse, hau ab!« – Loder – »Wir haben nichts mehr miteinander zu tun.«
»Drecksack!«
Loders resignierter Tonfall: »Behalte alles für dich, verdammter Scheißdreck. Wir sind quitt. Ich reise übrigens nächste Woche ab.«
Ein Rumpeln, als stürze ein Körper getroffen zu Boden. Im nächsten Augenblick stand Loder wieder in der Küche und sah Dill in die Augen.
»Ich muß weg hier, für längere Zeit. Es wächst mir alles über den Kopf.«
Minutenlanges, eisernes Schweigen.
»Kommen Sie mit, ich habe doch was für Sie.« Er riß die Kellertüre auf, tastete sich in der Dunkelheit die Stiegen hinunter. Seine Hand streckte sich nach einem Lichtschalter aus. Eine gelbe Birne warf einen Schein auf die Weinregale.
»Hier, die Anschraubstelle. Die Splitter der Kohleschicht. Im Krieg hat man alle Birnen mit einer Rußschicht überzogen, wegen der Flugzeuge.«
Loder nahm zwei Flaschen Cabernet aus dem Gestell, ging die Treppe hinauf, diesmal weiter, bis ins Arbeitszimmer.

Noch einmal stapfte Dill hinter dem Alten die Spiraltreppe hinauf. Der Stich von Piranesi, der Palast, die Hölle und das Gefängnis. Vorsichtig eine Stufe nach der anderen. Eine Katze huschte zwischen seinen Beinen durch, Kinderspielsachen lagen auf den Stiegen. Seit Jahrzehnten immer die gleiche Treppe. Oben entkorkte Loder eine der Flaschen und nahm zwei Gläser aus einem Schrank.
Dill spürte, wie eine Zeit auslief und eine neue begann. Er war plötzlich hellwach vor Neugierde und sogar ein wenig nervös. Die Zeit des unverbindlichen Geplauders, der Versteckspiele und der Falschmünzereien hatte jetzt ein Ende. Zum Glück hatte er das Tonband unauffällig in der Tasche mit nach oben genommen.
Nicht unerwartet öffnete Loder die Schreibtischschublade und entnahm ihr ein Manuskript. Geschäftig rannte Dill hin und her, suchte eine Steckdose, plazierte das Mikrofon und legte eine Leerkassette ein. Loder beachtete ihn nicht. Plötzlich tippte er mit dem Finger auf ein Blatt und sagte erstaunt:
»Hören Sie sich das mal an! Auf der Suche nach biografischem Material über Edison stieß ich auf diese Hymne von einem gewissen Millikan: ›Edison allein gebührt das Verdienst, ersonnen und gezeigt zu haben, wie der sterbliche Mensch mit seiner lebendigen Stimme direkt zu allen nach ihm folgenden Generationen sprechen kann. Könnten wir heute Sokrates und Marcus Aurelius und Shakespeare und Newton und Franklin und Goethe und Faraday und Maxwell hören ... würden wir dann nicht eine neue Prometheus-Legende um diese Tat herum bilden, ähnlich derjenigen, in der das Feuer vom Himmel gestohlen und zu uns Menschen herabgebracht wird?‹«
Loder senkte das Manuskript auf die Knie.
»Legendendichtung, heroisches Fransenwerk am Sockel des Denkmals. Dabei hätte man bloß zu lesen brauchen, wie man in den Bildern eines Malers oder in den Skulpturen eines Künstlers liest. Die Glühlampe im Modell von 1889 – was ist

sie denn anderes als ein Psychogramm, Ausdruck seines Bedürfnisses nach Wärme, Licht und Geborgenheit? Das Flämmlein im Glasmantel ein Embryo, dessen Leben er mit allen Mitteln der Kunst verlängern mußte!

Ja, fiat lux, mit der Birne wurde der Erfinder noch einmal geboren. Eine neue Welt wurde geboren, ein Tollhaus des Lichts, abgeleitet aus einem Glühfaden.

Es wurde Licht, vor allem in den Werkhallen der Industrie. Seither brennt es unaufhörlich und wurde nur einmal, bei Edisons Begräbnis 1931, gelöscht. Punkt zehn Uhr abends gingen auf Geheiß von Präsident Hoover in ganz Amerika die Lichter aus. In der Tat verdankte Hoover dem Erfinder einiges. Der durch ihn wie aus dem Nichts geschaffene Neuwert, der Wert der amerikanischen Elektrizitäts- und Energieindustrie betrug 1922 mehr als 15 Milliarden Dollar.

Meine Bemühungen, schreibenderweise hinter dem Rücken der offiziösen Legendendichtung nach den Bedingungen seiner Produktion zu suchen, mündeten in eine Aporie. Ich mußte so nah wie möglich an ihn herankommen, ohne meine Entfernung zu ihm aufzugeben. Mit anderen Worten: indem ich seinen Mythos zerlegte, förderte ich nur einen anderen, verborgeneren zutage. Es gab nur eine Position, von der aus ich über ihn schreiben konnte. Aus der seines genialen Privatsekretärs und Intimus Insull –.«

Loder riß ein Taschentuch aus seiner Weste und trocknete die Stirn. Beflissen dozierend spazierte er nun im Zimmer herum. Er hob sein Glas, trank im Stehen. Zu seiner Stimme gesellte sich das Knarren der Schritte auf dem Holzboden.

»Die Produktion eines künstlichen Menschen, in seinen nächtlichen Träumereien mag das eine Rolle gespielt haben. Dahinter natürlich auch der Wunsch nach Unsterblichkeit, nach Unverwundbarkeit. Ein Wunsch, den man bei ihm nicht vermutet, da er ja Kinder hatte. Aber er hat seine Kinder vernachlässigt –.«

Wieder die Schritte auf dem Parkett.

»Einer seiner mißratenen Söhne, Tom, propagierte die Erfindung eines Geräts zum Fotografieren von Gedanken. Er hat sich später das Leben genommen.«
Loder schraubte den Schirm der Halogenlampe tiefer, so daß der Kegel, als er sich setzte, genau auf den Schreibtisch fiel.
»Nach der Lektüre dieser Biografien, das muß ich gestehen, war ich wütend. Nicht nur auf diese elenden Biografen, die das Weihwasser gleich literweise verschütteten. Auch auf mich –.«
Loder fuhr sich mit der Hand über das Gesicht, als schmerzten ihn die Augen. Er setzte seine Brille auf und begann zu lesen. Nur widerwillig begab sich Dill in die Position des Zuhörers. Loder las zuerst leise und stockend und schaute kein einziges Mal vom Blatt auf. War es ihm egal, ob Dill zuhörte? Das Tonband lief.
Nach einer Viertelstunde, einer halben Stunde – Dill verlor das Zeitgefühl – begann Loder so zu lesen, wie er redete. Selbstsicher und beinahe wütend. Dill begann an seiner Kamera zu nesteln. Loders Gesicht lag genau im Licht. Dill nahm ihn in den Sucher und wartete. In diesem Augenblick unterbrach sich Loder und schaute auf. Dill erschrak. In Loders Gesicht war weder Vorwurf noch Wut, sondern völlige Verständnislosigkeit.
Er beendete die Lesung im Morgengrauen. Als er vom Fenster wegtrat, stürzte fahles Tageslicht herein. Aber das Licht der Lampe war noch immer kräftig genug, um seinen Schatten an die Wand zu werfen. Ein verzerrter Schatten, der seine Schultern zu zwei Flügeln vergrößerte. Als er sich umdrehte, blieb sein Gesicht im Dunkeln, die Flügel verschwanden und statt dessen zog eine längliche Raute – Hals und Kopf – an der Decke auf. Als er auf die Lampe zuging, sah Dill, wie sich der Schatten entzweite. Es gab nun einen dunkleren und einen helleren, aber beide folgten dem Herumgehenden. Dann löschte Loder das Licht.

# 3. Teil
# Der Mann ohne Licht

*Aus den heimlichen Aufzeichnungen des Privatsekretärs von T. A. Edison, S. Insull*

»Denn ich bin der Zauberer des elektrischen Lichts, und dieser Zauberer schlafet nicht.«

*New York ›Herald‹* 1879

Muß man nicht von Zeit zu Zeit bei den Mächtigen dieser Welt ein wenig in die Schule gehen?
Bei denjenigen, denen die Zukunft offensteht?
Was gibt es im Schatten eines Mächtigen zu lernen?
Vielleicht ist es anregend, in der unmittelbaren Nähe von einem zu leben, der mit seinem Kopf, mit seinen Gedanken eingreift ins Gefüge der Welt. Vielleicht kann ich mich durch eine intensive Auseinandersetzung mit ihm ein wenig von seinem Optimismus anstecken lassen. – Komme mir vor, als begäbe ich mich in die Höhle des Löwen!

Führe ein Doppelleben, seit ich bei ihm in Dienst bin. Ich habe das Gefühl, mich auf ein gigantisches Unternehmen eingelassen zu haben, das mich mit Haut und Haaren aufsaugen könnte, wenn ich nicht achtgebe.
Trete ich am Morgen ins Büro, darf man mir nicht ansehen, daß ich eine halbe Nacht lang an meinen Sachen herumgekritzelt habe. Ich ziehe meine Jacke aus, kremple die Ärmel zurück und verwandle mich in einen nüchternen Zahlenmenschen, den nichts anderes mehr interessiert als seine Bilanzen. In seiner Nähe bin ich das, wofür alle mich halten, der ergebene Privatsekretär des großen E.

Beim Einarbeiten in diese neue Materie (ich schlüpfe wie in eine neue Haut!) mache ich die Entdeckung, daß von den Fachwörtern ein leises Vibrieren ausgeht. Sie sind mehrdeutig. Sie verlocken mich zu einer Poesie der Ungenauigkeit. Zum Beispiel Wörter wie »Strom, Widerstände, Energieverschleiß, Mutter« etc. Dauernd denke ich bei diesen Wörtern an etwas anderes.

Die Wärme eines Dynamos oder das Aufflackern eines elektrischen Funkens ist viel aufregender, als ich gedacht habe. Aufregender zumindest als das Lächeln einer Frau.

Er brauche seinen Körper nur, um damit sein Gehirn herumzutragen, meinte er. –

»Das Wort ist die Sprache, die aus dem Schweigen kommt und wieder dahin zurückmündet.« (Meister Eckhardt) – Aber nein, Worte sind nicht nur Luft, nicht nur dieses Windesflüstern, das manchmal zu einem vergänglichen Murmeln anschwillt. Worte können auch Befehle sein, um etwas in die Tat umzusetzen.

Konstruieren ist dichten! Aber ich darf mich durch die Vibration dieser Wörter nicht blenden lassen. Die Sprache verliert ihre Genauigkeit im Labor. Was ich sehe, ist auch mittels weitgespannter Analogien nicht mehr beschreibbar. Erst recht nicht, was ich bei den täglichen Experimenten fühle. Man müßte eine neue Syntax erfinden. Ohne ein »Ichsubjekt«, denn der Wille und die Bewegung verschwinden in die Materie. Ein chemischer Prozeß läuft ohne den Menschen ab.

Ohne viel Zeit zu verlieren, hatte mich E. über meine Pflichten ins Bild gesetzt. Mit Begeisterung sprach er von den vor uns liegenden Aufgaben. Es sei notwendig, vier neue Betriebe zur Produktion der Zubehörteile der elektrischen Stromversorgung zu gründen. Man müsse dazu neue Arbeiter ausbilden und das Grundkapital aufstocken. Alle möglichen Aufgaben sollten gleichzeitig angegangen werden.

Notizen zur Brauchbarkeit des künstlichen Lichts:
1. Die Glühlampe hebt die Beschränkung durch das Tageslicht auf. Die Menschen können länger arbeiten und dazu verbrauchen sie mehr Güter, die wiederum hergestellt werden müssen.

2. Das Glühlicht erzeugt eine längere Konsumzeit, die durch die Nachtbeleuchtung in den Fabriken kompensiert wird.
3. Durch die Erfindung der Dynamomaschine und die Aufteilung des Stromes kann die neue Erfindung direkt und kostengünstig in den Alltag jedes einzelnen eingespeist werden.

Zu Beginn verkauften wir die Glühlampen für 40 Cent das Stück, bei einem Fabrikationspreis von $ 1,25 und einer Stückproduktion von ca. 30 000. Dann fiel ihm etwas Geniales ein. Bereits im dritten Jahr hatten wir die Gesamtproduktion auf über einer Million, verkauften selbstverständlich weiter zu 40 Cents, kamen jedoch mit dem Selbstkostenpreis auf 37 Cents, kurze Zeit später auf 22 Cents runter. Dementsprechend stiegen die Leute von der Wall Street ein!

Er macht sich nichts aus Geld. Die Erfindung der Glühbirne hat ihm bis jetzt kaum Profit gebracht, sondern nur Prozesse. Obwohl wir einen Detektiv im Labor hatten, kam es zu Diebstählen. Hiram Maxim hat uns den Glasbläser Böhm abgeworben und bringt in hektischer Eile eine eigene Glühlampe heraus, die sozusagen identisch mit der unseren ist. Bloß daß der Kohlefaden bei ihm nicht hufeisen-, sondern kreuzförmig ist.
In England hat Swan einen haltbaren Glühbrenner aus karbonisiertem Zwirn entwickelt. Gegen beide müssen wir Prozesse zum Schutz unserer Patente anstrengen.
Schon das Patent für das Kohlemikrofon-Telefon ging uns verloren, weil im Vertrag ein Komma falsch gesetzt worden war. Ein anderes Patent wurde uns aberkannt, weil, wie E. sagte, bereits 2000 vor Christus in Ägypten etwas Ähnliches benutzt worden sei.
Wir sind zu stark vom Kapital abhängig, sind nicht mehr als ein Rädchen in diesem Getriebe.
E.s übliche Abneigung gegen die Finanzwelt und seine Ver-

achtung der Buchführung bürden mir unlösbare Probleme auf. Was seine Unfähigkeit angeht, Abgeordnete für Gesetze über das Beleuchtungswesen zu ›kaufen‹, so muß ich alles selber in die Hand nehmen. Er läßt sich von niemandem etwas sagen. Seine Art Geschäfte abzuwickeln ist gelinde gesagt undiplomatisch. Politik behagt ihm nicht, weil sie Kompromißfähigkeit und Fingerspitzengefühl und Selbstverleugnung erfordert. Große Politik ist Selbstverleugnung, nichts anderes. Und dazu ist er außerstande.

Jetzt arbeite ich bereits über ein Jahr bei ihm als Privatsekretär und ›Mädchen für alles‹. Als ich meine Stelle antrat, konnte ich nicht ahnen, wie nahe ich diesem großen Mann kommen würde. Heute bin ich nicht nur eines der wichtigsten Rädchen in seinem Getriebe, allmählich werde ich fast zu seinem Freund. ›Mein Intimus‹, wie er mich scherzhaft in Gesellschaft einzuführen pflegt.

Ja, ich habe mich vollkommen an seinen Arbeitsstil angepaßt, ich gehe mit Lust darin auf. Ich bin da, ohne daß er mich sieht. Er sagt: »Insull!« – und schon stehe ich mit gezücktem Notizblock neben ihm und hänge an seinem Mund. Er braucht nur den Kopf zu neigen, und schon weiß ich, daß er ein Wort nicht verstanden hat und darauf wartet, daß ich es wiederhole, freilich so, als hätte ich es nicht verstanden. Am Anfang habe ich geglaubt, ich müßte Ordnung in sein Büro und in sein Leben bringen. Ich stürzte mich mit Eifer auf alle seine Angelegenheiten, kaufte das Essen ein, besorgte ihm neue Kleider, bügelte Hemden und rückte ihm die Krawattenschlaufe gerade, wenn er zur Abendgesellschaft ging. Vom Sandwichholen um Mitternacht bis zu den wichtigsten Finanztransaktionen tue ich alles für ihn. Egal, um welche Tages- oder Nachtzeit. Meistens ist es Nachts, daß ich bei ihm bin und er mir Anweisungen für die Geschäftsführung gibt. Manchmal sieht er tagelang seine Post nicht durch. Wäre ich nicht da, er wäre verloren.

Ich öffne und beantworte alle seine Briefe, setzte oft meinen Namen und seine Initialen darunter. Oft unterschreibe ich auch ganz allein, da ich im Besitz einer Vollmacht bin. Sogar seine Schecks.
Am Anfang bereitete mir die Erledigung der Korrespondenz etwas Kopfzerbrechen. Er kritzelt nur kleine Randnotizen auf die Briefumschläge und erwartet von mir, daß ich anhand dieser lakonischen Zeichen eine ganze Korrespondenz führe. Häufig genug habe ich nur ein ›Ja‹ oder ›Nein‹ und muß daraus einen vollständigen Brief entwickeln.

Aber ein Abend wie gestern entschädigt mich für vieles. Er gehört zu den Höhepunkten in meinem Leben. (Obwohl er eigentlich *sein* Höhepunkt genannt werden müßte.) Er und mit ihm das ganze Land feierte nämlich das fünfundzwanzigste Jubiläum der Kohlenfadenlampe und des Zentralkraftwerksystems. In ein paar Tagen wird dazu eine große Ausstellung unter dem Titel ›Edisonia‹ eröffnet, in der man die denkwürdigsten Erfindungen von ihm präsentiert. Dieses Jubiläum fällt noch dazu mit seinem fünfundfünfzigsten Geburtstag zusammen; aus diesem Anlaß traf man sich gestern abend zusammen mit fünfhundert anderen geladenen Gästen im Waldorf Astoria. Die Festredner überboten sich in ihren Huldigungen. Den Gästen wurde eine Nachbildung der ersten Glühlampe als Andenken überreicht. Zum Nachtisch gab es Eistorte in Form von Edisonlampen. Ich saß ganz hinten, fast am Ende des Saales, fast dort, wo der Saal ins Kämmerchen der Bediensteten mündet. Ich hatte auf diese Weise einen guten Überblick. Mein Meister war sehr weit von mir entfernt. Als er aufstand – ein mächtiger, gesunder und gutaussehender Mann –, um eine knappe, aber markante Ansprache zu halten, glaubte ich der Geburtsstunde eines neuen Helden beizuwohnen. Das Licht, das von seiner Gestalt auch auf mich fällt, gibt meinem Leben eine neue Bedeutung.

Wenn ich nicht gerade bei ihm im Labor sein muß, sondern zu Hause bin, in meiner Mansarde, nehme ich mir ein Blatt Papier hervor und schreibe ins reine, was ich mir tagsüber notiert habe. Vor dem Einschlafen gönne ich mir den Genuß einer Zigarette, den ich mir sonst versagen muß, da er Zigarettenrauch nicht ausstehen kann. Dann spüre ich, wie wenig ich bin. Wie dünn und durchscheinend meine Existenz neben der seinen ist. Ich lese das Geschriebene durch und versinke in Scham. Alles, was sich über die Zeit hinweg heimlich aufgestapelt hat an Blättern, Notizen und Aufzeichnungen, beschämt mich zutiefst.
Ich weiß wirklich nicht, warum ich das schreibe. Rauchend und auf dem Bett dahindämmernd versinke ich in einer Kuhle der Verzweiflung. Wer bin ich? Bin ich denn wirklich nur der Schatten dieses großen Mannes?
Ich habe meinen Vater nie gekannt, und wäre ich von E. nicht eingestellt worden, wegen meiner ›hervorragenden Schreibkünste‹, wie er sagte, wäre meine Existenz noch kümmerlicher. Ich strample schweißnaß in den Laken herum, stehe auf und reiße den Schrank auf, um an den Hemden zu riechen, die er mir geschenkt hat. Es sind seine abgetragenen Hemden. Aber daß sie noch eine Schweißspur von ihm aufweisen, macht diese Hemden erst kostbar. Meist ziehe ich eines der Hemden über, setze mich auf die Bettkante und beginne zu grübeln. Worüber?
Natürlich über ihn. Von der Decke herab leuchtet mir seine Glühbirne wie ein Vermächtnis. Doch nicht nur in der Glühbirne, auch in anderen Schöpfungen erkenne ich ihn wieder. Mir ist, als erzähle der automatische Telegraf von seinem arbeitsreichen und nach strengen Grundsätzen ausgerichteten Leben zur Zeit seiner Erfindung. Der Rumpf des Telegrafen scheint mir von seiner Introvertiertheit, ja, von seiner Schüchternheit zu sprechen, die Buchstabenreihen zeugen vom Glück der harmonischen, störungs- und reibungslosen Abläufe seines Schaffens in jenen Jahren. Dagegen erinnert

mich der runde, geschwungene Börsenticker von 1871 an seine verstorbene Frau Mary, die vollschlanke und etwas traurige Popsy Wopsy, wie er sie nannte.
Vielleicht sind auch all die anderen Geräte, diese energiesprühenden und funkenschlagenden Maschinen, nichts anderes als seine heimlichen Geliebten und Bräute. ›Mary Ann mit der langen Taille‹, das Dynamoweibchen, oder seine neueste Eroberung, das Filmstudio in West Orange, welches er unzimperlich seine ›Black Maria‹ nennt.
Dagegen der Phonograf von 1878. Legt er nicht Zeugnis ab von sehr profanen Träumen. Aufstrebendes Machtbewußtsein, weitverzweigtes Gesellschaftsleben, Karrieredenken? Das war zu der Zeit, als er Vater wurde.
Allerdings ist mir die Glühbirne am liebsten. Sie beleuchtet mir seinen wundervollen Charakter am deutlichsten. Die Kohlenfadenlampe von 1879, die überdeutlich seinen Wunsch nach Licht, Wärme und Geborgenheit verrät. Hat er mir nicht all das gegeben?
Und die Birnenform? – Ist sie nicht wie ein schwangerer Leib, darin der Embryo des Lichts auf ewig glüht.

Heute war seine älteste Tochter Marion in meinem Büro. Von all seinen Kindern hat sie das bestimmteste Auftreten und strahlt am meisten Intelligenz aus. Öffnet sie die Türe, schrecke ich zusammen und glaube, daß ein junger Mann vor mir steht. Dabei ist sie eine Frau, deren Reize kaum zu übersehen sind. Sie besitzt die gleichen blauen Augen wie ihr Vater.
Wir plauderten lange, bis sie mich zum Essen ins nahegelegene Restaurant einlud. Ich gestand Dot – so wird sie seit Geburt von ihrem Vater genannt – daß ich neben all den Geschäfts- und Rechnungsbüchern noch ein heimliches Notizbuch führe. Dieses Geständnis brachte ich allerdings erst heraus, nachdem sie mir etwas Ähnliches gestanden hatte. Sie dichtet nämlich. Seit dem Tod ihrer Mutter, seit ihrem zwölf-

ten Lebensjahr schreibt sie, wie sie sagt, hin und wieder an einem Roman. »Eine schwierige Ehe«, so lautet der Titel, und natürlich sind damit ihre Eltern gemeint. Sie erzählte mir vom Tod ihrer Mutter, von jenem Abend des 9. August 1884, als ihr Vater von New York kommend ans Krankenbett eilte, wieder einmal verspätet. Sie sei die ganze Nacht über wach gelegen, und als er am Morgen an ihre Tür geklopft habe, mit weit aufgerissenen, tränenerfüllten Augen, habe sie gewußt, daß ihre Mutter nun verstorben sei. Übrigens das einzige Mal, meinte Dot, daß sie ihren Vater habe weinen sehen.
Dann kamen wir auf die Kinderspiele zu sprechen, auf die Sonntage in Menlo Park. – Einmal brachte der Erfinder einen Sack mit alten Weckeruhren nach Hause. Auf dem Fußboden sitzend nahm er diese Uhren auseinander und setzte sie wieder zusammen. Zerlegen, zusammenfügen, zerlegen, sagte Dot.
Sie, Tom und Will und Leslie sollten daraufhin dem Beispiel ihres Vaters nacheifern. Aber das Spiel machte keinen Spaß, und Will habe drauflosgeheult, weil E. ihm zuvor die Eisenbahn weggenommen habe. Mary habe zu trösten versucht, er habe sie angeschrien, Will, der schwächliche, kränkliche Will sei ein absolut mißratenes Kind, ein Idiot. Sie alle hätten das Uhrenspiel gehaßt, zerlegen und rekonstruieren, die Rädchen, die Schrauben und die fetten Muttern lagen verstreut auf dem Teppich herum und keiner wollte sie anfassen. Der Erfinder habe getobt, Will habe geflennt und der Rest der Familie eisern geschwiegen.
Sonntage in Menlo! so Dot. – »Am vierten Juli steht er um fünf Uhr auf und feuert eine große Rakete ab, um alle Nachbarn zu wecken. Am Nachmittag läßt er uns Kinder barfuß auf dem Rasen herumlaufen und wirft uns chinesische Feuerwerkskörper zwischen die Beine.
Ein andermal brachte er einen von unserem Glasbläser Böhm geblasenen Schwan nach Hause. Er steckte ihn Tom in den Mund und befahl ihm, kräftig hineinzublasen. Tom war nicht

sehr begeistert, als ihm das Wasser aus dem Schwan mitten ins Gesicht spritzte. Aber E. hat seine helle Freude daran gehabt.«
Dot meint, daß E. die Kinder nie geliebt habe, nur die Maschinen. Kinderspiele seien für ihn nichts als Zeitverschwendung. Das hänge wohl damit zusammen, daß er im Grunde seines Wesens selbst ein Kind geblieben sei. Einmal habe Ma eine Geburtstagsparty für sie organisiert. Er habe Mannschaft und Maschine im Stich gelassen, um im ganzen Haus elektrische Birnen zu installieren. Als das Fest jedoch in vollem Gange gewesen sei, sei er in den Keller geschlichen und habe das Licht wieder ausgemacht. Für den Rest des Festes seien sie im Dunkeln gesessen.
Dot war wütend, als sie mir das erzählte. Am liebsten wäre sie aufgestanden und geradewegs zu ihm geeilt, um ihm dafür – zwanzig Jahre zu spät! – eine Ohrfeige zu geben.
Im nächsten Augenblick jedoch übermannte sie die Rührung, da sie schilderte, wie einsam ihr Vater nach dem Tod seiner Frau gewesen sei. Er habe sie nach New York mitgeschleppt und sie dort in ein Mädchenpensionat gesteckt. Obwohl er gegen jede höhere schulische Ausbildung sei. Jeden Abend habe er sie abgeholt und sei mit ihr essen gegangen oder ins Theater. An Sonntagen seien sie über Land gefahren, in einer Kutsche über die Prärie. Sie sei damals erst dreizehn gewesen, habe sich aber schon wie eine Frau gefühlt. Oft habe er ihr Billette zukommen lassen, etwa folgenden Inhalts: »Warum kommst Du nicht in meinen Betrieb. Du lernst ja ohnehin nicht«. Sie habe ihre Schulaufgaben sausen lassen und sei zur East Side geeilt, mit einem Paket seiner Lieblingszigarren unter dem Arm.

Seit ich in meiner Mansarde eine kleine Glühlampe mit Batterieanschluß installiert habe, arbeite ich nur noch nachts. Versunken in dieses Halbdunkel, in dem die Welt nur noch aus fernen Stimmen und Geräuschen besteht. – Ich bin über meine Blätter gebeugt und atme die dunkle Luft, die vom Garten draußen in mein Schreibkämmerlein eindringt. Es ist die Zeit, wo alle außer ihm und mir schlafen. Die Welt scheint stillzustehen; doch nein, der Erfinder und sein Chronist arbeiten weiter an ihrer Verbesserung und Vervollkommnung. (Dabei verliere ich im Morgengrauen jedes Gefühl für meinen Körper. Ich habe meinen Körper getötet!) Entdeckte ich einen Fehler in den Rechnungsbüchern, ich müßte nur einige Straßenzüge weit gehen, um bei ihm eine Auskunft einholen zu können.

Mit Dot über den Unterschied zwischen Dichten und Erfinden gesprochen!
Sie fragt sich, warum er Erfinder geworden sei und sie dazu neige, Schriftstellerin zu werden.
Ich aber, der alles, was dem Zauberer von Menlo durch den Kopf geht, aufschreiben muß, kenne den Unterschied wie auch das Gemeinsame sehr genau. Im Grunde genommen tun E. und ich dasselbe. Während er seine Kopfkinder in die Welt setzt, kritzle ich meine Phantasiegeburten in meine Hefte. Beide sind wir Arbeiter, die Kopf und Hand zu einem einzigen, tiefgründenden Mechanismus verbinden. Beide arbeiten wir aus dem Nichts. Während er aber seine Inspiration von oben, Gott oder einer anderen Quelle erfährt, empfange ich alle meine Geistesblitze von ihm. Ich bin sozusagen der Schatten, den das Licht dieses Mannes wirft. Mit dem Unterschied, daß eine Idee von ihm genügt, um die Welt zu verändern. Mein Gekritzel dagegen wendet nicht mal einen Stein. Seine Ideen dienen dem Fortschritt als Motor, und meine, sofern ich sie ›meine‹ nennen darf, sind der Sand in diesem Getriebe.
Trotzdem füllen wir beide eine Lücke aus. Jemandem, der uns längere Zeit beobachten könnte, würde auffallen, mit welcher Verbissenheit wir unsere Arbeit vorantreiben. Wir sind zutiefst aufeinander angewiesen, in guten wie in schlech-

ten Zeiten. Ich bin der Vollstrecker seiner geheimen Gedanken, ich bin der Griffel in seiner Hand.

Übrigens arbeite ich seit einer Woche versuchsweise mit seinem neuen ›Elektrostift‹. Dieser Schreibstift wird von einem kleinen, mit Impulsen arbeitenden Elektromotor betrieben, der von einer Batterie mit zwei feuchten Elementen gespeist wird.

Mit rasender Geschwindigkeit, wenn ich recht sehe, stanzt das Gerät kleine Löcher in das Papier, füllt diese Löcher mit dickflüssiger Tinte auf und preßt dann auf einer Stahlplatte das Papier auf die zu beschreibende Oberfläche. Das Prinzip ist einfach und genial. Ein weiterer Vorteil liegt darin, daß ich nun von jedem Schreiben soviele Kopien herstellen kann, wie ich brauche. Und da der Motor nicht größer ist als ein Hühnerei, kostet der ›Schreibstift‹ inklusive Batterie und Walze nicht mehr als $ 16.

Früher wurde den Gefolterten das Geständnis unter unsäglichen Qualen direkt auf die Haut geschrieben. Der Gefolterte war von da an mit einem Teil seiner Biografie gegen jedes Vergessen und Verdrängen ›gekennzeichnet‹. Sein Schmerz war ihm Beweis dafür, daß er existierte.

Er existierte als Geschriebener, als Schrift einer durch die Inquisitoren verlängerten göttlichen Hand.

Aus der metallenen Folternadel wurde im Laufe der Zeit ein Federkiel, der den Lebensbericht auf eine Pergamenthaut ritzt. Aus dem Federkiel ist jetzt mein ›Schreibstift‹ geworden.

Und schon ist er daran, eine ›Schreibmaschine‹ zu entwerfen. Noch tanzen ihm die Buchstaben immerzu aus der Reihe. Aber bald wird jeder Brief mit dieser neuen Maschine ›getippt‹ werden. Ein Schritt voran in der Ersetzung des Schreibenden.

Eine Erfindung, vielleicht jede Erfindung, ist ein Fortschreiten auf die Perfektionierung des Leibes hin. Zugleich dessen heimliche Abschaffung!

Ich – »ein heimlicher Biograf Edisons«? (Dot)
Der Gedanke hinterläßt einen eigenartigen, fast sausenden Schwindel in meinem Kopf. Tatsächlich ist mir dieser Gedanke als ewige Verlockung bestens vertraut. Eine Biografie über jemanden zu schreiben, sich einzuarbeiten in dessen Leben, sich darin wie ein Maulwurf einzurichten, sich mit dem fremden Leben vollsaugen.
Ich weiß, daß ich deswegen gern sein Sekretär geworden bin, weil ich dadurch etwas von seinem prallen Leben in mich aufnehmen kann. In gewisser Hinsicht wäre eine Tätigkeit als Biograf die Krönung meiner Laufbahn.
Aber ich müßte ganz so werden wie er und hörte damit auf, ich selbst zu sein.
Vor einiger Zeit war ein gewisser Lathrop hier und schnüffelte in E.s Notizblättern herum. Lathrop schlug ihm vor, sie könnten zusammen einen Roman mit dem Titel ›Fortschritt‹ schreiben. Dazu sollte ich die in E.s Notizbüchern niedergelegten Zukunftsvisionen zusammentragen, derweil Lathrop nach einer dazu passenden Handlung suchen würde. Ein Wissenschaftler wie E. wäre der Held der ganzen Geschichte. Also erhielt ich erstmals Zugang zu den Notizbüchern meines Chefs. Darin las ich von seinen Visionen einer zukünftigen Welt, von der Erfindung synthetischer Diamanten, von künstlichen Proteinen im Essen, vom Fliegen in Ballonen und anderen, neuartigen Luftfahrzeugen aus Metall, von denen aus man im Kriegsfalle Dynamit auf die Köpfe der Gegner abwerfen könne; von Reisen zum Mars war die Rede und der Kreuzung und Züchtung hochstehender Menschenaffen, die in der elften Generation ihrer Fortentwicklung sich in perfektestem Englisch unterhalten könnten. –
Es ist wohl wahr, daß er so denkt. Erst neulich las er mir wie-

der aus seinen Notizen vor. Er spintisiert von gigantischen Dämonen mit Augen, die 150 Meter weit auseinanderstehen, scheußlichen Kriechtieren und Ungeheuern. Oder er beschreibt eine Apparatur, die in die Gelenke einer unnatürlich dünnen Frau eingebaut werden können, um sie automatisch zu schmieren, ähnlich wie bei einem Dampfgenerator. Und in seinem jetzt verlassenen Labor in Menlo würden in ferner Zukunft elektrische Brutkästen für die Hühner aufgestellt werden. Maschinengeborene Hühner! – Warum nicht auch maschinengeborene Menschen, Herr E., habe ich da zu ihm gesagt. Lachend hat er mir seinen Zigarrenrauch ins Gesicht geblasen.

Ja, Gott sei Dank habe ich diese Art von ›Biografie‹ verhindern können. Das Beste, was man tun kann, ist, alle Biografien zu verhindern.

Aber wäre ich selbst E.s Biograf, ich wüßte nicht einmal, an welchen der mittlerweile so inflationär herumgereichten ›Edisons‹ ich mich halten müßte. Seit alle Welt ihn zu kennen glaubt und jeder picklige Student mit Sensationen aus seinem Leben prahlt, verschwimmen auch mir die Konturen. Sollte ich mich etwa an den erfolgreichen Erfinder halten, der mit nichts anfing und sich zum Millionär hochgearbeitet hat? Oder soll ich dem Künstler nachspüren, als der er sich bestimmt gerne sähe? Sollte ich über den Vater und Ehemann schreiben, das Familienoberhaupt, das sein Leben, seine Gefühle, seine Zeit für die Familie ganz dem Dienst an der Wissenschaft opfert. Oder soll ich ihn als etwas kindischen, nie recht erwachsen gewordenen Lümmel darstellen, der ziemlich gekonnt den aufgeblasenen Egozentriker in den Salons der Gillilands hervorkehren kann? Der Karrierist, der mit seiner Publizitätssüchtigkeit die Presse an der Nase herumführt, der Profiteur und der skrupellose Emporkömmling zur Zeit des großen Aufschwungs, der die Börse narrt und die Gasbarone Mal für Mal mit Ankündigungen über geniale und profitable Erfindungen an den Rand der Verzweiflung

treibt? Also Eigennutz, Gewinnstreben und Übervorteilung der anderen, ein Bonze, der nicht nur seine Arbeiter im maßlosen Überstundenzwang ausblutet, ein Industrieller, der sich mit den Mächtigen und der Macht im Land ganz gut arrangiert hat? Vergessen die Kindheit, die Jahre auf der Straße im Heer der arbeitslosen, darbenden Jugendlichen? Die Schindereien für ein Butterbrot?
Starke Worte, aber der Erfolg scheint mir wirklich alle Mittel zu heiligen. Er heiligt auch die Person und nährt die Legende.
Also welcher Edison? – Das Genie oder das Kind, der Zauberer von Menlo Park oder der Magier des Westens, Prometheus oder Titanus, ein Napoleon der Erfinder oder ein Meister der Masken?

Eine vergilbte Skizze fiel mir heute nachmittag aus der Schublade. Eine Skizze mit dem alten Börsenticker. E. zeichnet gern; fast ist es seine bevorzugte Art, zeichnend neue Dinge zu entwerfen. Wenn er mir nicht diktiert, dann zeichnet er auf den Tisch, auf Servietten, auf die Zeitungsränder. Seine Skizzen sind von großer Klarheit und Deutlichkeit. Unbewußt lebt er ganz dem Wahlspruch des Cartesius nach, »clare et distincte«. – Aber er zeichnet so geschwind, daß man glaubt, er hätte alles bereits fertig im Kopf. Dabei fallen mir oft seine schönen Hände auf. Obwohl meist ein wenig verschmutzt und verätzt, sind sie von ebenmäßiger Form und verraten die Sensibilität und Fantasie eines Künstlers.
Aber die Skizze ist auch noch in anderer Hinsicht erwähnenswert. Neben dem Börsenticker und verschiedenen elektrochemischen Formeln findet sich da auch der Satz: »Meine Frau Popsy Wopsy kann nicht erfinden.«
Die arme Popsy Wopsy! Schon in der ersten Nacht ihres Zusammenseins, in der Hochzeitsnacht, so hatte sie mir erzählt, eilte ihr der Gatte davon. Kaum waren sie allein, als ihm der defekte Börsenticker einfiel. Eine Stunde nach der Trauung.

Er verschwand und kehrte erst nach Mitternacht wieder zu seiner »süßen Gefährtin« zurück.
Popsy Wopsy, die fette Stadtmaus, das Rollmöpschen, wie er sie zwischen Tür und Angel nannte, begann damals in der Abgeschiedenheit von Menlo Park, das für sich ein eigenes Reservat auf dem Land bildete, langsam vor sich hinzumodern. Tage- und nächtelang und auch übers Wochenende saßen wir in den Labors, schliefen und aßen dort. Popsy Wopsy bröckelte ab und quoll auf, es war eins. Sie begann Pralinen zu essen, diese süßen Bomber, die in den Zähnen steckenbleiben, stopfte sich voll damit, schachtelweise in den Mund und gekaut. Die Frau des Erfinders wurde so dick, daß sie sich nicht mehr unter die Leute getraute.
Fett und mit scharfen Sinnen horchte sie die Stille von Menlo leer und fraß sich weiter durch die Schachteln. Außer Kuh- und Glockengeläut gab es kein Vergnügen. Die Society fehlte auf der grünen Wiese, alles roch nach Tod, Fressen und Gefressenwerden, eben nach Natur. Aus unserem Labor drangen des Nachts die blauen Blitze und Explosiönchen und erschreckten die Farmer, die uns mit Überirdischen im Bunde glaubten. Es war eine Männerwelt, rein, aufrichtig und gewiß ein wenig derb. Lachend und fluchend, aber auch verbissen schlugen wir uns die Nächte mit harter Arbeit um die Ohren. Manchmal kam es vor, daß einer sich für eine Stunde auf den Boden legte und zu schnarchen anfing. E. konstruierte daraufhin einen Wecker, eine Büchse mit einem Holzschlegel, die den Schnarcher schnell wieder aus seinen Träumen riß.
Das Leben meines Meisters verläuft nach einem strengen Plan, der auf die Einsparung von Zeit abzielt. In Menlo hing stets eine Wanduhr. Und zwar ohne Uhrwerk darin. Denn der Meister wollte damit kundtun, daß wir hier nicht nach der gewöhnlichen Zeit lebten. Die Tage und Nächte sollten allein nach ›seinem Uhrwerk‹, seinem Lebensrhythmus eingeteilt werden. Da er kaum länger als vier, fünf Stunden zu

Hause verweilte, vereinsamte seine Frau völlig. Sie fühlte sich bedroht und hatte Wahnvorstellungen. Um nicht zu verschwinden, legte sie sich Gewicht zu, zuerst Körpergewicht und später dann einen Revolver unters Bettkissen. Hatte sie Angst vor Einbrechern? Eines Nachts jedenfalls kletterte der Erfinder, da er den Hausschlüssel vergessen hatte, sehr spät am Spalier hoch durchs offene Fenster. Popsy Wopsy schrie auf. Der Schrei rettete ihm das Leben. Hätte er sich nicht zu erkennen geben können, hätte sie ihn wohl kurzentschlossen niedergeknallt.

Gestern nacht nahm er mich nach der Arbeit mit ins Niblos Garden, ein Varietétheater. Seitdem seine Popsy Wopsy gestorben ist, scheint er diesem Etablissement immer stärker zuzuneigen. Als ich ihn fragte, ob er nicht wieder zu heiraten gedenke, sagte er: »Ach, es ist schwer, einer Frau eine Tatsache zu erklären. Die Frauen als Klasse neigen zur Dickköpfigkeit.« Er habe da so seine Erfahrungen!

In Niblos Garden trat uns der Besitzer mit ausgestreckten Armen entgegen. Wir wurden genötigt, in der vordersten Reihe Platz zu nehmen, eine Nasenlänge von all den nackten Weiberbeinen entfernt. Mir hätte es nichts ausgemacht, die ganze Sache von weiter hinten aus anzuschauen.

E. spuckte seinen Tabak geräuschvoll auf den Boden, bestellte einen Champagner und begann sofort zu zeichnen. Obwohl ich mich gerne in das eine oder andere Damenbein etwas vertieft hätte, mußte ich nun laufend Notizen machen. Er erklärte mir, wie notwendig es sei, unsere vier Betriebe, in denen Dynamos, Lampen und Kabel hergestellt werden, genauer zu überwachen und die Kapazität zu erhöhen. Er zog seine Brieftasche hervor und legte mir $ 78 000 (!) auf den Tisch. Ich solle das Geld einstecken und damit unverzüglich in aller Frühe zu Drexel, Morgan & Co. gehen, um ein neues Guthaben einzurichten. Daneben mußten noch einige andere Sachen besprochen werden.

Schließlich wurden wir vom Besitzer unterbrochen. Er kündigte uns die Aufführung eines Balletts zu Ehren von E. an. Es hieß ›Excelsior‹ und war zum Lob des Glühlampenlichts ersonnen. Man hatte einen 55-Volt-Dynamo aufgestellt, welcher 500 kleine Lampen mit Strom versorgte. Einer der Höhepunkte der Show bildete das elektrisch erleuchtete Modell der kürzlich erstellten Brooklin-Brücke. Zum Abschluß gab man ein Ballett, bei dem Dutzende von halbbekleideten Mädchen mit einer Glühbirne wie einem wackligen Geschwür am Leib über die Bühne hopsen sollten. Zu diesem Zweck mußten wir uns hinter den Vorhang begeben, um, mitten im warm-feuchten Gewühl dieser halbnackten Mädchenleiber, jedem einzeln eine kleine Batterie im Ausschnitt zu versenken. Dann tanzten die Girls ihre Revue, was aussah, als würde eine Menge abgehäuteter Glühwürmchen über die Bühne schwirren. – Weiß der Teufel, wie ich später nach Hause gekommen bin.

Ich erkenne meinen Chef kaum wieder. Ist die Arbeit getan, setzt er sich ab und geht in den Salon der Gillilands. Meist nimmt er mich mit, um mir zwischendurch Kleinigkeiten anzudiktieren. Oder ich muß ihm die Sätze zuflüstern, die ihm durch seine Schwerhörigkeit entgehen. So komme ich auch hier nicht dazu, die ausnehmend reizende Umgebung richtig zu würdigen, sondern bin andauernd hinter irgendwelchen Gesprächen oder Satzfetzen her, die ihm entgehen könnten.

Im übrigen herrscht hier ein fürchterlich geistloses Gequassel. Jeden Tag treffen neue von den Gillilands eingeladene Damen ein, um dem Erfinder vorgeführt zu werden. Da er schließlich einer der reichsten und begehrtesten Witwer im Land ist, verlieben sich immer sofort alle in ihn. Scharen heiratssüchtiger Weiber, sie nähmen ihn mit Haut und Haaren, lieber heut als morgen.

Gestern war eine Venusgöttin aus Indiana hier, heute wird

eine aparte Dunkelhaarige aus Ohio erwartet. Eine gewisse Mina Miller, die sehr gut singen und Klavier spielen soll.

E. hat Feuer gefangen. Er sagte mir, es sei gleich einer ›elektrochemischen Reaktion‹ über ihn gekommen.

Mußte heute auf dringende Anweisung von ihm von Miss Miller in Boston zwei Fotografien anfordern. Zudem hat er eine Reihe von Liebesbriefen bei mir in Auftrag gegeben. Man könne nie wissen, wann man sie brauche.
Wo immer er ist, spricht er von dieser Mina und ihren herausragenden Qualitäten. Er redet soviel von ihr, daß Dot allmählich wild wird vor Eifersucht. Sie drohe demnächst eine Lukrezia Borgia zu werden, sagte er fluchend.
(»Mußte an Mina denken und wurde beinahe von einer Pferdebahn überfahren. Wenn Mina mich weiter so beschäftigt, muß ich eine Unfallversicherung abschließen.«)

Eine Serie mit knapp gestanzten Liebesbriefen in lockerer Folge an Miss Miller abgeschickt. Wie schon oft mußte ich mir seine Gefühle borgen, um den richtigen Ton zu finden. Er gab mir dazu folgendes Muster: »Ich studiere die Pläne für unsere Laube in Florida . . . in dem verzauberten Reich der Schönheit, wo süße Winde aus den Ebenen des Orinoco und von der dunklen Karibischen See her wehen und zärtlich die Blüten küssen.«

Das erste Mal, seit ich ihn kenne, ist er krank. Eine langanhaltende Erkältung hat ihn so geschwächt, daß er mit den Gillilands nach Florida muß.

Er kann sie nicht verstehen, wenn sie nicht direkt neben ihm sitzt. Und selbstverständlich ist es ausgeschlossen, daß ich die ganze Zeit, bis er sie erobert hat, zwischen ihnen stehenbleibe, um zu dolmetschen.

Für dieses in der Tat schwerwiegende Problem haben wir nun eine Lösung gefunden. Ich bringe der Dame seines Herzens ganz einfach das Morsealphabet bei. So kann sie über jede Entfernung telegrafisch mit ihm in Kontakt bleiben und in der Nähe kann sie versuchen, sich mittels Klopfen verständlich zu machen. Derart werden die beiden im allerdichtesten Gesellschaftsgewühl eine innig verliebte Konversation für sich allein abwickeln können. Drahtlose Fantasie!

Dot hat mir von einem Kutschenausflug in die White Mountains folgendes berichtet: »Ich saß mit meinem Vater und dieser Miss Miller in der Kutsche, da vernahm ich ein seltsames Klopfen. Ich blickte zu Dad, doch der schaute angestrengt zum Fenster hinaus. Auf einmal gelang es mir, dieses unentwegte dot dot dash dash zu entschlüsseln. Er machte ihr einen Heiratsantrag! – Sie antwortete mit einigen schelmischen Koseworten der einfachen Art, hielt ihn aber hin. Darauf wurde er noch deutlicher und klopfte energisch ein ziemlich gewagtes erotisches Geständnis an die Kutschenwand. Sie errötete, guckte jedoch stur zum Fenster hinaus. Dann folgte eine Pause, in der jeder Stein unterm Rad, jedes Schlagen der Pferdehufe, jeder Peitschenknall einer Antwort zum Verwechseln ähnlich tönte. Schließlich vernahm ich das ›Ja‹, das telegrafisch ganz leicht zu geben ist.«

Eine Nacht lang an einer Brieffassung für Minas Vater herumgebastelt. Etliche Fassungen mußten weggeworfen werden. Meine Formulierungen kamen ihm zu hochtrabend vor; ich wies ihn darauf hin, daß allzuviel Direktheit in diesem Falle ihr Ziel nicht erreiche. Stil, sagte ich ihm, aber das ist ihm zutiefst zuwider. Schließlich eilte er davon, und ich mußte den elenden Brief selber abfassen, und, was mir zur doppelten Qual wurde, auch noch mit seinem Namen unterschreiben.
(»Ich hoffe, daß Sie mich nicht der Selbstgefälligkeit zeihen, wenn ich sage, daß mein Lebenswandel, meine derzeitigen

Lebensumstände und meine Position so bekannt sind, daß hierzu meinerseits keine Erklärung notwendig ist. Mein Ruf steht bereits so fest, daß ich danach – im guten wie im schlechten – zu beurteilen bin.«)

Wir sind jetzt dabei, das bestausgerüstete und größte Labor zu bauen, das es gibt. Eine Anlage für schnelle und billige Entwicklung einer Erfindung, bis sie kommerziell nutzbar gemacht werden kann. Daselbst wollen wir selber gießen und schweißen können, und zwar alles, von der Damenarmbanduhr bis zur Lokomotive, Erfindungen, für die wir früher Monate gebraucht haben, werden wir nun in ein paar Tagen erledigen.

Aufgenommenes Inventar: »achttausend verschiedene Chemikalien, jede existierende Schraubengröße und -art, jede Nadelgröße, jede Garn- und Drahtart, menschliche Haare, Haare von Pferden, Schweinen, Kühen, Kaninchen, Ziegen, Nerzen, Kamelen. Seiden aller Art, Seidenraupen, verschiedene Hufarten, Haifischzähne, Hirschgeweihe, Schildpatt, Korken, Harz, Lack und Öl, Straußenfedern, einen Pfauenschwanz, Pech, Bernstein, Gummi, Erze, Metalle. Von der Elefantenhaut bis zum Augapfel eines amerikanischen Senators.«

Das ist Musik für meine Ohren, auch wenn ich froh bin, daß ich mein Geschäft, das Schreiben, allein mit Papier und Tinte abwickeln kann.

Daneben wurde für Mina noch ein Anwesen in Glenmont gekauft. Ein rotgestrichenes Schlößchen mit weitläufigen Zimmerfluchten, Nebentrakten und Erkern, alles etwas semifeudal, wie wir in England sagen. Ja, dieses Glenmont ist ebenso großartig wie scheußlich. Kronleuchter und damastüberzogene Möbel, meterweise miserable Gemälde und zentnerweise antikisierende Statuen an jeder Ecke. Minas guter Geschmack und seine plötzliche Spendierlaune!

Nun ist sie es, die ihm die Hemden wechselt, neue Kleider

kauft und ihm besssere Manieren beibringt für den Umgang mit der Upper-class. Jetzt ist er schließlich nicht mehr der übernächtigte Pionier in abgerissenen Hosen, der in ungeheizten Schuppen pennt und sich mit stibitzten Semmeln verköstigt. Glenmont rangiert höher, ein Papiermaché-Schlößchen für Ölprinzen aus Texas und Schweinefleischfabrikanten aus Chicago.
Mit geschwellter Brust stand er neulich am Fenster, nachdem ihn ein berühmter Schriftsteller aus Europa einen ›Faust‹ genannt hatte. Ja, warum auch nicht. Er hat sein Gretchen und er hat alles erreicht, was er will. Ebenbürtig steht er neben Wirtschaftsbossen wie den Carnegies oder den Rockefellers. Doch E. will noch höher hinaus. Jedenfalls sagte er mir an jenem Abend, als der Schriftsteller wieder abgereist war: »Sehen Sie das Tal dort?«
»Ja, es ist sehr schön.«
»Ich werde es noch schöner machen. Ich werde dort eine Fabrik neben die andere hinstellen.«
Ja, wo soll das alles denn hinführen? Soll es am Schluß zu- und hergehen wie in diesem ›Scientific american‹, seinem Leibblatt!
Da gibt es Projekte und Konstruktionspläne von Maschinen, die den menschlichen Körper verbessern und perfektionieren sollen. Ein Fahrrad, mit dem man unter Wasser schwimmen kann, und eines, das sich in die Lüfte hebt, wenn man kräftig genug in die Pedale tritt. Eine Dusche, die wie ein Fahrrad funktioniert –.

Blicke ich zurück aufs letzte Jahrhundert, zähle ich zehn Industrieausstellungen aller Völker, darunter diejenige in Paris, die zum eigentlichen Triumph E.s wurde. Am Sylvesterabend führten wir die Glühlampe erstmals 3000 Schaulustigen vor. Der Himmel wurde zum kolossalen Träger für E.-Werbung. Der Glanz der Sterne wirkte kümmerlich daneben.
Zählt man die Zahl aller Weltausstellungsbesucher zusam-

men, kommt man auf satte 170 Millionen. 170 Millionen, die begriffen haben, daß es kein Mittel mehr gegen den Fortschritt gibt! Denn Stillstand ist Rückstand.
Ford mag recht haben, wenn er meint, daß wir die Führung im Wohlstand der Völker am meisten E. verdanken. Allzu vieles, was heute selbstverständlich zu unserem Wohlstand gehört, läßt sich auf seine Erfindungen zurückführen. Und füllt denn nicht jede dieser Maschinen eine Lücke aus im göttlichen Schöpfungsplan? Da wir von Natur aus arm sind, brauchen wir die Fabrikmaschinen zur Mehrung unserer Güter. Da wir zur Krankheit neigen, benötigen wir medizinische Maschinen, die unsere Gesundheit herstellen. Und da der Mensch naturgemäß lügenhaft ist, brauchen wir die Foltermaschinen, denn diese produzieren die Wahrheit.

Ein wunderbares Buch ist mir in die Hände gekommen. Es ist von einem Franzosen, der seinen »Adam« im Namen trägt und die Entstehung einer Eva der Zukunft beschreibt. Der Held des Buches ist ein gewisser »Edison«. Wo über meinen Chef geschrieben wird, geht's meist sehr grundsätzlich zu.
(Bei Cartesius las ich neulich, daß es nur einem Teil der Menschheit, nämlich dem männlichen gegeben sei, zu wahren Herren über die Natur zu werden. Frauen sind selbst ein Teil der Natur. Also muß man sie neu erfinden, um sie zu verbessern!)
Diese zukünftige Eva ist natürlich eine Androide, ein Geschöpf aus legierten Metallen wie Kupfer, Eisen, Blei und Gold. Sie besitzt eine wunderbare Stimme, die ebenso wie ihr klarer, metallischer Blick einen Mann verzaubern kann. Das holde Wesen wurde von »Edison« einem Freund zuliebe erfunden. Dieser Freund – er nennt sich Lord Ewald – krankt an einer veritablen Liebesvergiftung, da eilt ihm »Edison« mit einer gar sonderbaren Medizin zuhilfe. Diese Medizin heißt »Hadaly« und ist ein Püppchen, das sich anmutig hin und her zu bewegen weiß und dabei ein leise summendes Geräusch

von sich gibt, als sei es für jeden Anwesenden in einem heimlichen elektrischen Fieber entbrannt. In seinem Innern sorgt ein eingebauter Phonograf dafür, daß es mit einer äußerst melodiösen Stimme reden kann. Beim Gehen wiegt es sich etwas anzüglich in den Hüften. Übrigens fällt es ihm nicht ein, seinem Herrn und Schöpfer zu widersprechen. Es kann nur das sagen, was ihm in die Staniolrolle eingestanzt wurde.
Hat dieser »Edison« irgendeine Ähnlichkeit mit dem meinen? »Ist denn eine Frau, die bar jeder Dummheit ist, etwas anderes als ein Ungeheuer? Was gibt es Betrüblicheres, was ist tödlicher als das greuliche Geschöpf, das man eine geistreiche Frau nennt?« – Das ist die gute alte Gesinnung, die auch meinen Chef auszeichnet.
Und wie steht denn »Edison« zum lebendigen Modell seiner Androide?
»Edison betrachtete diese Frau mit dem scharfen Auge des Entomologen, der an einem hellen Sommerabend endlich den lange ersehnten Falter entdeckt, den er mit einer silbernen Nadel durchstechen und morgen schon seinem Museum einverleiben wird.«
Ja, zerlegen, analysieren und erforschen, das scheint mir die dem Wissenschaftler einzig angemessene Haltung zu sein. Dieser »Edison« möchte am liebsten alles auf dieser Erde in etwas Künstliches umwandeln. Auch die Frau. Eine Frau muß für ihre Schönheit leiden, sie muß sich, wenn sie sich verbessern will, durch etwas Besseres ersetzen lassen. Das ist der Welt unabänderlicher Lauf.
»Edison« erfindet Verbesserungen der Sinnesorgane, Prothesen gegen jedwelche Mängel. Auf diese Weise nähert er sich schrittweise seinem Ideal, der totalen Ersetzung des Menschen. Fluch und Schande schüttet er über seine Zunftgenossen, die nichts als klägliche Mißgeburten hervorgebracht hätten. Vaucansons Flötenspieler, von Melzels Schachautomaten ganz zu schweigen. Alles nur Taschenspielertricks für Leichtgläubige. Zurecht nennt er sie Fabrikanten von Vogel-

scheuchen und beklagt, daß diese unvollkommenen Automaten, statt dem Menschen ein Gefühl seiner Göttlichkeit zu verleihen, nur seine Ohnmacht preisgegeben hätten.
(Hier geht er meines Erachtens zu weit. Ich verspüre mit ›Hadaly‹ starke Sympathie, beinahe eine Art zwischenmenschlicher Verbundenheit. Aber auch der wunderbare ›Ecrivain‹ von Jacques Droz, der perfekteste aller Privatsekretäre, fesselte mich. Allerdings ist es beschämend, mich mit der Perfektheit eines solchen Schreibers vergleichen zu müssen. Er ist nämlich imstande, jeden ihm von seinem Herrn eingegebenen Text (bis zu vierzig Buchstaben) vollkommen schnörkellos wiederzugeben. Er läßt sich nicht durch herumschweifende Gedanken ablenken. Als Sekretär bräuchte er keine geheimen Notizbücher mehr zu füllen, um seinen Herrn besser zu verstehen. Er wäre sozusagen das lebende Notizbuch seines Meisters. Er kann nichts schreiben, was nicht zuvor im Kopf seines Meisters gedacht worden ist. Sein Glück? – Es ist das himmlische Gefühl der Leere und des reibungslosen Ablaufs.)

»Edison« träumt von den Möglichkeiten der Fotografie, hätte man sie nur etwas früher erfunden. – »Wie schön wäre es«, lese ich da, »ein paar Momentaufnahmen zu besitzen von Josua z. B., als er die Sonne aufhielt –, einige Ansichten des irdischen Paradieses, von dessen schwertbewachtem Eingang; vom Baum der Erkenntnis, von der Schlange.«
Er schlägt Gott vor, ein Foto von sich anfertigen zu lassen. Da von Ihm ja nur sehr vage und keinesfalls naturgetreue Wiedergaben existierten, wolle er seine Stimme fonografisch aufzeichnen und ein Foto von ihm machen.

Immer vorausgesetzt, daß man an die Existenz eines Gottes glaubt. Was mein Chef nicht tut. Er hält den Begriff Gottes schlicht für eine Abstraktion und hat mehrmals öffentlich erklärt, daß die Millionen von Gebeten weder Naturkatastro-

phen noch große Kriege hätten abwenden können. – Seit diesen Erklärungen hagelt es regelmäßig Droh- und Schandbriefe auf meinen Schreibtisch. Zeitweise nimmt die Debatte so hitzige Formen an, daß ich um den guten Ruf meines Chefs fürchten muß. So, wenn er beispielsweise hinausposaunt, daß es nicht den geringsten Beweis für einen persönlichen Gott gebe, noch für Himmel und Hölle. Daß er keine Seele, wohl aber den Geist kenne. Daß seine einzige Erlösungsformel Arbeit und nochmals Arbeit heiße. Daß seine Religion sei, das Gute zu tun.
Mir hat er anvertraut, daß er es für möglich halte, daß der Mensch nach dem Tode weiterlebe. Aber das sei ein chemisches Problem. Er arbeitet an einem empfindlichen Gerät, mit dem er die Existenz außerirdischer Lebewesen beweisen will.
(Auch ich möchte gerne wissen, wie man der Natur ihr Geheimnis am besten entlockt, und wie man dieses Gefühl der Unsterblichkeit, das einem beim Anblick gut funktionierender Maschinen befällt, dauerhafter machen könnte.)

»Da Pygmalion sah, wie die Mädchen verbrecherisch lebten, war er empört ob der Menge der Laster des Weibergeschlechts, die von Natur es besitzt: so blieb er denn einsam und ledig, ohne Gemahlin; und lange entbehrt er der Lagergenossin. Aber er bildet indessen geschickt ein erstaunliches Kunstwerk, weiß wie Schnee, ein elfenbeinernes Weib, wie die Natur es nie zu erzeugen vermag, und verliebt sich ins eigene Gebilde. Sieh die Gestalt einer wirklichen Jungfrau: man dächte, sie lebe, wolle sich plötzlich bewegen, sofern es die Scham nicht verwehrte. – Daß es nur Kunst war, verdeckt die Kunst.«

Wenn es schon einen Gott gäbe, so käme er heute als Zweifler oder als Frager, wie jener weißhaarige Greis, der eines Tages ins Labor von Menlo trat. Der Greis trug ein großes Paket

unter dem Arm, dessen Inhalt er unbedingt E. zeigen wollte. Er packte es aus, worauf ein rechteckiges Ding mit Zahnrädchen zum Vorschein kam.
»Mister Edison«, sagte er mit einer unendlich traurigen Stimme, »ich habe hier eine Maschine, an der ich ein Leben lang gearbeitet habe.«
»Was ist es denn?«
»Ein Perpetuum Mobile. Aber es geht nicht. Da ist nur eine winzige Kleinigkeit, an der es offenbar mangelt. Ich hoffe, Sie können mir raten, was ich tun soll.«
»Bauen Sie der Maschine einen Magen ein. Füttern Sie sie mit feinstem Braten und Kartoffeln – dann wird sie über die nötige Energie verfügen, die sie braucht.«
Der Greis lächelte. Er packte seine Maschine wieder ein und ging so leise hinaus, wie er hereingekommen war.

Wie der Gläubige durch das Licht mit seinem Gott verbunden ist, so sind E. und seine Maschinen mit der Unsterblichkeit verknüpft. Die Maschinen überlisten den Tod; ihr Leben scheint ohne Ende. Endlos zeugt sich die Maschine aus sich selber fort. So spricht sie die Sprache der Ewigkeit; sie ist, von uns Menschen aus gesehen, der Dolmetscher in jene andere Welt, wo alles wie von selbst, ohne das Dazutun des Menschen abläuft.
Denke ich das zu Ende, werde ich traurig wie jener Greis. Denn eine solche Maschine, die sich aus sich selber fortzeugen könnte, würde ihren Erfinder überflüssig machen. In einer Welt voll solcher Maschinen wäre der Erfinder nur noch der erste Beweger. Um nicht zu verschwinden, müßte er die Maschine wieder in ihre Einzelteile zerlegen. Zerlegen und rekonstruieren. Ein endloses Spiel, wie es die Maschinen mit sich selbst spielen.

»Acht Sachen sind, wornach die Gelehrte und Curiosen streben, nemlich der Lapis Philosophorum, liquor Alcant, das

Gelaß weich zu machen, ein ewiges Liecht, das Mobile Perpetuum etc.« (Johann Joachim Becher, 1682)

»Gar manchen Tag haben Meister darüber beratschlagt, wie man das Rad machen könne, das sich von sich selbst dreht.« (Villard de Honnecourt. 1232)

Ich liebe das Licht an den Rändern des Tages. Dieses diffuse, weiche Licht ohne Quelle, in dem der Tag in seltsamer Dramatik entsteht oder vergeht. Von meinem Dachzimmer aus habe ich den Eindruck, einem endlosen Schöpfungsvorgang beizuwohnen.

In mir ein Feuer entfachen, um das, was in mir drin ist, in Flamme und Rauch aufzulösen. Meine Schrift: der untrügliche Beweis meines Vorhandenseins?
Gäbe es nicht meine vor aller Welt verheimlichten Notizen, ich bliebe in den Annalen der Geschichte ein unbeschriebenes Blatt. Es gibt schließlich keine Taten, die von mir zeugen. Ich besitze keine Kinder, keine Familie, und meine Verwandtschaft ist seit längerem dahin. Ich bin nichts als ein kleiner Angestellter im weltumspannenden Konzern namens »Erfindung & Fortschritt, Co.«. In diesem Betrieb bin ich der Produzent einer mehr oder weniger überflüssigen Ware. Ich kriege mein Salär, weil man nicht mitansehen will, wie ich verhungere. Zwar bin ich ein geschätzter Buchhalter des »Fortschritts«, aber ich bin ersetzbar. Zwar könnte ich, wenn ich wollte, die Zahlen fälschen, nicht aber die Fakten. Als Biograf tauge ich wenig. Ich versuche zu begreifen, und das lähmt mich. An den Bilanzen ändert auch das nichts.
»Nulla dies sine linea.« – Monat um Monat, Jahr um Jahr trage ich meine kümmerliche Existenz auf diesen Blättern ein und habe dabei längst begriffen, daß ich es nur für mich, mich allein tue. Mein Schreiben ist das, was die Krücke für den Lahmen.

Ich fühle immer stärker den Wunsch, mich zu verleugnen. Über das tägliche Arbeitspensum hinaus ihm noch mehr Zeit von mir zu widmen, meine Erinnerungen, meine Vergangenheit, in gewissem Sinne mein ganzes bisheriges Leben. Alles, was mit mir zu tun hat, mit einer entschlossenen Gebärde vom Tisch zu räumen, und mit ihm zusammen diesem Ansturm auf die Zukunft gewappnet zu sein. Ich würde mich gern opfern, wie ein Priester des Lichts, der im Schatten für seine Sünden büßt.
Noch wäre es nicht zu spät dazu. Noch habe ich den Glauben an unsere gemeinsame Sache – den Fortschritt – nicht aufgegeben. Ich glaube daran, daß wir die Welt mit unserem Licht verändern, wenn nicht gar verbessern können. In meiner Schwäche bin ich zu allem bereit. Und wenn mir meine Vernunft immer stärkere Zweifel eingibt? – Was man nicht mit absoluter Sicherheit wissen kann, muß man mit dem Glauben wettmachen. Dieser Glaube macht mich leicht, beinahe sorglos. Mit Freude entdecke ich, daß ich nichts mehr zu sagen habe.

Mir scheint, der Mensch ist dabei abzutreten. Er verschwindet in den Formeln und Axiomen, die er selbst aufgestellt hat. Wo wir ihn zu fassen versuchen, beispielsweise in der Biografie, greifen wir nach einem Phantasma. Objekte letzter Präzision sind nur die Maschinen. Noch kann der Mensch (Objekt) von den Maschinen (Subjekt) nicht vollumfänglich aufgezeichnet werden.

E. ist von den Maschinen fasziniert. Er möchte, so hat er mir lächelnd anvertraut, eines Tages den Menschen ebenso stark und unverwundbar machen.
Und unsterblich? habe ich leise gefragt.
Auch ich kann mich der Faszination der Maschinenwelt nicht entziehen, obwohl sie meiner Welt geradezu entgegengesetzt ist. Auch mir raubt die oxidgesättigte, dampfgeschwängerte

Luft unseres Labors regelmäßig den Schlaf. Was ist denn schöner, als mit der Hand zärtlich über den kühlen, blanken Stahlkörper einer Turbine zu streicheln. Wo vergehe ich mehr, als wenn Dutzende von Rotoren, Dynamos, Batterien und Stromkreisen um mich herum Funken schlagen und dröhnen. Da vergesse ich alles, vergesse mich. All diese Dampfmaschinen, mit ihren unentwegt stoßenden und stampfenden Kolben. Die rollenden Eisenbahnen und die bulligen Lokomotiven – verheißen sie uns nicht eine Zukunft ohne Plackerei und Mühsal? Staunend stelle ich fest, daß unser alltägliches Leben durch die Maschinen müheloser und effizienter gemacht wird. Wir stehen wahrlich am Beginn eines neuen Goldenen Zeitalters. Rings um mich herum summen und knattern unzählige Maschinen. Welch fröhliche Musik, Maschinenmusik, Maschinensymphonien. Die Hymne unseres Jahrhunderts.
Jede weitere Erfindung eröffnet uns Möglichkeiten auf einen noch größeren Fortschritt hin. Mit jeder Maschine erobern wir uns ein Stück Zukunft. Wer weiß, auf welche Weise sich die Erfindung des Lichts noch auswirken wird.

Wäre ich ein Lichtkörnchen und nicht ein einsechsundsiebzig großer männlicher Körper, ich könnte meine Fortbewegung auf eine unvorstellbar hohe Geschwindigkeit steigern. Schneller als der Ruf eines Vogels, das Echo einer menschlichen Stimme gelangte ich von einem Ort zum anderen. Wäre ich ein Lichtkörnchen, könnte ich gleichzeitig überall sein. Ich wäre überall und nirgends.

Wie unaufhaltsam darf der Fortschritt sein? Wir erfinden uns Geräte, um Mangelhaftes zu ersetzen. Wir bringen das, was wir damit ersetzen, zum Verschwinden. Durch das elektrische Licht haben wir die Nacht zum Verschwinden gebracht.
Was bedeutet dieses Ersetzen?
Es bedeutet zuerst einmal ein Verbessern. Das elektrische

Licht hat das Gaslicht verbessert und gleichsam zivilisiert. Es leuchtet nicht mehr nur einzelne Punkte aus, sondern verbreitet sich regelmäßig im ganzen Raum. Es ist mit einem Schalterdruck sofort auszulöschen. Es verscheucht die Schatten hinter den Dingen und breitet einen immerwährenden Mittag über uns aus. Es raubt den Dingen ihre Schwere und es vertreibt die Illusionen aus ihnen. So verlieren die Gegenstände ihr geheimnisvolles Munkeln. Sie verlieren ihre flakkernde Unförmigkeit und Unsicherheit und erscheinen mit klaren Umrissen. Clare et distincte! Das elektrische Licht ist die Leuchtkraft der Vernunft. Es verwandelt, so finde ich, die Welt in eine Art Bühne. Es bringt uns die Dinge näher, ohne daß wir von ihnen erdrückt werden.

Unter den Gelehrten ist ein Streit darüber entbrannt, aus welcher Materie »Licht« bestehe. Aber auch solche Diskussionen können die Auflösung des Begriffs der Materie nicht aufhalten. Wir müssen beginnen, in Energieformen zu denken. – Das würde heißen, daß ich meine Gedanken gar nicht mehr zu Papier bringen müßte.

Eines Tages wird man auch das Licht verbessern müssen. Es wird schnell veralten. Man wird es zerlegen, um es gründlich zu erforschen. So, wie man alles zerlegen wird, jedes Blatt und jedes Lebewesen. Man wird den Bauplan der Natur endlich entziffern. Vielleicht, daß da die Fratze Gottes zum Vorschein kommen wird. Oder vielleicht das Nichts.

Was macht denn erfinderisch?
»Eine Entdeckung«, hat er mir gesagt, »ist mehr oder weniger eine Art Zufall. Nehmen wir an, lieber Insull, ein Mann geht auf einer Straße und will einen Zug erreichen. Unterwegs stößt sein Fuß auf irgend etwas. Er sieht, daß ein goldenes Armband im Straßenstaub liegt. Er zog nicht aus, um das Armband zu finden, und doch ist dessen Wert genauso

groß.« Aber wäre es nur der Zufall, der ihm zuhilfe kommt, dann gäbe es wohl Dutzende von E.s.
Warum hat er ausgerechnet den Phonografen erfunden? War es nicht seine Taubheit, die ihn dazu gebracht hat? Anstatt dieses körperliche Leiden zu akzeptieren, hat er sehr früh dessen Vorteil zu nutzen verstanden. Im Telegrafenamt konnte er sich ganz auf das Ticken des Telegrafen konzentrieren, ohne daß ihn die Geräusche der Umgebung abgelenkt hätten. So wurde er einer der besten und schnellsten Telegrafen des Landes.
Die Erfindung des Phonografen war damit schon vorgezeichnet. Er stellte Versuche an, wie telegrafische Mitteilungen automatisch auf ein Papierrund zu übertragen wären, das auf einer schallplattenähnlichen Oberfläche mit Rillen auflag. Ein Elektromagnet mit einem Stift lief über das Papier und ritzte Zeichen darauf. Um die Übertragungsgeschwindigkeit zu erhöhen, mußte der Papierstreifen eine raschere Laufgeschwindigkeit erhalten. Beim Ausprobieren aber gelangten plötzlich Geräusche an sein Ohr, die einer menschlichen Stimme glichen. Diese Entdeckung konnte er eigentlich nur machen, weil er die vielen darübergelagerten Nebengeräusche gar nicht hörte.
In der Zwischenzeit sickerten Gerüchte über unsere neue ›Sprechmaschine‹ durch. Butler schrieb uns, wie wichtig es wäre, die ganze Sache geheimzuhalten. Fast ein Jahr lang arbeitete E., bis zu 20 Stunden am Tag (die Sonntage nicht ausgenommen!) an der Verbesserung des Geräts. Er ersetzte die Scheibe durch einen Zylinder, der mit Stanniol überzogen war. Bald darauf war es soweit. Der Erfinder neigte sein Ohr der Maschine zu und seine eigene, hohe Stimme brüllte ihm aus dem Trichter entgegen: »Mary had a little lamb, little lamb...«
Vom Dezember an wurde unser Labor mehrere Monate lang stark überflutet. Sie kamen in Kutschen und Fuhrwerken, zu Fuß und in der Eisenbahn. Der ›Columbus von New Jersey‹

trat aus den dunklen Verliesen seiner Hexenküche ans Sonnenlicht. Seine neue Erfindung, so wurde geschrieben, würde die Ordnung der Welt stürzen und eine neue Ordnung schaffen, von der sich nicht einmal Scheherazade in 1001 Nacht hätte träumen lassen.
Sie kamen in Scharen, warfen sich auf die Labortische, ließen Werkzeuge mitlaufen oder demontierten uns ihre ›Souvenirs‹ aus allen Apparaten. Sie machten den Kratzfuß und boten ein halbes Vermögen, um einmal in die ›Sprechmaschine‹ reden zu dürfen. Politiker und Prominenz stellte sich ein, um sich die eigene Stimme verewigen zu lassen. –
Und: »Die Sprechmaschine hat die Ehre, sich selbst der amerikanischen Akademie der Wissenschaften vorzustellen.«
E. wuchs zum Zauberer, zum Magier, der mit überirdischen Mächten in Verbindung steht. Die Farmer in seiner Umgebung glaubten, er besäße Maschinen, mit denen er aus zwei Kilometern Entfernung ihre Gespräche ablauschen und den Kühen beim Kauen zuhören könne. Oder er hätte eine Maschine, um die Wärme der Sterne zu messen.
Auch wurden Pläne ausgeheckt, wie man den Phonografen am besten verwenden könnte. Man wollte ihn in Statuen berühmter Persönlichkeiten einbauen, um damit das Publikum auf öffentlichen Plätzen mit deren Reden zu unterhalten.
Ein Pfaffe wollte seine Predigt nicht mehr selber halten, sondern vom Phonografen wiedergeben lassen.
Sterbende hinterlegten auf diese Weise ihren letzten Willen.

Beim Abendspaziergang Zeuge folgenden Gesprächs geworden. Eine Dame und ein Gentleman wandeln durch eine beleuchtete Straße.

*Gentleman:* »Warum, meine Liebste, tragen Sie Ihren Schirm immerzu offen, wo es doch weit und breit nicht nach Regen aussieht.«

*Dame:* »Wegen des Lichts, das von diesen auf den Kopf gestellten Gaslampen auf mich herunterregnet.«

*Gentleman:* »Das sind keine Gaslampen, das sind elektrische Edison-Lampen.«

*Dame:* »Eben deswegen. Es scheint mir nicht ungefährlich, mich des längeren diesem elektrischen Licht auszusetzen. Und gesetzt den Fall, so ein Glas würde einmal bersten, so würde mir diese ganze Elektrizität auf den Kopf fallen.«

*Gentleman:* »Die Elektrizität kann nicht fallen, sie würde sofort aufhören zu sein.«

*Dame:* »Sie muß doch wohl in der Lampe drinstecken.«

*Gentleman:* »Nein, sie wird durch ein Kabel hergeleitet.«

*Dame:* »Kann also doch ausfließen, in mein Haar.«

*Gentleman:* »Nein, ist unsichtbar, geruchslos und materielos.«

*Dame:* »Und woher kommt denn dieses Wunderding?«

*Gentleman:* »Das weiß man nicht so genau, wohl aus der Natur.«

*Dame:* »Dann ist es also doch nichts Künstliches, das dieses Licht und diese Maschinen antreibt?«

*Gentleman:* »Lassen wir das!«

Gestern abend, kurz nach achtzehn Uhr, ist hier auf dem Werksgelände in den Laboratorien ein Feuer ausgebrochen. Es entzündete sich in einem kleinen Werksschuppen, der mitten auf dem Gelände steht, und griff sofort auf die umliegenden Gebäude über. Die Werksfeuerwehr war unmittelbar darauf zur Stelle; mit Genugtuung kann ich hier vermerken, daß sich das von mir ausgearbeitete Meldesystem in diesem Falle bewährt hat. Versagt hat allerdings das neueingerichtete Pumpsystem. Der Wasserdruck war dermaßen niedrig, daß dem Feuer nicht beizukommen war. Die feuergefährlichen Filme und vor allem die in Gebäude 24 gelagerten Chemikalien, die zur Schallplattenherstellung benutzt werden, brannten wie Zunder. Die grünen, chemiegesättigten Flammen schossen in den Abendhimmel und verdichteten sich dort zu einer stinkenden Wolke.

Wir hatten Mühe mit dem Atmen und mußten uns nasse Tücher vor das Gesicht binden.
Gottlob eilten uns die Feuerwehren von acht Nachbarschaften zu Hilfe. Der geringe Wasserdruck vereitelte auch ihre Anstrengungen. Einige der Feuerwehrleute und der zahlreichen freiwilligen Helfer erlitten schlimme Verletzungen. Einer unserer Mitarbeiter fand den Tod in den Flammen.
E., dem man nun sein Alter doch etwas anzumerken beginnt, war gestern außergewöhnlich früh zum Abendessen nach Hause gegangen. So waren nur sein Sohn Charles und ich zur Stelle, als das Feuer ausbrach. Aber was half's? Mehr oder weniger hilflos mußten wir mitansehen, wie E.s Werk, sein gesamtes in Orange Valley aufgebautes Imperium ein Raub der Flammen wurde.
»Eine Katastrophe, eine Tragödie«, murmelte Charles neben mir. Selten habe ich ihn so verzweifelt, den Tränen so nahe gesehen.
Um uns herum standen etwa 10 000 Leute, die gekommen waren, um dem Spektakel zuzuschauen.
Und wo war E.?
Er war vom Abendbrot in Glenmont weggerufen worden, erschien jedoch erst verhältnismäßig spät bei uns. Langsam sahen wir ihn über den Hof schlendern, schweigend und ohne ein äußerliches Zeichen der Anteilnahme. Er stellte sich neben mich, verschränkte seine Arme und schaute in die Flammen. Mit seinen Augen verschlang er das Feuer, ohne indessen in seiner Miene ein Zeichen der Erregung erkennen zu lassen.
Laut begann ihm Charles den Schaden vorzurechnen. Da man auf die Feuerfestigkeit des Eisenbetons vertraut hatte, waren die Gebäude nur zu einem Drittel ihrer Herstellungskosten ($ 1 Mio) versichert.
Mittlerweile aber hatte das Feuer bereits auf die peripher gelegenen Verwaltungsgebäude übergegriffen, in denen die wertvollen Geräte zur Herstellung der Diamantnadeln und

Schallplatten lagerten. Charles meinte, der Verlust könne sich gut und gerne auf $ 4 Mio belaufen.
Aber E. reagierte gar nicht. Reglos stand der ergraute Herr zwischen uns, starrte in die Flammen und schien sein Vergnügen daran zu haben. Ja, es schien, als würde er von etwas erlöst, als sei all das, was da vernichtet wurde, schon immer ein Werk des Teufels gewesen, das diesem nun in einem großartigen Opfer zurückgegeben wurde.
»Wo ist Mina?«, fragte er plötzlich Charles. »Hol sie her und ihre Freunde auch. Sie werden nie wieder ein solches Feuer zu sehen bekommen.«
Aber Charles glaubte ihn im Lärm der knatternden Flammengarben mißverstanden zu haben und addierte weiter seine Verlustrechnungen. Da unterbrach ihn der Alte und meinte trocken: »Ach was, ist gar nicht schlimm. Wir sind auf diese Weise eine Menge alten Mist losgeworden.«
Zu mir gewandt fügte er an: »Ich habe schon eine Menge solcher Dinge erlebt. Ich bin jetzt 67, aber noch nicht zu alt für einen neuen Anfang.«

Er läßt sich durch nichts verdrießen. Es gehört zu seinen unerschütterbaren Glaubenssätzen, daß es kein Problem unter der Sonne gibt, welches sich nicht durch hartnäckige Arbeit lösen ließe. »Man muß nur dranbleiben und arbeiten wie der Teufel!«
Mir wird sein stetiger Wiederaufstieg allmählich unheimlich. Mit der Pünktlichkeit eines Uhrschlags stellt sich sein Erfolg immer wieder ein. Nach der Schufterei, die uns im Vorfeld jeder gelungenen Erfindung beinahe zugrunderichtet, wünschte ich mir ein Innehalten.
Braucht denn dieser Mann keine Diäten, um schöpferisch zu bleiben? – Dutzende von verlorenen Patenten, mehrfach durch Diebstahl und Spionage betrogen, zuletzt von den eigenen Leuten verraten. Als es darum ging, die »Lamp Company« der »General Electric« einzuverleiben, wurde sein

Name aus dem Firmenschild gestrichen. Und jetzt, im Alter von über sechzig, noch einmal alles durchs Feuer in Schutt und Asche gelegt. Jetzt müßte er anhalten und sich fragen, warum und wohin.

Man kann nur gewinnen, wenn man zwischendurch verliert. In meinem Innersten heiße ich jeden Verlust willkommen. Das Feuer, das im Laufe der Zeit unser steter Begleiter und Widersacher geblieben ist, gibt mir eine Atempause. Unbezähmbar und unberechenbar wie ein Weib, sorgt es für die notwendigen Lücken in der rasenden Produziererei. Eine Erlösung, die eines Tages endgültig sein könnte.

Was treibt ihn nun wie einen Rasenden zum Weitermachen? – Ist es Profitsucht, Erfolgssucht oder einfach sture, alltägliche Gewöhnung ans Arbeiten? Gibt es eine verborgene Schuld, ein heimliches Versäumnis, das ihm diese Art Leben aufzwingt? Sind all die Erfindungen Tribute eines Besessenen an ein brennendes Schuldbewußtsein?

Haben wir das Brandrisiko in West Orange etwa unterschätzt? Haben wir die Sicherheit der Anlagen dem Rentabilitätskalkül geopfert?
Über dreißig Jahre sind es her, seit die Brücke von Tay fünfundsiebzig Menschen in den Tod gerissen hat. Zwei Jahre sind seit dem Untergang der Titanic vergangen. – Er und seinesgleichen arbeiten weiter und weiter.

Taub, wie er ist, sitzt er an der Orgel im Labor und spielt Akkorde oder die Melodie von Gilbert & Sullivans ›For I am the Wizard of the Electric Light, and a wide-awake Wizard too . . .‹

Er besitzt ein nahezu perfektes Gedächtnis, sodaß er laufend bei jedem Experiment sein Wissen akkumulieren kann. Oft führen seine Versuche nicht zu dem Ziel, zu dem er gelangen wollte. Doch er behält alle Stufen des Experiments im Gedächtnis, sodaß er die Daten bei einer anderen Gelegenheit abrufen kann. – Nie habe ich ihn deswegen nur an einer einzigen Sache arbeiten sehen. Sein Gehirn ist imstande, eine große Anzahl gleichzeitig ablaufender Erfindungsprozesse zu verfolgen. Gleichzeitig arbeitete er am Telefon, am elektrischen Schreibstift, an der Vervielfältigungmaschine wie am Modell der Glühbirne. Dank seines Gedächtnisses nähert er sich der Dimension der Gleichzeitigkeit von allem mit allem an. Mein Gedächtnis bedarf der schriftlichen Fixierung. Was nicht Schrift geworden ist, existiert nicht.

Nox und lux, das Zweigespann.
Wer hat das Licht erfunden?
Wer raubt Dir den Schlaf?

Im Kindesalter zündet er die Scheune seines Vaters an. Bloß um zu sehen, was dabei herauskommt. Zuerst steckt er den kleinen Holzschopf hinter der Scheune in Brand; von da aus springen die Flammen über und stecken um ein Haar die anderen Häuser des Dorfes in Brand. In seinen Augen brennt die ganze Welt. Bis heute glaubt er die Macht zu besitzen, sie anzuzünden.

Sein Vater hielt ihn für ausgesprochen dumm. Seine Mutter pflegte ihn in Mädchenkleider zu stecken und mit einer Birkenrute durchzudreschen. Er liebte seine Mutter.

Er schläft auch jetzt noch, im hohen Alter, kaum mehr als vier bis fünf Stunden. Dabei geht er von der Erfahrung aus, daß er, wenn er in etwas leidenschaftlich vertieft ist, nicht mehr Schlaf benötigt. Meist arbeitet er durch, bis seine Intelligenz ihre, wie er sich ausdrückt, regelmäßige Funktion einstellt.

Schlaf und Essen sind ganz dem Rhythmus der Arbeit untergeordnet. Aber wenn er einmal schläft, arbeitet er weiter an seinen Maschinen. Er kann überall eindösen, sei es auf einer Bank oder auf dem Boden, wobei ihm ein Widerstandskasten meist als Kopfstütze dient. Ich habe den Auftrag, ihn sofort zu wecken, falls irgend etwas Interessanteres vorfallen sollte. Und sobald ich ihn geweckt habe, ist er bei der Sache. Er steht auf und geht daran, die im Traum gewonnene Lösung in die Tat umzusetzen.

Wie die Maschinen, die er erfindet, nie in ihrem Ablauf zögern oder gar innehalten, so zögert oder irrt auch er nie in seinem Streben. Nie bricht er aus dem Gebiet des Zweckmäßigen aus, nie vergeudet er irgendwelche Zeit mit Hobbys oder Familie. Er funktioniert so gut, daß sein Unterbewußtes auch im Schlaf Maschinen entwirft. Es frißt sich durch die Widerstände, es verwandelt die Angst, es verkehrt die Dunkelheit in Licht, die Stummheit in Stimme.

Auf dem Tiefseegrund seines Unterbewußten vermählen sich die Zahlen mit den Fakten, konjugieren die Rotoren mit den Zensoren.

Die glatte ›Mary Ann mit der langen Taille‹ tritt entblößt vor das Schraubenheer und tanzt auf den durchlöcherten, paraffinüberzogenen Papierstreifen. Geräusche und Stimmen, eine Kreissäge heult im Uterus, Kolben schlagen und stoßen. Am verdunkelten Himmel glimmen Myriaden von Fäden, die ungeborenen Kinder, das Licht, das Glück des schnellen Gebärens, die Stromkreise brechen zusammen, das Glas der Birnen platzt, die Erde versinkt. –

Ich bin krank und träume. Seit Tagen hinter zugezogenen Vorhängen in meinem Dachzimmer. Auf der Flucht vor meinen Gedanken, meinen Erinnerungen.

Ich fühle mich leichter werden, leicht wie ein Schatten, der in andere Schatten zergeht und aufgenommen wird vom alles umfassenden Dunkel.

Am Boden ausgebreitet die bekritzelten Blätter der letzten Jahre. Fragen, mit denen ich mich beschwert habe. Fragen, die mich immer weiter in die Finsternis zerrten. Jedes Wort ein Wort zuviel.
Ich habe eine Macht des Wortes behauptet, die es nicht gibt. Ich bin auf die eigene Täuschung hereingefallen. Ich habe heimlich gegen die Allmacht meines Chefs angeschrieben, habe mir gegen seine Welt ein Reservat zu schaffen versucht. Aber es gibt keine Zweifel, die ihn erschüttern könnten, es gibt gegen Taten keine Worte.

Seit dem Brand in Orange weiß ich, daß nichts endgültig sein kann. Aus dem Feuer kam das Licht, aus dem Feuer kommt das Nichts. Der Fortschritt schreitet zum Nichts. Er kann jederzeit durch das gewaltigste aller Feuer zernichtet werden. Hinterher werden sie vergessen, was einmal gewesen ist.

Wir alle leben im Schatten der Erfindungen von gestern. Der Fortschritt tanzt über unsere Köpfe hinweg. Ein Wirbelwind, der uns wie Marionetten schüttelt. – Man altert und bleibt mit einem Haufen vergilbter Fotos zurück.

Gegen diesen Fortschritt als Roman hilft nur das Aufhören. Sich hinlegen und dafür sorgen, daß die Atmung zyklisch wird. Nichts denken, nichts tun. Man kann nichts zerstören, das gäbe Platz für Neues. Man muß das Neue abstellen.

Ich werde nichts mehr tun. Nur zuschauen, wie sich die Dinge weiter bewegen. (Auch ich habe ein leeres Uhrgehäuse an die Wand gehängt.)

In der Dämmerung stellen sich die Möglichkeiten wie ein Schwarm Insekten ein.
Ich könnte liegenbleiben: Ich brauchte nur ein Streichholz zu entfachen.

Aber wenn es dunkel ist, werde ich aufstehen und mich für die Nacht frischmachen. Ich werde die Lampe anzünden und das weiße Blatt Papier wird hell aufleuchten. Ich werde weiterschreiben, wie er da drüben im Labor immerzu weiterarbeitet.